SI TU VOIS LE WENDIGO

HORS-SÉRIE

Merci à Denis Guiot, passeur amical qui a aidé ma barque à atteindre des rives accueillantes.

ISBN : 978-2-74-852725-4

Loi n° 49-956 du 16 juillet 1949
sur les publications destinées à la jeunesse,
modifiée par la loi n° 2011-525 du 17 mai 2011.

Mise en pages : DV Arts Graphiques à La Rochelle
Dépôt légal : février 2021

Christophe Lambert

SI TU VOIS LE WENDIGO

SYROS

Quand on y regarde de près, tout le monde a l'air décalé.

Donna Hayward, *Twin Peaks*, 1990,
saison 2, épisode 10

Chapitre 1

Mansford, États-Unis, juillet 1959

C'était il y a soixante ans et des poussières, un lundi soir, ou peut-être un mardi, je ne sais plus. Ça remonte à loin, tout ça. À l'époque, j'avais treize ans et, pour un gamin de cet âge, les jours ont tendance à se mélanger une fois que les vacances d'été, les GRANDES vacances, ont démarré.

Je revenais du terrain vague avec Bobby Lee, mon meilleur ami ; ça, je m'en souviens très bien. On avait joué aux cow-boys durant tout l'après-midi. Fabriquer des forts avec de la boue séchée, des branchages et des cartons, on adorait ça. Un jour Fort Apache, le suivant Fort Bowie... Cette fois-là, c'était Fort Alamo. Si je m'en souviens aussi bien, c'est parce que je jouais le rôle de Davy Crockett, le trappeur, avec la toque de raton laveur et tout. On s'amusait tellement qu'on n'avait pas vu le temps passer. La nuit tombante nous avait chopés par surprise.

On rentrait chez nous sans se presser. Dans les années cinquante, on pouvait échapper une journée entière (et même une bonne partie de la soirée) à la surveillance des parents sans que cela inquiète personne.

J'observais les fissures du trottoir, les yeux baissés sur mes baskets. Bobby Lee sifflotait. On allait franchir l'arche en fer forgé surmontée du panneau « Les Arpents Verts, ensemble résidentiel de haut standing : eau, satisfaction, bien-être, santé », quand mon copain m'a tapé du coude.

– Non mais, regarde un peu ça !

J'ai levé la tête et j'ai vu cette femme nue en train de marcher sur la route, entre deux rangées de pavillons propres.

Je me suis immobilisé, frappé de stupeur.

La femme était toute blanche, d'une blancheur laiteuse, à la lumière opaline de la lune. Son menton, en revanche, semblait barbouillé de gelée de groseille. Elle s'est approchée, et mon cœur s'est arrêté de battre quand j'ai compris qu'elle avait la bouche en sang.

– J'arrive pas à y croire, a murmuré Bobby Lee.

La femme titubait en se dirigeant vers nous, et plus elle s'approchait, mieux je distinguais son visage : les traits fins, réguliers, les yeux noisette, avec les petites pattes d'oie sur les côtés, les longs cheveux châtains qui, dénoués, cascadaient jusque sous la nuque... Ce visage de madone, je n'ai pas tardé à mettre un nom dessus.

– Madame Bannerman ? j'ai fait, abasourdi.

Madame Bannerman habitait tout au bout de la rue, dans l'impasse au fond du lotissement, avec son mari et son chien. Son prénom m'est soudain revenu parce que je l'avais parfois entendu lors de l'une de ces soirées entre voisins, ces apéritifs dînatoires qui, aux beaux jours, semblaient se multiplier comme des pâquerettes. Elle s'appelait Ruth. Ruth Bannerman. « Oh, Ruth, j'adore votre petit chemisier ! » « Vous reprendrez bien un peu de punch, Ruth ? » « Comment allez-vous, Ruth ? »...

Pour l'heure, Ruth n'avait pas l'air très en forme.

– Madame Bannerman ? j'ai risqué de nouveau.

Puis, comme elle ne répondait pas :

– Ruth ?

Elle paraissait perdue. Ailleurs.

Bobby Lee m'a glissé à l'oreille :

– On devrait prévenir quelqu'un. Je veux dire, un adulte.

Je ne pouvais pas bouger. J'étais fasciné par cette femme que j'avais déjà croisée à de multiples reprises, souriante, pimpante, et que je découvrais maintenant dans le plus simple appareil. Ce n'était pas sa nudité qui m'hypnotisait (j'en étais à peine conscient). Non, le truc fou, c'était son expression. Elle promenait des yeux hagards sur toute chose, sonnée, KO debout.

D'ailleurs, elle s'est assise sur le trottoir.

Quelque part, dans la forêt, une chouette a hululé.

J'ai fait un pas en avant. Un deuxième. Prudent. Comme lorsqu'on cherche à venir tout près d'un petit animal craintif sans l'effaroucher.

– Vous êtes blessée, madame ?

C'était autant une question qu'une constatation.

– J'aime pas ça, a dit Bobby Lee entre ses dents serrées. On se tire ? On va chercher un adulte ?

– Vas-y, toi, si tu veux. Je ne la laisse pas toute seule.

Je sentais confusément que c'était ce qu'il fallait faire.

Bien entendu, nous n'avions pas de téléphone portable. Cet accessoire magique ne se démocratiserait que quarante ans plus tard !

J'ai sorti un mouchoir en tissu de ma poche. Il n'était pas trop sale, aussi je l'ai tendu à Ruth.

– Vous voulez vous essuyer ?

Elle a observé le bout de tissu comme si je lui présentais un objet venu d'un autre monde, puis son regard s'est déporté vers moi, et elle a plissé le front.

– C'est quoi ? elle a demandé en désignant du doigt ce que j'avais sur la tête.

– Une toque, j'ai répondu.

– Une quoi ?

– Une toque de raton laveur, madame.

Elle a souri gentiment, un sourire dont la douceur était gâchée par son rouge à lèvres couleur de sang.

– Tu peux m'appeler Ruth.

– Une toque de raton laveur, Ruth.

Ce dialogue avait quelque chose de surréaliste.

Elle a hoché la tête, pensive.

– Tu es le petit Jones, c'est ça ? David ?

– Oui, c'est moi.

Ses yeux ont glissé sur mon ami.

– Et toi ?

– Bobby Lee Brown, m'dame, enfin, Ruth, enfin m'dame Ruth.

Un silence s'est installé entre nous le temps de plusieurs battements de cœur, mais ce n'était pas un silence gênant. Plutôt quelque chose d'étrangement paisible, sans tension.

Puis, en un instant, le charme a été rompu.

– Dégagez, les mômes !

On a sursauté. Le mari de Ruth rappliquait au pas de course avec une couverture. Lui, je ne connaissais pas son prénom. Pour moi, c'était monsieur Bannerman et rien d'autre. Je ne savais pas grand-chose de ce bel homme, grand, solidement charpenté, à part qu'il avait fait la guerre (le débarquement en Normandie, notamment), et qu'il avait été décoré de la médaille d'honneur, la plus haute distinction militaire des États-Unis. Parfois, mon père mentionnait les exploits de monsieur Bannerman avec une admiration non feinte dans la voix. On racontait qu'il avait délogé des fantassins allemands d'un nid de mitrailleuses, à Omaha Beach, permettant ainsi à ses camarades d'effectuer une percée décisive. Mon vieux avait servi sous les drapeaux, lui aussi... mais dans un bureau ! Il avait classé de la paperasse pendant trois ans. Une part de lui s'en réjouissait, je pense (il avait échappé aux blessures, aux privations, et ce n'était pas rien), mais une autre le regrettait amèrement. Il n'avait pas d'histoires à raconter ; aucun fait d'armes glorieux ni rien de ce genre. Je voyais que ça le mettait mal à l'aise, par exemple lors de ces fameuses fêtes entre voisins. Réunis au bord de la piscine, des anciens combattants évoquaient fréquemment leurs souvenirs, une bière à la main. Alors, mon père quittait le groupe à petits pas. Il s'éclipsait, armé d'une grande fourchette, pour aller retourner les travers de porc qui rissolaient sur le barbecue.

Le héros de guerre a déposé la couverture sur les épaules de Ruth, puis il l'a repliée sur le devant, essayant tant bien que mal de masquer la nudité de son épouse.

– C'est bon, les gosses, vous pouvez y aller.

– Qu'est-ce qu'elle a ? j'ai risqué.

Monsieur Bannerman a esquissé un sourire qui se voulait rassurant, chaleureux, mais ses yeux étaient durs.

– Elle n'a rien. Tout va bien. Ça lui arrive de temps en temps. Elle fait du… comment on dit, déjà ? Du somnambulisme, voilà, c'est ça ! Et elle se blesse.

– C'est quoi du somnambulisme ? a demandé Bobby Lee.

– C'est quand des gens marchent en dormant, j'ai dit.

– Exactement, a approuvé monsieur Bannerman.

Il a aidé sa femme à se relever.

– On va rentrer, hein, Ruth ?

Elle a opiné.

– Oui, on va rentrer, a continué son mari. Jody nous attend à la maison.

Jody, c'était leur chien, un gros berger allemand qui me faisait peur parce qu'il aboyait comme un fou quasiment à chaque fois que je passais devant la clôture. Jody était attaché à un piquet, mais quand même...

Un jour, Bobby Lee m'avait dit :

– Tu ne trouves pas étrange qu'un homme qui a combattu les Allemands choisisse un berger allemand comme chien, une fois de retour au pays ?

Je n'avais pas su quoi répondre. Bobby Lee avait de drôles de réflexions, des fois.

– Allez, bonsoir, les gosses, a lancé monsieur Bannerman. Rentrez chez vous et oubliez ça. Tout va bien.

Il se répétait. Il transpirait. Quelque chose clochait ; je le sentais, je le savais.

Mais je n'ai rien dit. Après tout, j'avais treize ans. Qui étais-je, pour oser remettre en question la parole d'un adulte ?

J'ai regardé le couple qui s'éloignait : elle, vacillante, les épaules voûtées sous sa couverture de facture navajo ; lui, la soutenant comme il pouvait, murmurant à son oreille des mots que j'espérais apaisants.

Bobby Lee a reniflé, pas le moins du monde ému, ni troublé. Un adulte s'en était mêlé. Il était rassuré. Il ne serait pas venu à l'idée d'un gosse des années cinquante de contester une figure d'autorité. On allait bien se rattraper durant la décennie suivante !

– Bon, on y va ? a jeté mon pote.

J'ai fait la moue.

– Tu ne trouves pas ça bizarre ?

– Quoi ?

– Madame Bannerman, toute nue, dans la rue, la bouche en sang !

Mon copain a haussé les épaules.

– Bah, tu as entendu ce qu'a dit son mari : le somanblisme...

– Le somnambulisme.

– Ouais, ce truc-là...

On s'est remis en marche.

– C'est bizarre, quand même, j'ai dit.

Je ne voulais pas en démordre.

– Bof, a grommelé Bobby Lee. Pas plus bizarre que ma petite sœur qui prétend entendre des voix la nuit, ou encore que ce vieux maboul de Peabody, qui vit en ermite dans une cabane, en pleine forêt. Et je ne te parle même pas de monsieur Busey, au bout de la rue, avec son grand trou dans le jardin !

Henry Busey habitait quatre maisons après la mienne. Il était persuadé d'une guerre imminente avec l'URSS, et s'était mis en tête de construire un abri antiatomique derrière chez lui. Il creusait depuis des mois, peut-être même des années. On avait l'impression qu'il allait déboucher en Chine, s'il continuait.

J'ai réfléchi avant de lâcher :

– Oui, j'imagine que tu as raison.

J'ai regardé les rectangles de lumière découpés sur la façade de ces jolis pavillons, symboles de la réussite sociale pour des millions d'Américains honnêtes et travailleurs. Il y avait des gens, de l'autre côté de ces fenêtres, avec chacun leurs rêves, leurs joies, leurs peines, leurs... bizarreries ?

Et, derrière les toits des maisons, on distinguait la forêt, souveraine, porteuse de noirs secrets.

Chapitre 2

Le lendemain matin, je suis descendu prendre mon petit déjeuner dès le lever du jour.

Assis dans la cuisine, mon père lisait son quotidien ; ma mère était aux fourneaux.

– Hello, mon poussin ! elle a dit. Tu te lèves bien tôt !

Son étonnement était compréhensible. Pendant l'été, en règle générale, je profitais des vacances pour faire la grasse matinée.

Puis son visage s'est assombri. Elle venait de remarquer mes yeux cernés.

– Qu'est-ce qui t'arrive, chou ?

J'avais passé une bonne partie de la nuit à essayer de coucher sur le papier l'incident de la veille. J'écrivais des histoires ; des nouvelles, pour être plus précis. J'avais transformé ma rencontre avec Ruth Bannerman en un récit d'horreur vampirique : elle était attaquée par une créature maléfique, et moi, je jouais le rôle de Van Helsing, le célèbre chasseur de vampires qui combat Dracula dans le roman de Bram Stoker. Je parvenais à sauver madame Bannerman des prédateurs nocturnes, mais Bobby Lee, mon fidèle assistant, périssait dans l'aventure. J'avais noirci une dizaine de pages. Une fois relue, cette histoire m'avait paru beaucoup moins effrayante et troublante que ce que j'avais vécu dans le monde réel. J'avais tout déchiré et jeté ce qui restait des pages à la corbeille.

En temps normal, j'écrivais des nouvelles se déroulant au Far West (toutes les versions possibles et imaginables du siège de Fort Alamo, et même une où les Texans gagnent à la fin), ainsi que des courts récits de la Seconde Guerre mondiale (j'étais très branché guerre du Pacifique). Les romans, j'avais essayé, mais ça demandait trop de travail, trop d'autodiscipline. Il fallait en faire un peu tous les jours pendant des semaines, des mois. On n'en voyait jamais le bout ! Quand une idée excitante me venait, je devais la coucher sur le papier TOUT DE SUITE. Il y avait une espèce d'urgence, de nécessité. Au bout de trois ou quatre jours, une semaine dans le meilleur des cas, l'enthousiasme retombait invariablement. C'était comme une bouteille d'eau gazeuse ouverte trop longtemps. Tout d'abord, les idées pétillent, mais, si on n'y prend garde, elles deviennent aussi fades que de l'eau plate.

D'accord, je n'avais pas l'endurance nécessaire pour mener à bien un roman entier, mais l'écriture était pour moi davantage qu'un simple hobby. Il s'agissait, osons le mot, d'une vraie passion, pour ne pas dire une vocation.

Je voulais en vivre, plus tard, quand je serais grand. On ne peut pas dire que mes parents prenaient ce projet très au sérieux. « Oui, oui, d'accord, mais tu essaieras de te trouver un VRAI métier d'abord, hein ? » Je ne pouvais guère leur en vouloir. Dans ma famille, personne n'écrivait (ou ne jouait de la musique ou ne s'adonnait à une quelconque pratique artistique). Il n'y avait quasiment pas de romans, chez nous, à part la sélection du *Reader's Digest*. Ma culture littéraire, je me la suis faite tout seul, avec les *pulps*, les bouquins de London, Poe, Twain ou Fenimore Cooper...

– Tu as un souci ? Tu ne te sens pas bien ? a repris ma mère.

Je n'avais rien dit à personne de l'étrange scène au clair de lune avec Ruth Bannerman et son mari. Je sais que j'aurais dû me confier, mais j'avais du mal à communiquer avec mes parents. Depuis quelque temps, ces derniers n'évoquaient plus à mes yeux ces espèces de demi-dieux dont la présence sage et bienveillante avait dominé mon enfance. Plus je grandissais, plus ils tombaient de leur piédestal. Je ne voyais que leurs défauts (mon père taiseux, bougon ; ma mère inquiète pour un rien). C'est injuste mais c'est ainsi.

– Salut ! a jeté mon paternel en abaissant à peine son journal.

Prononcé très vite, ça faisait « lu ».

Ma mère, en revanche, s'est mise à me tourner autour en m'examinant d'un air inquisiteur :

– Tu as de la fièvre ? Tu couves quelque chose ?

Ma petite maman chérie était comme un caniche sautillant. Mon père ressemblait davantage à un animal placide, peut-être un bouledogue, à cause des bajoues tombantes.

Mitraillé de questions, j'ai marmonné :

– Tout va bien, j'ai juste… fait un cauchemar.

– Oh, vraiment ? Tu veux en parler ?

– Non, c'était idiot. Ça n'avait ni queue ni tête.

– Comme tous les rêves, a commenté mon père derrière son journal.

En ce temps-là, les papas étaient des hommes solides, que rien n'ébranlait. Ils étaient le symbole d'un monde sûr, l'image même du pragmatisme, du bon sens yankee. Les mamans, elles, se devaient d'incarner la parfaite maîtresse de maison, enjouée et efficace. Les papas étaient des ours maladroits dans la cuisine et les mamans ne conduisaient pas très bien (elles avaient du mal, avec les créneaux), mais l'un et l'autre s'aimaient et ne doutaient jamais d'avoir fait le bon choix (le divorce n'existait pas, bien sûr). Tout ce petit monde croyait dur comme fer aux valeurs américaines.

– Bon, très bien, comme tu veux, a dit ma mère. Tu as faim ?

– Oui, j'ai fait. Enfin, je crois.

Je n'avais pas très faim, en vérité, mais je sentais que mes yeux cernés et mon teint de fromage blanc, c'était déjà limite. Si j'avais répondu par la négative, maman m'aurait sans doute emmené chez le médecin illico, et qui a envie de passer une matinée du mois de juillet chez le toubib, hein ? Sûrement pas un garçon de treize ans, en tout cas.

Je me suis assis, et mon cœur a sauté un battement.

Je venais d'apercevoir les lettres aimantées disséminées sur notre gros frigidaire aussi chromé qu'une calandre de bagnole. Ces magnets étaient bien pratiques pour maintenir en place des photos de vacances (moi, tout petit, avec mes parents, devant le Grand Canyon ; moi à Disneyland, en compagnie de Dingo et Picsou...). On trouvait aussi, dans le lot, des cartes postales, comme celle que tata Jocelyn nous avait envoyée du Mexique avec, griffonné au dos, entre deux margaritas, « Des bises de Coahuila » (tata Jocelyn ne s'était pas trop foulée, sur ce coup-là). Certaines lettres aimantées (surtout les voyelles) étaient en double, voire en triple, ce qui permettait de composer des phrases courtes du style « I love you, honey » (« Je t'aime, chéri ») ou « Don't forget the milk » (« N'oublie pas le lait »).

Mais ce que j'ai vu écrit, ce matin-là, ne ressemblait à rien de tout ça.

SHE NEEDS YOU

Voilà ce qu'on pouvait lire, juste en dessous d'un dessin de Donald Duck, et à côté d'une vignette autocollante de Guy Williams dans le rôle de Zorro, grand sourire hollywoodien, moustaches en traits de fusain.

Elle a besoin de toi.

Mon expression interdite n'a pas échappé à maman. Elle a suivi mon regard.

– Ce n'est pas toi qui as écrit ça ?

J'ai secoué la tête.

– Ah bon ? (Elle s'est tournée vers mon père.) Alors, c'est toi, Sydney ?

– Quoi, moi ? a fait la voix derrière le journal.

– Toi qui as écrit, sur le frigidaire ?

Le *Seattle Times* s'est de nouveau abaissé d'un cran. Mon père a jeté un coup d'œil au frigo.

– Nan, c'est pas moi.

– Alors qui a écrit cette phrase ? s'est impatientée ma mère. Qu'est-ce que ça veut dire, « Elle a besoin de toi » ? Qui a besoin de qui ?

– Aucune idée, a grognassé mon père.

Il s'est replongé dans sa lecture.

Mon cœur battait vite et fort. Mon dos se poissait d'une sueur froide.

Elle a besoin de moi, j'ai songé.

Je devinais sans peine de qui il s'agissait.

Le visage de Ruth Bannerman, la madone ensanglantée du 41, Green Acres Street, s'est une fois de plus invité dans mon esprit.

Peut-être que je m'étais levé pendant la nuit, sans m'en rendre compte, pour bouger les lettres sur le frigo ? Peut-être que le somnambulisme était un mal contagieux ?

Ma mère a soupiré :

– Quoi qu'il en soit, elle n'est pas très drôle, cette blague. Je ne vous félicite pas, les garçons.

Elle a sorti une tourte du four, et j'ai pu voir durant ce bref moment qu'il y en avait encore trois autres en train de chauffer. Maman était la reine de la tourte. Elle en préparait non-stop. Salées. Sucrées. Des tourtes à la viande, aux légumes (la composition variait selon les saisons)... Les autres gamins de mon âge mangeaient du bacon et des œufs brouillés au petit déjeuner. Chez nous, on mangeait de la tourte.

Celle que ma mère venait d'empoigner, mains passées dans des gants de cuisine, était à la fois juteuse et brûlante. Fourrée à la framboise, elle dégoulinait comme un donut.

– Merci, m'an, j'ai dit.

Puis, après une hésitation :

– Est-ce que je pourrai apporter l'une de tes délicieuses tourtes aux Brown, tout à l'heure ? Bobby Lee et sa sœur adorent ça.

Le visage maternel s'est illuminé d'un sourire radieux.

– Mais oui, bien sûr !

Tel un pasteur qui dispense la bonne parole, maman aimait inonder le voisinage de ses tourtes. C'était sa manière à elle de fabriquer un monde meilleur, de créer du lien social. La tourte était garante, en quelque sorte, de la cohésion de la communauté, un facteur d'unification trop souvent sous-estimé dans les travaux universitaires.

Mon père a plié son journal et expiré :

– Bon, j'y vais...

Il a reculé sa chaise, s'est levé, a déposé un baiser sur les lèvres de sa tendre épouse puis m'a ébouriffé les cheveux au passage.

– Pa', arrête...

Il ne semblait guère pressé de partir. Il travaillait à Seattle, c'est-à-dire à quarante minutes de voiture de chez nous, quand ça roulait bien. On habitait depuis trois ans dans la banlieue de Mansford, bourgade située pas très loin de la frontière canadienne. J'ai passé toute mon enfance et une bonne partie de mon adolescence dans le nord-ouest des États-Unis. J'ai le souvenir d'hivers froids et d'étés à peine plus cléments. L'État de Washington est une belle région, très boisée, mais le ciel demeure gris durant une bonne partie de l'année. « Eau, satisfaction, bien-être, santé » promettait le panneau à l'entrée de notre lotissement. Pas étonnant qu'ils aient mis « eau » en premier, vu le taux d'hygrométrie local.

Pendant longtemps, je n'ai pas bien compris ce que mon père faisait dans la vie. Je savais qu'il bossait au sein d'une « agence de com », mais qu'est-ce que cela signifiait, concrètement ? Un jour que je lui avais posé la question, sa réponse, prononcée sur un ton désabusé, m'avait laissé à tout jamais perplexe :

– Je suis le gars qui décide si tu vas trouver une grenouille en plastique ou une araignée en caoutchouc dans tes boîtes de céréales.

Je n'avais pas cherché à creuser davantage. Mon père ne paraissait pas malheureux. Ni heureux d'ailleurs. Il faisait ce qu'il avait à faire. Point.

J'ai terminé ma part de tourte en entendant le moteur du break familial qui vrombissait de toute la puissance de ses fiers chevaux-vapeur. Le chevalier des temps modernes partait vers une nouvelle aventure sur son destrier manufacturé Ford, avec pour objectif de nourrir les siens... et de payer les dernières traites du réfrigérateur magique qui faisait bouger tout seuls les magnets.

– Tiens, a dit ma mère en déposant une tourte encore chaude sous mon nez. Celle-là est aux épinards. Bobby Lee aime les épinards, n'est-ce pas ?

– Oui, j'ai menti.

Cette belle tourte enrobée dans du papier d'alu, je ne la destinais pas à la famille Brown.

« Elle a besoin de toi ! »

J'ai mis mon assiette sale dans l'évier.

– Tu fais ta toilette avant de rendre visite à ton copain, hein ?

– Bien sûr, m'an !

Je suis monté me laver. J'étais à la fois anxieux et impatient de mettre mon plan à exécution.

Chapitre 3

Un quart d'heure plus tard, je marchais dans la rue principale des Arpents Verts, un long ruban d'asphalte déroulé entre les maisons. Elles sortaient toutes du même moule, d'ailleurs, un peu comme les tourtes de maman. « Des maisons sans originalité pour des gens sans originalité », aurait pu dire un esprit chagrin. Seulement, en ce temps-là, peu de voix s'élevaient pour dénoncer cette uniformisation : l'accès à la propriété individuelle, pensez donc, que demander de mieux ? Après des années de guerre, de privations, la population avait soif de bien-être et de confort ! Plus que jamais, la voiture devenait un bien de consommation nécessaire. Le monde du travail et celui de la famille étaient de plus en plus éloignés, deux entités distinctes, irréconciliables. Isolées en banlieue, les mères devaient se débrouiller pour assurer le bon fonctionnement du *home sweet home* : un boulot à temps plein ! Et puis, la classe moyenne se repliait sur elle-même. Si les Juifs étaient relativement tolérés, il n'en allait pas de même pour les autres minorités. On trouvait peu de Latinos, et encore moins de Noirs, dans les lotissements comme le nôtre.

Je marchais donc, en cette radieuse matinée du mois de juillet 1959 (le ciel était d'un bleu pétant et, miracle, entièrement dégagé !), une tourte entre les mains, chaussé de baskets, vêtu d'un short et d'une chemise en flanelle. Je portais mon fusil à bouchon en bandoulière, ainsi qu'un sac à dos avec, dedans, ma gourde remplie de jus de fruits lyophilisé, des friandises, des billes, des soldats miniatures, un « Bowie Knife » en plastique et de la menue monnaie. Bref, tout ce qu'il fallait pour s'amuser et ne pas mourir de faim ou de soif trop vite si jamais je me perdais dans la forêt.

Je suis passé devant chez Bobby Lee sans m'arrêter. De toute façon, mon pote dormait encore. Je le connaissais bien. Une vraie marmotte. J'ai continué mon chemin, le cœur battant de plus en plus fort à mesure que j'approchais de la maison des Bannerman.

« Elle a besoin de toi », je me répétais comme un mantra.

Le souvenir de Ruth Bannerman, nue et groggy, me hantait à la manière de ces fantômes de films d'épouvante qui déambulent à n'en plus finir dans de vieux manoirs.

J'ai ralenti. La voiture de monsieur Bannerman n'était pas sur le trottoir, là où il la laissait d'habitude. Le garage individuel était réservé à la décapotable de sa femme.

Il était sans doute déjà parti au boulot. Je croyais me souvenir qu'il travaillait dans une scierie.

Tant mieux, j'ai pensé.

C'était exactement ce que j'espérais.

Restait l'obstacle du chien, ce foutu animal qui défendait les lieux tel un soldat japonais sur son atoll.

Je me suis approché de la clôture peinte en blanc. Pas d'aboiements. Rien. En temps normal, Jody aurait déjà pointé son museau, tiré sur sa laisse et alerté tout le voisinage. Une figurine en forme de fée Clochette décorait le portail. Le clocheton accroché au bout de son petit bras tintait quand on bougeait la barrière. Je l'ai agité. Toujours pas de réaction.

C'était curieux. Je n'aimais pas trop ça.

Je suis entré dans le jardin en serrant très fort le plat enrobé d'alu. J'observais les alentours, à l'affût du moindre signe suspect. Un canard en caoutchouc et une pantoufle déchiquetée gisaient dans l'herbe qui, soit dit en passant, aurait eu bien besoin d'être tondue. Je craignais d'entendre des aboiements (non, des rugissements de fauve !) résonner à tout moment. Mon cœur risquait d'exploser comme une grenade. J'imaginais la scène : le monstre apparaît au coin du pavillon, l'écume aux babines, et il fonce, ses pattes s'agitant avec la vélocité de pistons. Il se jette sur moi, toutes griffes dehors, mâchoires ouvertes pour mordre, dévorer, déchiqueter (l'image de la défunte pantoufle se matérialise alors dans mon esprit avec une netteté douloureuse)...

Au lieu de quoi, j'ai entendu une voix féminine qui chantonnait. Je crois que c'était du jazz, et je crois même que c'était *Sophisticated Lady*.

Le chant provenait de l'autre côté de la maison, dont j'ai contourné la façade, toujours prudent, toujours craintif.

Je n'oublierai jamais le tableau que j'ai découvert à l'angle du pavillon, les derniers mètres franchis.

Ruth Bannerman était là, en baskets, vêtue comme moi d'un short et d'une chemisette (sauf que la sienne était attachée par un nœud au-dessus du nombril). Elle étendait son linge sur un solide fil tendu entre deux poteaux. Le vent faisait battre les grands draps, danser sa longue chevelure châtain, et il charriait son parfum jusqu'à mes narines, une fragrance forte et douce à la fois : le rude parfum des fleurs sauvages.

Derrière Ruth, passé la clôture du jardin, les premiers arbres de la dense forêt de l'État de Washington se dressaient, sentinelles impressionnantes, silencieuses. Dans les bois, tout était suspendu, tout était mystère.

Je ne sais pas pourquoi l'image de Ruth Bannerman m'a procuré une violente bouffée de bien-être et s'est cristallisée en moi de manière indélébile. Peut-être parce qu'elle représentait l'exact opposé du spectacle de la femme hagarde et blessée qui marchait la nuit précédente comme un zombie ?

Ruth avait une pince entre les dents, ses lèvres étaient retroussées en un rictus de concentration. La lèvre supérieure paraissait légèrement plus rouge et gonflée, mais c'était la seule trace de l'incident.

Je me suis éclairci la voix :

– Euh, bonjour...

Ruth a sursauté :

– Oh ! tu m'as fait peur...

– Désolé m'dame, je ne voulais pas... j'ai ça pour vous...

Bras tendus, j'ai présenté le maternel hommage.

– Une tourte. Aux épinards. De la part de ma mère.

Ruth a plissé le front (ce même plissement que lorsqu'elle avait examiné ma toque en poils synthétiques, la veille), et elle a souri en même temps. Une expression mi-intriguée, mi-amusée, si vous préférez.

– C'est... c'est très gentil. Tu remercieras ta maman pour moi.

– Oui, je n'y manquerai pas.

Elle m'a pris la tourte des mains avant d'ajouter :

– De toute façon, je la remercierai moi-même quand je lui rapporterai le plat.

Aïe, je n'avais pas pensé à ça.

– Je... vous pouvez le garder, j'ai improvisé. C'est un vieux plat ; ma mère en a plein.

Je me trouvais lamentable et j'ai senti le sang me monter au visage.

– Ah ? elle a fait.

Elle m'a regardé de plus près.

– David, c'est ça ?

– Oui, c'est bien ça...

Le sourire s'est fané. Son front restait strié de petites rides.

– C'était toi, dans la rue, hier soir, avec ton copain, hein ?

J'ai fait « oui » de la tête. J'avais la bouche pâteuse et l'impression que mon cœur cognait jusque dans ma gorge.

Bruissement du vent parmi les feuillages.

– Tu veux boire quelque chose, David ?

– Je... je veux bien.

Le sourire est de nouveau apparu.

– Suis-moi.

Je l'ai suivie dans la maison. Je savais où se trouvait la cuisine puisque les pièces étaient disposées exactement comme chez moi. Au passage, j'ai remarqué dans le salon une grande horloge très ancienne. Le restant des meubles paraissaient neufs (le bois fraîchement ciré sentait l'encaustique) et il y avait même un poste de télévision, posé sur une petite table roulante.

Ça gagne tant que ça, ouvrier dans une scierie ? me suis-je brièvement demandé.

La télé avait certes fait son apparition dans de nombreux foyers, mais elle n'était pas encore à la portée de toutes les bourses.

– Oh, j'ai lâché, un nœud dans le ventre, en repérant le monstre.

Le gros chien dormait sur le tapis du salon, roulé en boule, son large poitrail se soulevant comme un soufflet de forge au rythme de sa respiration.

– Jody est malade, m'a expliqué Ruth. Un problème urinaire. Je l'ai emmené chez le véto, hier. Il est sous sédatif...

– Je vois, j'ai répliqué, soulagé.

La cuisine était propre et bien rangée. Les cuivres et l'acier inoxydable brillaient. Astiqués avec soin, ils renvoyaient des flashs étincelants dès que la lumière du soleil rebondissait à leur contact. Ruth a posé la tourte sur un plan de travail avant d'ouvrir la porte du frigidaire pour en sortir une orangeade. Aucun magnet, ici, mais je n'ai pas pu m'empêcher de repenser à mon frigo, ainsi qu'au mystérieux message :

« Elle a besoin de toi » !

– Bien entendu, je ne te propose pas de café, a dit Ruth.

J'ai acquiescé :

– Bien entendu.

Je me suis assis et elle m'a servi un verre. C'était du vrai jus de fruits, pressé à la main, pas le truc en poudre avec un goût chimique que je trimballais dans mon sac.

La plaque de la cafetière était encore chaude, aussi Ruth s'est-elle rempli une tasse avant de s'asseoir en face de moi. Je voyais mieux sa lèvre fendue, à présent. La lumière qui rentrait de biais par la fenêtre l'éclairait. Elle a dû sentir la chaleur sur sa blessure, ou peut-être que mon regard se faisait trop insistant, toujours est-il qu'elle s'est décalée de quelques centimètres pour se soustraire à la caresse du soleil.

Elle a sucré son café, l'a touillé longuement, puis m'a demandé :

– Tu n'as rien dit à tes parents ?

– À propos de quoi ?

– De ce que tu as vu hier soir.

Une fois encore, je me suis empourpré.

– Non, je n'en ai pas parlé.

Elle a approuvé d'un lent hochement de tête.

– C'est bien. C'est inutile d'affoler les gens pour rien. La lèvre, ça saigne beaucoup. C'est comme le cuir chevelu, ou l'arcade sourcilière. C'est impressionnant sur le moment, mais, en définitive, ce n'est pas grave du tout.

Cela ressemblait à une tirade apprise par cœur, et mon petit doigt me murmurait que ce n'était pas la première fois qu'elle la récitait.

– Ça vous arrive souvent ? j'ai risqué.

Comme elle ne répondait pas, j'ai précisé :

– De... marcher en dormant...

J'ai failli ajouter « toute nue », mais je n'ai pas osé.

Elle a bu une gorgée de café, songeuse.

– Oui, cela m'arrive de temps en temps. Il n'y a pas de règle.

– C'est comme ça depuis que vous êtes enfant ?

– Oui... ça ne date pas d'hier. Il ne faut pas t'en faire, tu sais... J'ai l'habitude.

Elle a reposé sa tasse.

Je me suis mâchouillé l'intérieur de la joue, puis j'ai demandé :

– C'est pas un peu dangereux, quand même ?

Je choisissais mes mots avec soin. J'avais l'impression d'avancer en terrain miné.

– Pas si dangereux que ça. Tu as vu la maison... Elle est bâtie de plain-pied, il n'y a pas d'escalier. Tout ce que je risque, c'est de me cogner contre un meuble, ou une porte.

– Comme... comme hier soir ?

– Comme hier soir. Rien de bien méchant.

Je buvais lentement mon jus d'orange. Je cherchais à prolonger le moment.

– Vous vous souvenez nous avoir croisés, mon copain Bobby Lee et moi ?

– Oui, mais c'est flou, comme dans un rêve.

J'entendais le tic-tac de la grande horloge. Le berger allemand a couiné dans son sommeil, comme le font parfois les animaux en proie à un songe agité.

– Tu passes de bonnes vacances ? a questionné Ruth, apparemment désireuse de changer de sujet. Tu t'amuses bien ?

– Oh oui... Bobby Lee va rester ici presque tout l'été, donc ça c'est cool.

– Toi, tu ne vas pas partir du tout ?

– Non... Mon grand-père, le père de mon père, est vieux et très malade... Il vit dans une espèce d'hospice, pas loin d'ici. Mais quelque chose de très bien, hein, avec un parc arboré et tout... Mon père préfère ne pas trop s'éloigner, pour l'instant.

– Oh, je comprends...

Ruth a terminé sa tasse.

– Et vous ? j'ai questionné. Vous allez partir un peu ?

– Je ne crois pas, non. Mon mari a... beaucoup de travail.

La vieille horloge a sonné la demie de neuf heures.

– Je ne veux pas te chasser, David, mais je dois terminer d'étendre le linge, et j'ai encore mille autres choses à faire.

J'ai fini mon verre à mon tour. On s'est levés en même temps.

– Bien sûr. Je ne veux pas vous déranger plus longtemps.

– Tu ne me déranges pas. Je suis très touchée... par la tourte, et... le reste.

Elle m'a raccompagné jusqu'au portail du jardin.

– Au revoir, madame, j'ai fait en lui serrant la main.

Elle a souri, et de séduisantes ridules se sont creusées au coin de ses yeux noisette.

– Tu es très bien élevé, David. Tu féliciteras ta maman pour moi. Et n'oublie pas de la remercier.

– Je n'oublierai pas, madame.

– Il me semble que je t'ai déjà dit que tu pouvais m'appeler Ruth, non ?

– C'est vrai.

Elle a récupéré sa main même si, pour ma part, j'aurais bien fait durer le contact une heure ou deux.

– Encore une fois, ne t'inquiète pas, elle a tenté de me rassurer. Tu es un gentil garçon.

– Et vous, vous êtes très belle, mad... Ruth.

Je ne sais pas pourquoi j'ai dit ça, c'est sorti tout seul. Un cri du cœur. Elle a éclaté de rire, un rire plus doux que le clocheton de la fée du portail, et j'ai soudain eu envie de m'engloutir dans le bitume pour ne plus jamais en ressortir.

– Et flatteur avec ça, elle a pouffé.

J'ai fait volte-face et je me suis enfui presque en courant.

J'étais irrémédiablement tombé amoureux de Ruth Bannerman.

Chapitre 4

Le mois de juillet s'est dévidé comme une bobine. D'abord lentement, puis de plus en plus vite à mesure que la saison estivale passait. C'est toujours comme ça, les grandes vacances. Au début, les journées semblent s'étirer, interminables, pareilles à de la guimauve fondue au-dessus d'un feu de camp. Puis l'alternance des levers et des couchers du soleil s'accélère jusqu'à atteindre une vitesse de croisière frénétique. Il y a ce point de non-retour, début août, quand on prend conscience qu'on est parvenu au sommet de la montagne, et que, maintenant, il ne nous reste plus qu'à descendre le versant opposé. On ressent un peu la même chose vers quarante ans, vous verrez...

De temps en temps, je rôdais aux alentours du 41, Green Acres Street, dans l'espoir de revoir Ruth Bannerman. Une fois, je l'ai aperçue en train de s'affairer dans la cuisine. Elle téléphonait sans interrompre ses allées et venues et, par miracle, sans s'emmêler dans le fil souple et torsadé du combiné mural. Dès que je m'approchais, Jody sortait de sa niche pour m'aboyer dessus et je battais en retraite illico. Apparemment, le berger allemand avait repris du poil de la bête. Une fois, j'ai vu de loin monsieur Bannerman qui passait la tondeuse. Une autre fois, il nettoyait sa voiture au jet d'eau. Il transpirait sous un soleil de plomb, et Ruth lui a apporté une orangeade. L'image d'un couple beau et heureux. Du moins, en surface.

J'aurais bien aimé reparler de Ruth Bannerman avec Bobby Lee. Mais mon ami était passé à autre chose. Il semblait avoir complètement effacé l'incident de sa mémoire. Lui ne pensait qu'à une fille, une seule : Jenny Malone, une graine de pom-pom girl, astre blond et bouclé autour duquel gravitaient tous les satellites masculins de notre âge. Pas très original, comme béguin. Jenny était jolie, d'accord, mais, personnellement, elle ne me faisait ni chaud ni froid. Et de toute façon, elle n'avait d'yeux que pour les mecs qui avaient du poil au menton et leur permis de conduire. Autant dire que Bobby Lee était loin du compte.

– Je sais que j'ai aucune chance, rétorquait mon pote quand j'essayais de lui ouvrir les yeux. Mais j'ai le droit de rêver, non ?

Oui, bien sûr, il avait le droit. On commençait à s'intéresser au sexe opposé depuis déjà un an ou deux, mais il s'agissait pour le moment d'un continent inexploré, lointain, fascinant. Un peu inquiétant, aussi.

Comme la forêt.

On allait régulièrement dans les bois, le plus extraordinaire terrain de jeu dont un gosse puisse rêver. La nature sauvage surgissait à la limite de notre petit lotissement, sans transition. Elle s'étendait dans toutes les directions et paraissait infinie. Combien d'heures avons-nous passées dans ce fabuleux royaume ? Des centaines ? Des milliers, plus vraisemblablement... Trappeurs, explorateurs, cow-boys, Indiens : on jouait tous les rôles à la fois.

Mais ce royaume magique ne se donnait pas à n'importe qui. Il fallait franchir des épreuves, à commencer par les barrières de ronces et les remparts d'orties. Heureusement, à force de prospections à quatre pattes, on avait découvert des chemins cachés, des sortes de tunnels dans la végétation. Sans cette trouvaille, n'importe quel gamin en short y aurait laissé la peau des cuisses !

Une fois l'obstacle traversé, on pénétrait dans l'immense fraîcheur à l'abri de la brûlure du soleil, un monde où tout était vert : les troncs des conifères et feuillus recouverts de lichen, les frondaisons (toit végétal qu'on devinait impénétrable, ou presque), le sol où dansait une mer ondoyante de fougères... Même l'air avait une teinte verdâtre. Par endroits, il était saturé d'insectes (nuages vibrionnants de libellules ou de moustiques), chargé de pollen, de spores...

C'était formidable d'avoir treize ans, et de courir dans la forêt, dopé par cette espèce d'ivresse qui émane de la sève.

Nos réserves d'énergie semblaient inépuisables. Nos corps vifs et affûtés répondaient sans faillir à chacune de nos sollicitations. Les gifles des broussailles avaient beau nous rougir les joues, on s'en fichait. Les odeurs (mousse, pin, chèvrefeuille...) étaient fortes et excitantes. Les couleurs claquaient. Nos cheveux taillés en brosse se transformaient en un marécage spongieux. La transpiration collait le tissu de nos tee-shirts sur nos omoplates. Quel bonheur alors de faire une pause pour dévisser le bouchon de la gourde et boire une lampée de grenadine tiède ! Quel plaisir de déchirer le plastique du sachet de bonbecs pour s'en jeter des poignées entières dans le gosier ! Joies simples et primaires. Existe-t-il quelque chose de meilleur au monde ?

C'est justement durant l'une de ces pauses entre deux cavalcades qu'on a entendu... le cri.

Ce jour-là, on avait passé une bonne partie de la matinée à jouer à la « patrouille perdue traquée par les Japonais », quand nos ventres se sont mis à gargouiller de concert.

– J'ai la dalle, a déclaré Bobby Lee.

– OK, j'ai dit, on va à la sablière.

La sablière, c'était une sorte de cuvette naturelle creusée au milieu d'une clairière, à la manière d'un entonnoir. Le sol de cette curiosité géologique était constitué de sable gris et cendreux, d'où son surnom. À peine assis au bord de la cuvette, on a ouvert nos sacs avant de se livrer à un rapide inventaire. Tourte aux champignons pour moi, sandwich au saucisson, avec moutarde et rondelles d'oignon, pour Bobby Lee. Son déjeuner me faisait saliver. J'en avais marre des tourtes.

– On échange ? j'ai proposé.

Bobby Lee ne m'a pas répondu. Il n'en a pas eu le temps.

Un cri est monté de la forêt, si fort et si puissant que j'ai senti une onde de choc cogner contre ma cage thoracique.

– AAAAAAAHHHHHHHHH !!!

Ce n'était pas vraiment humain, ce n'était pas animal ; ce n'était ni un hurlement ni un rugissement... ça ne ressemblait à rien de connu.

Des oiseaux se sont envolés des frondaisons par grappes entières.

Bobby Lee m'a lancé un regard sidéré qui signifiait clairement « Tu as entendu comme moi ? ». Je n'ai pas su quoi répondre. Ma bouche était entrouverte mais pas un son n'en sortait. Vous connaissez l'expression « Mes entrailles se sont liquéfiées » ? C'est exactement ce que j'ai éprouvé, là, sur le moment. Je ne me suis pas fait dessus, mais pas loin.

– On se tire, a dit mon pote.

J'ai opiné vivement. On s'est levés et on s'est mis à détaler comme si le diable en personne nous collait aux miches.

On a couru dans le sous-bois à en perdre haleine. On sautait par-dessus les buissons. On slalomait entre les troncs en se baissant pour éviter les branches. Les sacs rebondissaient sur nos dos au rythme de la course.

Soudain, le tapis de feuilles s'est soulevé sous nos pieds et on a décollé, projetés dans les airs. Nos deux cris se sont mélangés, tout comme nos bras, nos jambes...

– Hééé !

– Haaaa !

On était pris au piège, dans un filet suspendu à une grosse branche par une corde de chanvre. Le filet se balançait à deux ou trois mètres de hauteur, plus ou moins fort selon l'intensité de nos gesticulations. Je me suis vite rendu compte que ça ne servait à rien de gigoter.

– Arrête ça, j'ai râlé, à bout de souffle.

– Quoi ? a fait Bobby Lee.

– Arrête de bouger !

– Pourquoi ? Tu as une meilleure idée ?

– Je... je vais essayer quelque chose...

Je me suis contorsionné pour attraper mon couteau suisse, dans la poche arrière de mon short. C'était compliqué, ma marge de mouvements s'avérait plus que réduite. Et puis, je doutais fort de pouvoir entamer le filet tressé de mailles épaisses. Il m'aurait fallu une lame beaucoup plus tranchante que celle de mon pauvre petit couteau. Après de laborieux efforts, je l'ai enfin extirpé de ma poche.

– Meeerde !!!

J'ai regardé le couteau tournoyer, puis se faire avaler par le tapis de fougères.

– Quoi, encore ?

– Il m'a glissé des mains.

– Bravo ! a sifflé Bobby Lee, blanc comme un linge.

– Ben vas-y ! Fais mieux, toi, si tu es plus malin !

Il s'est mis à hurler :

– Hééé !!! Au secours !!! Quelqu'un !!!

– Arrête ça ! je l'ai interrompu à voix basse.

– Pourquoi ?

– Tu vas attirer ce… cette chose qu'on a entendue, tout à l'heure…

Rien que de repenser au cri inhumain, j'en avais des frissons.

– M'en fous, a rétorqué Bobby Lee, pris de panique. Je veux qu'on nous sorte de ce piège à rats !

– On dirait plutôt un piège à ours. Ou à loups…

Mon ami a recommencé à brailler :

– Au secouuuurrrs !!!

Ça a bien duré un quart d'heure. Bobby Lee n'avait pratiquement plus de voix quand j'ai perçu les craquements de branches.

Quelqu'un (ou quelque chose ?) approchait.

– Attends, j'ai chuchoté, le cœur battant. Stop.

– Hein ?

– On vient…

Une silhouette est apparue. Dieu soit loué, c'était une silhouette humaine et non un quelconque monstre griffu ou cornu.

– Qu'avons-nous là ?

L'homme était vêtu d'un uniforme rouge et usé, ceux portés par les membres de la police montée canadienne, avec le chapeau de cow-boy et les grandes bottes de cavalerie. Il était vieux. Une moustache grise taillée en balai brosse lui mangeait la lèvre supérieure.

– C'est Peabody ! a murmuré mon pote.

– Qui ça ?

– Le chnoque qui vit dans la forêt.

Peabody s'est arrêté à deux mètres de nous, menton levé, poings calés sur les hanches.

– Deux petits porcs sauvages, il a rigolé. Qu'est-ce que je vais en faire ? Les cuisiner ?

– Aidez-nous, m'sieur ! a supplié Bobby Lee.

Le vieil homme a contourné l'arbre et attrapé un bout de corde caché dans les feuillages. Il l'a dénoué avant de tirer dessus. La corde passait dans un système complexe de poulies qui grinçaient comme des gonds de porte mal huilés. On s'est mis à redescendre par saccades vers le plancher des vaches. Chaque secousse nous arrachait un bref cri. Peabody n'avait pas l'air bien costaud et on redoutait qu'il nous laisse tomber d'un coup.

– Alors, les mômes, a lancé le bonhomme, après nous avoir déposés et libérés. Pas trop tourneboulés ?

– Je... non, ça va...

– Merci, m'sieur.

On s'est relevés, chancelants. J'avais le tournis. Je me suis penché vers l'avant, jambes fléchies et mains sur les genoux, comme si j'allais vomir. Au lieu de quoi j'ai vu mon couteau scintiller dans les fougères, et je l'ai ramassé.

– Z'êtes tout blancs, a pouffé Peabody.

– C'est... c'est à cause du cri, a dit Bobby Lee.

– Quel cri ?
– Le cri du monstre…
Une lueur s’est allumée dans les yeux gris du vieillard.
– Alors là, vous m’intéressez, jeunes gens. Suivez-moi.
– C’est que… on doit…
– … rentrer chez nous.
Il a secoué la tête :
– Non, non. Vous allez me raconter votre histoire en détail !
On n’a pas osé refuser. C’était notre sauveur, après tout.

Chapitre 5

La cabane était entourée par un véritable champ de girouettes : des dizaines et des dizaines de longues tiges plantées dans le sol et terminées par d'étranges créatures en fer ou en tôle découpée, sorte de bestiaire médiéval cauchemardesque, petites gargouilles grimaçantes qui paraissaient sortir d'un tableau de Jérôme Bosch.

– C'est quoi, tout ça ? a fait Bobby Lee.

– Ça ? Les gardiens du vent, a répondu Peabody, laconique. Après vous, les mômes, entrez !

Il avait marmonné durant tout le trajet. Il avait également la manie de se gratter l'entrejambe en marchant.

– Allez, entrez ; de quoi vous avez peur ?

Vous devez vous dire « Quelle drôle d'idée de suivre un inconnu dans une bicoque perdue au fond des bois ! », et je peux comprendre ça. Mais, à l'époque, on n'était pas encore abreuvés par les médias d'histoires de viols, de meurtres ou d'enlèvements d'enfants. Je ne sais même pas si le terme *serial killer* avait déjà été inventé. Et puis, Peabody n'était pas un total inconnu. Tous les gamins des Arpents Verts avaient entendu parler de lui. Il possédait un pick-up rouillé (pour l'heure garé à côté du champ de girouettes) et, une fois ou deux, je l'avais aperçu au supermarché en train de s'approvisionner en produits de première nécessité.

De toute façon, comme je l'ai déjà évoqué, la parole d'un adulte faisait toujours autorité. Toujours.

Bref, on est entrés.

Quand j'y repense, « rustique » me semble être l'adjectif le plus approprié pour décrire l'intérieur de cette cabane.

Les murs en rondins non écorcés étaient colmatés de torchis. La table de la pièce principale (l'unique pièce, en fait) se présentait sous la forme d'une tranche de bois découpée à la tronçonneuse dans le tronc d'un arbre centenaire. Il n'y avait pas de lit, aussi j'en ai déduit que le canapé dépliable faisait également office de couchage. Il n'y avait pas de fenêtres non plus, pas d'ouvertures, à part les trous dans le toit qui devaient laisser passer l'eau par temps pluvieux, comme en témoignaient les bassines en fer-blanc disposées çà et là. L'éclairage provenait de lampes suspendues au plafond par de lourdes chaînes. Le chauffage était assuré par un antique poêle à mazout. En guise de décorations, une tête de sanglier et un gros poisson argenté ornaient les murs.

– Oh, un espadon ! j'ai fait, pour me donner une contenance.

– Non, un marlin, a corrigé notre hôte. Il a le rostre plus petit mais plus solide.

Il nous a montré le canapé-lit.

– Asseyez-vous, asseyez-vous...

On a obéi. J'ai senti des ressorts (que j'imaginais rouillés) me rentrer dans les fesses. Comment pouvait-on dormir sur un truc pareil ?

Peabody a rempli une bouilloire d'eau, puis il l'a posée sur un petit réchaud à gaz. Le clic d'un Zippo, magnifique briquet chromé, et une flamme bleue s'est mise à danser sous le récipient.

J'ai passé en revue le contenu des étagères fixées aux murs : huile, sel, sucre, poivre et, surtout, Tabasco en triple exemplaire... Apparemment, notre hôte aimait manger épicé.

Peabody a rempli trois tasses d'eau bouillante, ajouté un sachet de thé dans chaque, puis nous a demandé :

– Je vous l'allonge avec un p'tit remontant ? M'est avis que vous en avez besoin !

Il a désigné du menton une bouteille de gnôle dans laquelle macérait une espèce de batracien difforme.

– Non merci, ça va aller, j'ai dit.

– Z'êtes sûrs ?

– Oui oui, a confirmé Bobby Lee.

L'ermite a haussé les épaules.

– Tant pis pour vous.

On a accepté du sucre, en revanche. Le vieil excentrique s'est versé une bonne rasade d'alcool. Bon sang, ça puait ce truc ! Ça devait décaper du feu de Dieu...

Peabody s'est assis en face de nous, sur un vieux rocking-chair, son breuvage répugnant à la main. Le fauteuil grinçait et couinait à chacun de ses mouvements.

– Alors, racontez-moi, ce cri, là... il a repris d'un ton sérieux, concerné. Comment savez-vous que c'était le cri d'un monstre ?

– C'était pas humain, a répondu Bobby Lee.

– Mais c'était pas non plus un loup ni un coyote ni un engoulevent, j'ai complété.

Peabody a bu une lampée de son breuvage. J'imaginais une lave brûlante en train de descendre dans son œsophage. Il s'est gratté la moustache avant de lancer :

– Alors, c'était sûrement le wendigo...

– Le quoi ? a fait Bobby Lee.

– C'est un truc indien, c'est ça ? j'ai questionné.

L'ermite a opiné.

– Un esprit de la forêt. Très puissant. Dans nos contrées, on l'appelle également l'« homme à tête de caribou »...

Bobby Lee a failli recracher son thé.

– Oh bon Dieu, il a fait. Oh bon Dieu !

– Qu'est-ce qu'il y a ? j'ai lancé.

– Un homme à tête de caribou. C'est ça !

– Explique-toi, à la fin.

– Ma sœur... elle dit qu'elle l'a vu. Elle a vu le wendigo ! Elle l'a même dessiné.

Mon pote avait une petite sœur, Nelly, de six ans sa cadette, une poupée blonde que tout le monde s'obstinait à trouver adorable. Enfin, tout le monde sauf Bobby Lee. Pour lui, elle incarnait une version féminine de l'Antéchrist. C'était bien sûr très exagéré car, dans le fond, Nelly n'était pas pire que n'importe quelle petite sœur. Certaines personnes sont faites pour être enfant unique, et Bobby Lee appartenait sans doute à cette catégorie. Il enviait ma tranquillité, ma caisse de jouets « à-moi-tout-seul », l'affection de mes parents, ou en tout cas celle de ma mère, totalement focalisée sur ma petite personne. Chez lui, frère et sœur communiquaient par moult pincements ou coups de pied dans les tibias, donnés sous la table, pendant que toute la famille regardait *I love Lucy* à la télé. Bobby Lee décrivait sa frangine comme une enfant capricieuse, capable de n'importe quoi pour, je cite, « faire son intéressante ». Elle disait qu'elle entendait des voix, la nuit, que des esprits lui parlaient. En temps normal, Bobby trouvait ces histoires ridicules, mais là, il avait l'air terrifié.

– Elle ne dessine pas très bien, a repris mon ami, mais son dessin, c'était tout à fait ça : un homme avec une tête de caribou. Il était accompagné d'un lapin, vous voyez, le genre de lapin mignon qu'on trouve dans les films de Walt Disney ? *Bambi* par exemple... « C'est le traducteur de l'autre », a dit ma sœur. « Comment ça ? » j'ai dit. « L'autre, le monsieur à la tête de caribou, ne sait pas s'exprimer avec des mots, alors le lapin le fait pour lui. » Elle prétend que l'homme à la tête de caribou vient cogner contre sa fenêtre, le soir, de temps en temps. J'ai cru qu'elle racontait encore des histoires à dormir debout, mais maintenant je sais plus trop...

Pensif, Peabody a fait passer le thé alcoolisé d'une joue à l'autre, comme un bain de bouche, avant de l'avaler.

– Intéressant, il a dit.

Un truc me tracassait.

– Ce wendigo, j'ai demandé. Il a des pouvoirs ?

– Oh oui, a acquiescé notre hôte. Il peut manipuler la météo, déclencher des tempêtes, faire tomber la foudre... Il peut faire venir la nuit, des heures avant que le soleil ne se mette à décliner ! Il a un cœur de glace, bien visible à l'intérieur de sa poitrine décharnée. Et on prétend qu'il est impossible de le tuer car ses blessures cicatrisent à une vitesse extraordinaire...

– Il est... gentil ou méchant ? j'ai continué.

– Je ne sais pas... Mais, personnellement, j'aurais tendance à me méfier d'une créature qui a un cœur glacé.

– Et... et vos « gardiens du vent », dehors ? C'est pour quoi ? a insisté Bobby Lee d'une voix blanche.

Un voile sinistre est passé sur le visage du vieillard.

– Il y a plusieurs sortes de vents... Tout d'abord le vent d'ouest qui vient du grand large, mystérieux, mais porteur d'espoir, mais il y a aussi « El Diablo », celui qui prend sa source dans les terres sèches, arides du Sud. El Diablo est vicieux. Il rend fou, souffle sur les mauvaises braises qui couvent dans nos cœurs de la même manière qu'il attise les incendies de forêt. Méfiez-vous, quand le vent vient du sud. C'est souvent un présage funeste.

« El Diablo » ? J'avais déjà entendu parler du Santa Ana, le vent du Mexique, mais jamais de celui-là. J'ai néanmoins hoché la tête, avec le sérieux et l'air pénétré de quelqu'un qui laisse des paroles mystérieuses infuser lentement en lui.

– Alors les girouettes, c'est pour repérer ce vent mauvais ? a encore demandé Bobby Lee.

– Tout juste, s'est esclaffé Peabody, mais c'était un gloussement amer et sans joie.

Personne n'a rien dit pendant une minute ou deux. On buvait notre thé en silence. Le vieil homme a plongé la main dans une poche cousue sur le devant de sa veste rouge vif, et il en a extirpé un paquet de Kool tout cabossé.

– Z'en voulez une ?

On a encore une fois secoué la tête. L'emballage était en piteux état, tout comme la clope qu'il en a retirée. Ça ne l'a pas empêché de l'allumer avec son Zippo. En ce temps-là, tout le monde fumait. En voiture, dans les fêtes, mais aussi au cinéma : tout le monde fumait tout le temps. Quand je repense aux années cinquante, je revois un nuage de fumée stagnante. J'avais déjà essayé, comme la plupart des garçons de mon âge (John Wayne fumait, Gary Cooper fumait... donc c'était forcément COOL !), sauf que cette première tentative m'avait juste donné envie de rendre tripes et boyaux. Pareil pour Bobby Lee. Cependant, notre heure viendrait, on n'en doutait pas. On allait faire comme les grands, un jour ou l'autre. La clope était un stade à franchir, un rite de passage obligé, sans doute l'un des derniers de la société occidentale moderne. Idem pour la première cuite, le permis de conduire, ou le sexe avec les filles.

Curieux de nature, je regardais autour de moi. Il y avait un fusil accroché au mur, avec les trophées de chasse.

– Depuis combien de temps vous vivez ici ? j'ai questionné.

Peabody a réfléchi avant de répondre :

– J'ai construit cette cabane peu après la guerre, donc ça fait juste quatorze ans... Elle a votre âge, à peu près.

– Et les autres, je veux dire, les gens... ils ne vous manquent pas ?

– Oh ça non, alors !

– Vous n'avez pas de famille ? a jeté Bobby Lee, enhardi par mes questions.

– Ma femme est morte pendant la Grande Dépression, et nous étions sans enfants.

D'une chiquenaude, il a fait tomber un peu de cendre par terre. J'ai reposé ma tasse.

– Pourquoi vivre comme ça, tout seul dans la forêt ? j'ai balancé.

– Il y a toujours un moment dans sa vie où un homme se trouve confronté à deux sentiers : celui de gauche et celui de droite.

– Vous parlez de quoi, là ? de politique ?

– Non, je parle de choses plus profondes, de choses personnelles.

– Et lequel des deux sentiers est le bon ?

– La réponse est différente pour chaque homme... Vous avez déjà entendu parler de Thoreau, les mômes ?

On a secoué la tête en signe de dénégation.

– C'était un philosophe du dix-neuvième siècle. Il a écrit ce livre, là, *Walden ou La vie dans les bois*. Formidable ! Épatant ! Il a habité dans une cabane construite au bord d'un lac pendant deux ans, deux mois et deux jours.

– Pourquoi ?

– Il voulait réfléchir en paix.

– Réfléchir à quoi ?

– À tout. Les hommes, la société... Son monde était en train de changer... L'industrialisation. Tout allait de plus en plus vite...

– Comme maintenant, j'ai dit.

Peabody a opiné :

– Oui, comme maintenant.

– Alors vous êtes un peu le Thoreau des temps modernes ? a risqué Bobby Lee.

– Ha ha ! Moi ? (Il a agité la main pour chasser une mouche invisible devant sa poitrine.) Non, mais j'aimerais bien...

– Vous n'avez pas envie d'écrire un livre, comme lui ? a repris mon copain.

– Non, j'en suis bien incapable. Il y a des passages formidables dans Thoreau... Il décrit en détail la faune et la flore du Massachusetts. Des pages entières sur des fruits des bois. Des pages entières sur une fleur. Il y a même un dialogue avec une marmotte dans son chapitre « Une promenade en hiver ».

– Une marmotte ?

– Oui. Thoreau discute avec le petit animal et en conclut que ce dernier lui est supérieur, dans le sens où il est beaucoup plus adapté que lui à la vie sauvage.

Le vieil homme s'est levé pour prendre un livre sur une étagère. Il s'agissait d'un exemplaire tout racorni de *Walden ou La vie dans les bois*.

– Il faut lire ça, les jeunes !

Bobby Lee m'a montré du doigt.

– David lit beaucoup, et il écrit des histoires. Elles sont bonnes.

– C'est vrai, ça ? m'a demandé Peabody, un sourcil ironique relevé, comme s'il m'étudiait d'un œil neuf.

Il a retiré ce qui restait de la cigarette de sa bouche, l'a laissée tomber sur le sol en terre battue et a écrasé à mort le mégot avec plusieurs va-et-vient de son rocking-chair. J'étais presque aussi rouge que sa veste d'uniforme.

– J'écris un peu, j'ai fait, gêné.

– Non, non, il écrit beaucoup, m'a contredit Bobby Lee. Des trucs sensass ! Des histoires de Fort Alamo… Par exemple, cette histoire géniale où des aviateurs de la Seconde Guerre mondiale remontent dans le temps pour aller sauver les Texans !

Je me suis rappelé de tuer mon pote quand on serait seuls.

– Très intéressant, a dit le vieux avec un petit sourire amusé. Alors, peut-être qu'un jour, tu me mettras dans l'un de tes romans ?

– Je n'écris que des nouvelles.

– Alors dans l'une de tes nouvelles ?

Il a recouvert de terre le mégot écrabouillé, du talon de sa botte. J'ai haussé les épaules.

– Je ne sais pas. Peut-être.

J'avais soudain très envie de parler d'autre chose. J'ai questionné :

– Pourquoi l'uniforme ? Vous n'êtes pas d'origine canadienne ?

Peabody a rigolé un bon coup.

– Pourquoi ? Mais parce que ça a de la gueule, pardi !

On a pris congé de l'ermite peu de temps après. J'avais oublié le cri.

Alors qu'on s'éloignait de la cabane, marchant entre les girouettes, Bobby Lee a dit :

– Il est un peu barjot, non, tu trouves pas ?

– Bof, pas tant que ça, j'ai répondu.

J'avais décidé en mon for intérieur que j'aimais bien ce vieil excentrique. Il ne tenait pas des propos lénifiants, comme la plupart des adultes. Franc et direct, il s'exprimait avec une sincérité rafraîchissante. Il était « rustique », en quelque sorte... à l'image de sa cabane.

Soudain, tous les bruits de la forêt ont cessé autour de nous. Pépiements d'oiseaux, craquements de branches, stridulations des insectes... Il n'y avait plus rien. La nature retenait son souffle.

Puis, on a entendu les grincements. Les girouettes se tournaient toutes dans le même sens, avec un bel effet d'ensemble, semblables à une armée réagissant à un ordre précis. Leurs faciès grimaçants pointaient vers le nord. Cela signifiait que le vent provenait de la direction opposée.

– El Diablo, j'ai murmuré.

Sans se concerter, on s'est mis à courir pour rentrer direct au lotissement.

Chapitre 6

Le soir même, Bobby Lee est venu à la maison. Il dînait de plus en plus souvent avec mes parents et moi. Ces parenthèses lui permettaient d'échapper à sa sœur, mais aussi et surtout à l'ambiance délétère qui régnait chez lui. Il y avait « de l'eau dans le gaz » entre monsieur et madame Brown. La mère de Bobby Lee soupçonnait son père d'entretenir une liaison avec sa secrétaire. Tous les jours, c'était cris et vaisselle cassée, à en croire mon copain. Pourtant, en apparence, tout allait bien. Famille heureuse, deux beaux enfants, une bonne situation (monsieur Brown travaillait dans les prêts immobiliers). Une image idyllique. Comme chez les Bannerman. Comme chez moi.

Mes parents se disputaient rarement. Ils étaient méthodistes tous les deux. Ils votaient républicain tous les deux. Le seul point délicat, c'était le travail des femmes. Ma mère aurait aimé reprendre ses études et trouver un emploi, mais mon père avait toujours répondu « non ».

Pour lui, la place d'une épouse était au foyer. Il avait, sur le sujet, une attitude très conservatrice.

– David est grand, maintenant, plaidait maman. Je pourrais au moins prendre un poste à mi-temps !

– Et qui s'occupera de la maison ? rétorquait mon père.

– Avec deux salaires, on pourrait se payer une femme de ménage.

– Non, non, pas question. Je ne fais pas rentrer une étrangère chez moi ! Et puis le monde du travail est un monde dur, agressif ; tu n'y aurais pas ta place...

Mes parents s'étaient rencontrés au milieu des années trente, en plein pendant la Grande Dépression, quand ils étaient adolescents. Mon père, nouveau à l'école, avait eu le coup de foudre pour maman dès qu'il avait mis un pied dans la classe. Il l'avait tout de suite repérée, assise dans la rangée du milieu. Elle avait des couettes, les doigts tachés d'encre, et les plus beaux yeux verts qu'il ait jamais vus (je n'en ai pas hérité, malheureusement ; les miens sont marron, très banals). En rentrant chez lui, le soir, Sydney Jones avait déclaré tout de go à mon grand-père paternel :

– J'ai rencontré cette fille, Dora Woodward, et je vais l'épouser.

J'ai du mal à imaginer mon père aussi sûr de lui, plein d'allant, dynamique, mais c'est papi Jones en personne qui m'avait raconté l'anecdote... Sans le savoir, papa avait fait un excellent choix. La famille Woodward était l'une des plus en vue de la ville. Mon grand-père maternel aurait préféré que sa fille fréquente un garçon issu d'une meilleure famille que celle de ce jeune freluquet sans le sou (les Jones étaient des petits commerçants qui, à l'époque, joignaient tout juste les deux bouts), mais devant l'enthousiasme de sa Dora chérie, il avait cédé et remis au jeune couple un pécule pour, je cite, « les aider à bien démarrer dans la vie ».

Mes parents s'étaient mariés juste avant le début de la Seconde Guerre Mondiale. Impossible d'oublier leur lune de miel en Floride : cette dernière avait été interrompue par l'attaque de Pearl Harbour. Mon père devait se présenter au bureau de recrutement dans les plus brefs délais. Il a donc passé une bonne partie du conflit à tamponner des papiers et à classer des bons du Trésor. C'était une période difficile pour le couple. Après deux fausses couches et des complications, les médecins avaient enjoint à ma mère de ne plus essayer d'avoir d'enfant. Mais Dora Jones savait ce qu'elle voulait. J'étais né le 2 juin 1946. Si l'on calcule bien, ma conception remonte à la capitulation du Japon. L'optimisme de la victoire, sans doute ! Un optimisme partagé par nombre d'Américains : je me situais à l'avant-garde du baby-boom, la plus spectaculaire explosion démographique que le pays ait connue.

En 51, mon père avait décroché un job dans une agence de communication, à Seattle. Simple grouillot au départ, il avait rapidement gravi les échelons pour finir chef du service « publicité ». Maman semblait s'être résignée à son rôle de parfaite maîtresse de maison. La paye de son époux était plus que confortable, aussi nous ne manquions de rien : pavillon de banlieue, voiture, jardin, arrosage automatique, télé...

Mes parents avaient leurs zones d'ombre, eux aussi, leurs secrets cachés, mais ça, je l'ai appris plus tard...

– Regarde ! m'a jeté mon pote, une fois qu'on est montés dans ma chambre.

– Quoi ? j'ai dit.

Il a sorti de sa poche un papier tout froissé : un dessin d'enfant. La maison crayonnée maladroitement était sans doute censée représenter celle des Brown. Un personnage doté d'un corps humain (type bonhomme fil de fer) et d'un long museau se tenait près de l'une des fenêtres. Une naïve demi-lune flottait dans un ciel piqueté d'étoiles grossières.

– J'ai pris ça en passant chez moi. C'est l'homme à la tête de caribou dessiné par ma frangine, a précisé Bobby Lee.

Son doigt pointait les ramures qui ornaient la tête de la créature (de l'autre côté de la frontière, les Québécois disaient « panaches »).

– Et ça, c'est quoi ? j'ai demandé en indiquant une espèce de crotte de nez surmontée de grandes oreilles.

– C'est le lapin qui l'accompagne. Son traducteur.

– D'accord, j'ai marmonné, perplexe.

Bobby Lee a replié le papier et l'a rangé dans sa poche.

– Tu crois qu'il existe, le wendigo ?

– Qu'est-ce que j'en sais, moi ?

Bobby Lee a pioché au hasard dans ma pile de bandes dessinées (surtout des *Superman*, des *Amazing Stories* et des *Unexpected Tales*) et il s'est jeté sur mon lit pour feuilleter un *comic* aux couleurs criardes. Il ne lisait pas. Regarder les images lui suffisait. Il n'aimait pas lire. Il disait qu'il n'avait pas la patience pour ça. Mes histoires, il fallait que je les lui raconte.

– Tu crois que tu pourrais écrire une nouvelle avec le wendigo ? il m'a demandé.

– Je ne sais pas...

– Une histoire d'horreur ! Ce serait bien, non ?

– Ouais, pourquoi pas...

– Après, je la raconterai à ma sœur, et elle fera des cauchemars.

Il a gloussé. Cette perspective le réjouissait.

Je me suis assis à mon bureau et j'ai allumé la petite radio que l'on m'avait offerte pour mon douzième anniversaire. J'adorais les feuilletons radiophoniques, les histoires de justiciers masqués, d'enquêteurs, de détectives... Et s'il y avait un élément fantastique en prime (fantôme, monstre mystérieux, ou autre), alors là, c'était carrément le pied.

– Tu cherches Lone Wolf ? a jeté Bobby Lee.

– Ouais, j'ai fait en jouant avec la mollette de l'appareil.

Lone Wolf. Le « Loup Solitaire ».

C'était encore mieux que les feuilletons, parce que là, c'était vrai.

Personne (et surtout pas les autorités !) ne connaissait la véritable identité de Lone Wolf. Une légende vivante, ce mec. On racontait tout et n'importe quoi sur son compte : qu'il avait son propre studio de radio mobile, qu'il diffusait ses programmes à partir d'un camion tout équipé, ou peut-être même à partir d'un avion qui survolait la région, sans autorisation, au nez et à la barbe de la police. On racontait qu'il n'était pas solitaire du tout, qu'il avait une équipe à son service. On racontait qu'il y avait plusieurs Lone Wolf, des jumeaux avec la même voix ou presque, et qu'ils se relayaient à l'antenne, non-stop. Cela aurait expliqué le fait que le show était diffusé vingt-quatre heures sur vingt-quatre, sept jours sur sept. « Quand est-ce qu'il dort ? je m'interrogeais. Quand est-ce qu'il mange ? » Bien sûr, il y avait de longues plages musicales (du jazz, du rock), des morceaux qui s'enchaînaient sans interruption pendant une heure ou deux... mais ça n'aurait jamais suffi à un homme normal pour récupérer, pour recharger ses batteries. Parfois je me demandais si Lone Wolf n'avait pas des pouvoirs, comme un super-héros. Ou alors peut-être que la plupart de ses programmes étaient enregistrés à l'avance ? Comment savoir ?

Une chose demeurait certaine : Lone Wolf était un rebelle. Il s'était autoproclamé le « dernier esprit libre de l'Amérique » ! Ouais, rien de moins. Il critiquait le gouvernement et le président, une décennie avant que la contestation ne devienne LE grand sport national ! Mon père le traitait de « beatnik ». À treize ans, je n'avais évidemment lu ni Kerouac ni Ginsberg, aussi la comparaison ne m'évoquait pas grand-chose ; mais, avec le recul, je trouve que mon vieux n'avait pas tort. Lone Wolf était provocateur, anticonformiste, et il avait un solide sens de l'humour, un humour très particulier. Il aimait tout ce qui était absurde et travaillait par association d'idées. Quand il partait dans un délire, sa prosodie devenait libre et rythmée, comme s'il entrait en transe. Mon père pensait qu'il se droguait. Sur ce point-là aussi, il avait sans doute vu juste. Sur ce point-là aussi, Lone Wolf avait dix ans d'avance.

– Alors, tu trouves ? a fait Bobby Lee.

La patience n'était pas la qualité principale de mon pote.

Écouter Lone Wolf, ça se méritait, comme la forêt ! Le « dernier esprit libre de l'Amérique » changeait de fréquence tous les jours. Il fallait s'armer de patience pour trouver la bonne et, même lorsque c'était chose faite, la réception n'était pas forcément de première qualité, diffusion pirate oblige... Pour l'heure, j'avais beau ratisser la bande passante dans tous les sens, je n'obtenais que des grésillements horripilants entre deux stations officielles.

– De quoi il va parler, d'après toi, aujourd'hui ? m'a demandé Bobby Lee.

– J'en sais rien.

Cuba ? La condition des Noirs dans les États du Sud ? Le complexe militaro-industriel ? Lone Wolf avait plusieurs sujets de prédilection. Des marottes, pourrait-on dire. Mais ce que je préférais, c'était son horoscope surréaliste, son courrier des lecteurs ou encore quand il commentait les programmes télé en se moquant des présentateurs, des annonceurs, des sponsors... Dans l'univers des médias, personne ne trouvait grâce à ses yeux.

– *Et l'Iran ?* a craché la radio. *Crrrrrr... voulez que je parle... crrrrchhhh... de l'Iran ?*

– Je l'ai ! j'ai beuglé.

Bobby Lee est venu s'asseoir à côté de moi, pendant que je tournais la mollette avec une infinie délicatesse, dans un sens, puis dans l'autre. Du travail d'orfèvre.

– *Crrrrritchh... core un super boulot de nos petits gars de la CIA !* a lancé Lone Wolf.

– T'auras pas mieux, a fait remarquer Bobby Lee.

J'ai encore tâtonné durant une trentaine de secondes, bougé le poste, remué l'antenne, mais mon pote avait raison. Je n'obtiendrais pas de meilleure réception.

– *Mossadegh, le Premier ministre iranien, ne plaisait pas trop à notre cher président... ccrrrchhh... ni aux Anglais qui avaient des intérêts pétroliers dans la région...*

– Oh non, il parle de politique, a soupiré Bobby Lee. J'aime pas quand il fait ça. J'y pige que dalle.

Mon ami est retourné se vautrer dans le coin lecture pendant que je restais l'oreille collée à la radio. Évidemment, moi non plus, je ne comprenais pas grand-chose aux questions de politique étrangère mais, je ne sais pas ; disons que ça m'intéressait.

– *Pas grave si Mossadegh avait été démocratiquement élu par son peuple, hein ? Crrrrchhh... Nous, les grands champions de la liberté... crrrrr... ne nous dérange pas de décider à la place des autres quand on estime que... crrrchhh...*

– Pffff, l'Iran ! a lâché Bobby Lee. Qu'est-ce qu'on en a à fiche de l'Iran ? C'est où, d'ailleurs ?

– Tais-toi, j'ai aboyé.

Il s'est replongé dans un vieux *Batman*.

– La prochaine... crrrr... fois, les p'tits loups, je vous parlerai du Guatemala, du président Arbenz et de la Pieuvre, la United Fruit Company... crrritch...

Lone Wolf appelait ses auditeur les « p'tits loups ». Logique. J'ai souri car j'aimais bien ce surnom.

– En attendant, l'horoscope de la semaine !

Bobby Lee s'est redressé, l'oreille tendue.

– Ah, ça c'est bon ! Monte le son !

J'ai obéi. Moi aussi, je raffolais de cette rubrique.

– Bélier... crrrrrr... vous allez faire un pacte avec un tueur, mais l'affaire se retournera contre vous... Taureau : vous allez apprendre que votre mère n'est pas votre mère, mais une extraterrestre en provenance de la planète X-22 et qu'elle n'a qu'un seul objectif : conquérir la Terre !

– Ha ha ! s'est esclaffé Bobby Lee.

– N'importe quoi ! j'ai approuvé.

On se bidonnait.

– Vierge... crrrrrr... vous allez changer de nom et piocher le prochain au hasard dans l'annuaire... Gare à vos miches, si vous tombez sur Victoria Tracy... crrrr... Balance : vous allez sonner à la porte d'Edgar G. Hoover

à 2 heures du matin, déguisé en Groucho Marx... crrrrr... Scorpion : ne vous étonnez pas si votre labrador noir se met à parler, c'est la saison !

On se tordait de rire sur mon lit. Littéralement. Aussi la voix de ma mère nous a fait l'effet d'un seau d'eau froide quand elle a crié, depuis la salle à manger :

– Les garçons, à table !

– Ouais, deux secondes, m'an, on arrive !

Pas question de manquer la fin de l'horoscope.

– Crrrrr... Poisson : vous allez vous transformer en truite lundi prochain ! Allez, salut les p'tits loups !

– Ha ha, il est fort, a dit mon pote.

– Il est trop fort, j'ai renchéri.

J'ai coupé le son et on est descendus au rez-de-chaussée.

En sus de l'inévitable tourte, il y avait du potage au menu : des vermicelles en forme de lettres de l'alphabet. Quand il n'en restait plus qu'un fond, on s'amusait à les agencer de façon à faire des mots.

Mon père s'est levé pour allumer notre grosse télé (l'équivalent du tricératops sur l'échelle de l'évolution audiovisuelle). Je vous parle d'un temps où la télécommande n'existait pas. De toute façon, le choix n'était pas énorme : trois chaînes granuleuses en noir et blanc, en tout et pour tout. Papa a choisi CBS, celle qu'il préférait pour l'information. Le journal diffusait un reportage sur le jeune sénateur John F. Kennedy, main dans la main avec sa jolie épouse, Jackie. Là encore, l'image parfaite d'un couple parfait.

– Il paraît qu'il songe à se présenter à la prochaine présidentielle, a dit maman.

– Un catholique irlandais, a grommelé mon père. Pfff, il n'a aucune chance.

– Sydney ! l'a rabroué ma mère.

Les Brown étaient de confession catholique. Maman s'est tournée vers mon pote.

– Excuse-nous, Bobby Lee.

– Oh, c'est rien, m'dame, pas de souci. Mon père dit bien du mal des Juifs, alors...

La télévision avait détrôné la radio dans une bonne partie des foyers et changé les habitudes des Américains. On mangeait en regardant cette étrange lucarne magique. On sortait moins, le soir, ou alors on rentrait plus tôt. La fréquentation des cinémas avait chuté de manière dramatique. On pouvait deviner à quel moment étaient diffusées les pauses publicitaires rien qu'en consultant la courbe de la consommation d'eau dans les grandes villes : quand la pub arrivait, les gens se ruaient en masse dans les toilettes et tiraient la chasse quasiment tous en même temps !

– Vous savez ce qu'elle a sorti, ma sœur, l'autre jour ? est intervenu Bobby Lee, une fois le reportage terminé. Elle a rêvé de cet homme, là, ce John Kennedy.

– Ah bon ? a fait ma mère, intriguée.

Bobby Lee a acquiescé :

– « J'ai rêvé de ce monsieur, qu'elle a dit. Dans mon rêve, il était président, et il se faisait tuer par un méchant avec un fusil. Sa tête explosait comme une pastèque ! » Et là, elle a aboyé « Bam ! », avec le geste (il a écarté les mains d'un coup)... Non, mais vous vous rendez compte ? Elle ne sait plus quoi raconter pour attirer l'attention !

Ma mère a pris un air outré.

– Quelle horreur... Heureusement, ce n'était qu'un rêve. Aucun président n'est mort assassiné par balle depuis très longtemps. Depuis Abraham Lincoln, au moins !

– Pas tout à fait, a corrigé mon père en aspirant sa soupe bruyamment. Il y a eu également James Garfield en 1881 et William McKinley vingt ans plus tard...

– Enfin, d'accord, mais tu conviendras avec moi que, statistiquement parlant, la chose est quand même rare, a riposté ma mère.

Un certain voyage à Dallas, en 1963, nous a prouvé par la suite que la petite Nelly avait vu juste, concernant Kennedy. Elle pouvait discerner le futur, prévoir des choses, mais pas tout, la pauvre. Un événement tragique allait frapper sa famille à la toute fin de l'année 1959 ; j'y reviendrai...

Pour l'heure, mes parents continuaient de se disputer au sujet des présidents assassinés par balle. Je vous avoue que je n'ai pas écouté la suite de la conversation. Je jouais mécaniquement avec les derniers vermicelles qui trempaient dans mon potage.

Soudain, j'ai réalisé que les lettres restantes formaient la phrase... « She needs you » !

J'ai cessé de remuer ma cuillère, comme pétrifié par un charme magique. Je n'entendais plus rien d'autre que les battements de mon cœur.

SHE – NEEDS – YOU

Ces trois mots paraissaient me narguer du fond de l'assiette. J'ai touillé nerveusement le fond de soupe, histoire de rompre le maléfice.

Chapitre 7

Chaque dimanche, on assistait à la messe.

Je ne peux pas dire que j'aimais ça. Le débit monocorde de notre pasteur, le révérend Smith, avait tendance à m'endormir. Petit, rougeaud, il prêchait sur sa chaire avec une conviction appliquée, sans aucune flamme. Je me réveillais quand on devait se lever pour chanter les cantiques, accompagnés à l'harmonium par madame Altmeyer, une femme d'âge mûr toujours habillée en noir.

Martha Altmeyer avait perdu son mari durant la Seconde Guerre mondiale, et ses deux fils, plus récemment, en Corée. Ces morts successives ne semblaient pas avoir altéré sa foi en un Dieu bienveillant, puisqu'elle venait à l'église, comme nous tous, chaque dimanche. Elle touchait une pension de veuve de guerre et habitait dans notre lotissement. Mes parents m'avaient envoyé chez elle prendre des cours de piano, quand j'étais plus jeune. J'avais rapidement laissé tomber. Le solfège me rebutait mais, j'ai quelques scrupules à l'avouer, j'avais également la trouille d'aller dans cette maison. Les volets y étaient toujours clos. La veuve avait transformé son manteau de cheminée en autel dédié à la mémoire de ses chers disparus. Des cierges et de l'encens brûlaient en permanence, achevant de conférer aux lieux une atmosphère funèbre. On murmurait dans le quartier que madame Altmeyer parlait aux esprits, qu'elle faisait tourner les tables. Souvent, on la voyait errer dans les rues, sans but. Bobby Lee et moi, on la surnommait la « dame en noir ».

Martha Altmeyer a plaqué deux accords prolongés, signe que le cantique touchait à sa fin, et tout le monde s'est rassis.

Le révérend a repris la parole. C'était reparti pour un sermon soporifique.

D'habitude, entre deux chants, je me laissais gagner par une douce léthargie. Mes pensées dérivaient.

Mais pas ce dimanche-là.

Dès le début de la messe, j'avais repéré Ruth Bannerman, assise à côté de son mari, deux rangées devant nous. Toute mon attention était concentrée sur sa nuque, sur ses cheveux, sur la barrette qui les maintenait en place. Je me sentais aspiré dans la spirale de son chignon comme par un vortex. La lumière filtrée par les vitraux colorait le grain de sa peau d'une aura irréelle.

La messe dite, la quête passée (ma mère préparait toujours deux dollars en petite monnaie pour la circonstance), les paroissiens se sont déversés sur le parvis de l'église devant lequel étaient garées tout un tas de Buick, Ford, Chevrolet... Les carrosseries brillaient, rutilantes. Les bavardages sonnaient joyeusement dans l'air clément de cette fin de matinée estivale. Je balayais les alentours du regard (j'avais perdu Ruth Bannerman de vue au moment de la sortie), lorsque mes yeux se sont arrêtés sur quelque chose d'intéressant.

Mister Délices, le camion du glacier ! Sa petite musique (une mélodie semblable à un carillon) sortait de l'enceinte fixée sur le toit, juste à côté du panneau sur lequel était peint un petit bonhomme tenant en main un cornet à deux boules. Le petit bonhomme avait l'air de se régaler. Il avait le sourire, de grands yeux et de la glace à la framboise autour de la bouche. Cette image m'a instantanément fait penser à Ruth, blessée, entièrement nue, dans la rue. Quoi que je fasse, quoi que je songe, j'en revenais toujours à elle.

J'ai croisé les doigts pour que ma mère ait gardé un peu de monnaie.

– M'an, il te reste un dollar ?

– Pourquoi, chou ?

– Le camion des glaces, il est là.

Ma mère a sollicité du regard l'autorisation paternelle, qui est venue l'instant d'après sous la forme d'un sobre hochement de tête.

– Merci m'an ! j'ai dit en prenant la pièce.

J'ai filé vers *Mister Délices*. Ouais, je sais : à peine sorti de l'église, je cédais déjà au péché de gourmandise. Pas joli joli. Mais je n'étais pas le seul, ceci dit ! Il y avait une sacrée queue devant le camion. J'ai pris ma place dans la file et mon mal en patience.

Devant moi se trouvait Jenny Malone, l'idéal féminin de Bobby Lee. Elle parlait avec une amie à elle. Blonde également. Jolie à croquer également. Les deux adolescentes discutaient de garçons, bien sûr. Quoi d'autre ? D'un certain Francky et d'un certain Jock, pour être plus précis. Elles en parlaient en des termes très imagés. Elles gloussaient. Le dénommé Jock avait une voiture dont les sièges arrière pouvaient se replier. Selon toute vraisemblance, la gourmandise n'était pas le seul péché auquel les demoiselles s'apprêtaient à céder, si ce n'était déjà fait.

– Un cornet à une boule, j'ai dit, quand mon tour est arrivé. Chocolat praliné.

– Ça roule ! m'a répondu le glacier.

C'était un homme jeune, dans les vingt ans, un calot blanc (de la même couleur que son tablier) posé sur sa tignasse brun foncé. Il souriait tout le temps. Il avait des grandes dents et une mâchoire chevaline qui accentuait son sourire jusqu'à la caricature.

Il a trempé son espèce de cuillère à sorbet dans un bac d'eau tiède, l'a essuyée, puis il a pris une bonne portion de chocolat dans le bac marron. Il avait des gestes sûrs, mille fois répétés. La boule glacée est venue orner le dessus du cône en gaufrette, cornet qu'il m'a tendu sans se départir de son large sourire.

– Ça fera trente-cinq cents, p'tit.

J'ai payé et j'ai dit :

– Merci, m'sieur.

– C'est moi qui te remercie, mon garçon.

Je suis retourné vers mes parents en gambadant. La glace était délicieuse.

– Tu feras attention à ne pas en mettre partout sur le cuir des banquettes, comme l'autre fois, m'a averti mon père.

On était sur le point d'embarquer dans notre chère Thunderbird quand une voix a lancé :

– Madame Jones !

Ma mère s'est retournée pour voir Ruth qui avançait vers elle en souriant. Le sang a déserté mon visage, d'une part car je sentais venir le quiproquo à grands pas, de l'autre car j'ai tout de suite trouvé que Ruth (que je découvrais de face pour la première fois de la matinée) était trop maquillée. Elle portait des lunettes de soleil. Son mari la suivait en traînant la patte, mains dans les poches. Il avait des cheveux très sombres, gominés, ramenés en arrière, et la brillantine luisait.

– Merci, madame Jones, a dit Ruth en serrant chaleureusement la main à ma mère.

Maman a affiché une mine interdite.

– Mais, euh, pourquoi ? elle a bredouillé.

– Pour la tourte, bien sûr. Cette délicieuse tourte aux épinards.

Je me suis raidi. J'ai regardé ma glace, qui fondait goutte à goutte, mes chaussures (bien cirées, comme tous les dimanches)... J'aurais donné cher, très cher pour me trouver ailleurs à cet instant précis.

– Eh bien... de rien, a finalement répondu ma mère avec un sourire gêné.

Elle distribuait tellement de tourtes aux uns et aux autres. Elle avait très bien pu oublier celle-ci.

J'ai poussé un intense soupir de soulagement intérieur... puis je me suis raidi à nouveau quand j'ai aperçu l'ecchymose juste au-dessus de la pommette de Ruth, tout près de l'œil gauche. Certes, l'ovale des lunettes et la généreuse couche de fond de teint camouflaient assez bien le bleu. Un œil distrait pouvait se laisser abuser. Mais j'étais placé dans un angle parfait et, de surcroît, les regards que je dardais vers Ruth Bannerman étaient tout sauf distraits.

Son mari et mon père ont échangé une poignée de main virile.

– Syd'...

– Mike...

C'était donc Mike, son prénom. Ce salaud s'appelait Mike Bannerman. Je dis « salaud » car, pour moi, cela ne faisait plus aucun doute : il battait son épouse, la femme la plus douce et la plus gentille du monde, un ange descendu sur Terre.

Comme s'il avait lu dans mes pensées, le héros de guerre a coulé de biais un regard vers moi.

– Salut, il a dit. David, c'est bien ton prénom, hein ?

J'ai hoché la tête mais une boule invisible de la taille d'une balle de golf obstruait ma trachée.

– Elle a l'air bonne, ta glace, elle est à quoi ?

– Cho... chocolat, monsieur. Praliné.

– Super.

Ma glace avait beau être délicieuse, je ne pouvais plus rien avaler. Les yeux de l'adulte me disaient « Je me souviens de toi, je me souviens de l'autre soir », mais aussi « Est-ce que tu as su tenir ta langue ? »...

– Vous me donnerez votre recette ? a demandé Ruth à ma mère.

– Avec joie.

Pendant ce temps, on s'affrontait en silence, avec Bannerman. La glace coulait et me collait aux doigts. Je dois avouer que j'ai perdu le duel : j'ai baissé les yeux le premier. Il y avait une telle autorité, une telle menace implicite dans le regard de cet homme... Je ne faisais pas le poids.

– On se voit vendredi soir, chez les Mulligan ? a poursuivi ma mère.

– Oui, oui, tout à fait...

Encore un apéro dînatoire en perspective. Il y en avait un ou deux chaque week-end, aux Arpents Verts, pendant l'été.

J'ai scruté mes parents avec intensité, comme pour leur envoyer un SOS mental. Est-ce qu'ils avaient remarqué le bleu ? Apparemment non, ils étaient tout sourires.

– Il faut que veniez manger à la maison, un de ces quatre, Mike, a dit mon père.

– Oui, bien sûr, avec plaisir, a répondu Bannerman.

Ruth s'est tournée vers moi et mon cœur a cessé de battre.

– Comment vas-tu, David ?

– Je... bien. Je vais bien, merci.

Elle m'a caressé la joue avant de dire à ma mère :

– Votre fils est adorable.

Il y a eu encore quelques paroles polies de part et d'autre, quelques bises et poignées de main, mais je n'étais plus là, sur le parking de ma petite bourgade de l'État de Washington. Non, j'étais... ailleurs. Court-circuit interne. Le contact de sa peau. Le timbre chaud de sa voix. Le souvenir de sa troublante nudité. J'avais décollé vers la galaxie des amoureux transis, là où le temps et l'espace ne veulent plus dire grand-chose.

Quand j'ai repris mes esprits, je me trouvais sur le siège arrière de la Thunderbird familiale. J'avais terminé la glace au chocolat ; mes doigts étaient sucrés et poisseux. Mon père conduisait, ma mère assise à côté de lui.

– Très gentils, ces Bannerman, a dit ma mère.

– Oui, très gentils, a dit mon père.

J'avais envie de leur crier « Vous êtes aveugles, ou quoi ? » mais quelque chose m'en a empêché. Je ne sais pas quoi. Enfin si, je sais... Porter des accusations sur un adulte, entacher la réputation d'un héros de guerre, ce n'était pas le genre de chose qu'on pouvait entreprendre à la légère. Surtout de la part d'un gamin.

Il me fallait des preuves.

Chapitre 8

Ce dimanche-là, je ne suis pas allé jouer avec Bobby Lee. Il était parti avec sa famille pour une semaine de vacances en Californie. Son paternel aimait pêcher, et il avait acheté à crédit un petit chalet, au bord du lac Tahoe. Dans mon enfance, presque tous les papas étaient chasseurs ou pêcheurs, voire les deux. Sans doute un héritage de la période des pionniers, cette époque où tuer des animaux relevait de la nécessité pour survivre.

Mon père était l'un des rares adultes qui n'aimaient pas la chasse. J'ai donc pu me soustraire à cette activité traditionnelle, et je ne m'en porte pas plus mal. Papa avait horreur des armes à feu. La vue du sang le dégoûtait. Une fois, on a renversé un daim avec notre voiture et j'ai bien cru qu'il allait tomber dans les pommes. C'est moi qui ai dû laver le pare-chocs à grande eau, dès notre retour à la maison.

Le déjeuner terminé, j'ai pris mon poste d'observation, dans un grand arbre, en face de chez les Bannerman. Assis à califourchon sur la plus solide branche, j'avais sorti mes jumelles, et j'épiais ma cible, tel un détective privé en planque. Ou un sniper.

Mike Bannerman était en train de nettoyer son cabriolet garé au bord de la chaussée. Il faisait ça soigneusement. Il la bichonnait, sa Bel Air. Les États-Unis sont véritablement LA civilisation de la voiture. Il faut dire qu'en plus, en ce temps-là, les bagnoles avaient de la gueule. Rien à voir avec les cubes sur roues produits aujourd'hui.

Les feuillages formaient un écran de camouflage entre le mari de Ruth et moi. J'ai réglé la mise au point de mes jumelles. Le vert des feuilles est devenu flou et l'image de Bannerman, en pantalon kaki et tricot de peau, s'est précisée. Il avait une belle musculature, celle d'un homme qui a intégré le corps des Marines dans sa jeunesse et continue de s'entretenir. Un tatouage décorait son biceps gauche. Je n'arrivais pas à voir le dessin en détail. On aurait dit une sorte de logo… sans doute un souvenir de son passé militaire ? Il tenait le tuyau d'arrosage à deux mains, tout en fumant une cigarette, la clope calée au coin des lèvres. Ses gestes exprimaient une solide assurance, une autorité naturelle. Derrière la palissade, arrière-plan indistinct, Jody mordillait un canard en plastique. L'animal était attaché à un piquet. À un moment, il a délaissé son jouet fétiche pour aller s'amuser avec l'arrosage automatique. Il s'aventurait dans la zone humide, attendait, et battait en retraite quand les myriades de gouttelettes scintillantes revenaient sur lui, leur cycle terminé. Puis il recommençait.

Aucun signe de Ruth.

Tout à coup, crissement de pneus !

Une Plymouth Fury est entrée dans mon champ de vision, par la droite. Encore une bagnole qui avait de la gueule, tiens ! On peut même dire qu'elle avait un petit côté maléfique, infernal, avec sa carrosserie rouge vif. Stephen King ne s'y est pas trompé quand il a choisi ce modèle pour incarner « sa » méchante Christine, dans le roman éponyme.

Deux malabars sont descendus de la Plymouth et ont attrapé Mike Bannerman. Il a bien essayé de résister mais les types étaient encore plus costauds que lui. C'était dingue de voir ce mec si athlétique, si sûr de lui, en position d'infériorité. Il a braillé :

– Eh, mais vous n'avez pas le droit !

– Monte, fais pas d'histoires !

Ils l'ont poussé sans ménagement dans le véhicule. Les portières ont claqué et la voiture est repartie en trombe. Le tuyau d'arrosage se tortillait sur le trottoir, seul, abandonné, pareil à un serpent en furie. Le chien tirait sur sa longe et aboyait. La scène n'avait pas duré plus de quinze secondes, et je crois bien que j'en avais été l'unique témoin.

La porte du pavillon s'est ouverte. Ruth est sortie en trombe.

– Mike ? Mike !

Pieds nus, elle a couru jusqu'au trottoir. Elle s'était changée, depuis notre rencontre sur le parking de l'église.

Elle portait une paire de jeans et un tee-shirt flottant. Elle a regardé le bout de la rue, une main en visière, mais le véhicule avait disparu.

Le chien continuait d'aboyer.

– Tais-toi, Jody ! elle a crié en se retournant vers lui.

Elle paraissait paniquée.

J'ai soudain entendu un craquement qui provenait d'entre mes jambes. La branche la plus solide de l'arbre n'était peut-être pas si solide, en définitive.

J'ai eu le temps de penser « Merde ! », puis je suis tombé, paumes en avant. Heureusement, à treize ans, on est souple comme un chat et pratiquement incassable... mais j'ai quand même morflé au niveau des genoux !

Ruth a ouvert de grands yeux en m'apercevant, à plat ventre au milieu des nombreux petits branchages arrachés durant ma chute. Le chien était tellement surpris, lui aussi, qu'il a arrêté d'aboyer. Ma spectaculaire entrée en scène lui avait coupé la chique !

– David ?

– Je... je vais bien.

Elle a traversé la route pour me rejoindre. Je me suis relevé en m'époussetant. Je grimaçais, j'avais mal partout. J'avais l'impression d'avoir foncé dans un mur. Sans casque.

– Tu n'as rien ?

– Non, ça va.

– C'est vrai ?

– Oui.

Ce n'était pas vrai du tout : j'avais les genoux en sang.

Ruth a vu les jumelles qui pendouillaient sur ma poitrine. Par miracle, elles ne s'étaient pas cassées lors de ma brutale prise de contact avec le sol !

– Qu'est-ce que tu faisais dans cet arbre ?

– Je... rien... je jouais.

– À quoi ?

– Je...

– Tu as vu ce qui s'est passé ?

J'ai hoché la tête. Elle m'a pris le poignet en jetant un dernier regard inquiet vers la route.

– Viens. Tu vas me raconter...

– Aaaah !

Dire que le désinfectant piquait serait très en dessous de la vérité. Un volcan entrait en éruption au niveau de mes genoux à chaque fois que le coton tamponnait mes blessures. J'ai serré les dents, et mes mains ont agrippé les accoudoirs du fauteuil sur lequel Ruth m'avait installé. Je voulais me montrer fort, mais, pour l'heure, je ressemblais davantage aux girouettes-gargouilles du vieux Peabody qu'à un homme viril !

– Voilà, c'est fini... Détends-toi.

Je me suis détendu. Un peu. L'odeur du désinfectant m'écœurait, et j'ai senti un reflux bileux me remonter dans la gorge.

– Tu es tout blanc, a dit Ruth. Attends, je vais te donner un sucre.

Elle a disparu dans la cuisine, me laissant seul. Enfin, pas tout à fait seul. Jody était à présent dans le salon, lui aussi, couché sur le ventre mais les oreilles dressées, à moins de trois mètres de moi. Il me regardait avec l'œil méfiant du mâle dominant qui voit débarquer un intrus sur son territoire. J'avais la trouille qu'il me saute dessus mais il ne bougeait pas, figé dans sa position de sphinx hiératique. Peut-être était-ce l'odeur de l'alcool à 90° qui le tenait à distance? Peut-être, aussi, qu'il commençait à s'habituer à moi?

La moustiquaire de la cuisine a claqué. Ruth est revenue avec un plateau sur lequel se trouvait une carafe d'orangeade, deux verres et une boîte de sucres.

– Ouvre la bouche.

Elle m'en a posé un sur la langue.

– Laisse-le fondre.

Jody s'est redressé. Il a grogné, jaloux, et Ruth lui a jeté un sucre, qu'il a croqué au vol. Belle détente.

J'ai senti les grains qui se dissolvaient au contact de ma salive, et ça m'a fait du bien.

– Tu reprends des couleurs, a noté Ruth avec soulagement. Tu veux du jus de fruits?

– Oui, s'il vous plaît.

Elle m'a servi à boire. Elle avait moins de fond de teint que le matin, et son bleu au visage était nettement plus apparent. Immanquable!

– Raconte-moi ce que tu as vu, David, elle m'a demandé sur un ton grave.

J'ai raconté la voiture rouge, la Fury, le duo de brutes épaisses, et son mari qui avait été poussé dans le véhicule en deux temps trois mouvements. C'était à son tour de pâlir à vue d'œil.

– Tu as retenu la plaque de cette voiture ?

– Je... non, je n'y ai pas pensé. Désolé.

– Ça devait arriver un jour ou l'autre, elle a gémi.

Elle a penché la tête, coudes sur les cuisses, et s'est pris le front à deux mains.

– Qu'est-ce qui se passe ? j'ai demandé.

– Ce sont... des histoires d'adultes.

– Vous allez appeler la police ?

– Non. (Elle a relevé le menton.) Mike m'a dit de ne pas le faire, si jamais un événement de ce genre se produisait.

Le chien est venu se coucher juste à nos pieds. Il vrombissait comme un moteur qui tourne au ralenti. Ruth l'a caressé d'un geste machinal.

– Votre mari, il a des ennuis ? j'ai risqué.

Elle a fait « oui » de la tête.

– Il joue beaucoup... Surtout au poker. Il a des dettes et il a emprunté de l'argent à des personnes pas très recommandables.

– Oh, d'accord.

Je comprenais mieux. Dehors, un premier oiseau s'est mis à chanter. Un second lui a répondu par un trille flûté.

Ruth a secoué la tête :

– Je ne sais pas quoi faire...

– Vous voulez que j'en parle à mes parents ? Mon père est très intelligent. Peut-être qu'il trouvera une solution...

– Non, ça ne ferait qu'empirer les choses. Mike serait furieux.

Le silence s'est installé, seulement troublé par le bruit du balancier de la vieille horloge qui, imperturbable, continuait son va-et-vient à la manière d'un métronome.

– Mike est souvent furieux, non ? j'ai questionné timidement.

Elle a froncé les sourcils, sur la défensive.

– Pourquoi tu dis ça ?

J'ai montré sa pommette qui commençait à prendre une teinte violacée.

– Encore un accident de... somnambulisme ?

– Exactement !

Mais elle avait parlé trop vite et trop sèchement pour que cette affirmation sonne juste.

– Je ne vous crois pas, j'ai dit.

Elle a tressailli, comme sous l'effet d'une gifle. Ma déclaration était sans doute très effrontée, mais je sentais que le moment avait sonné de jouer cartes sur table, de montrer que je n'étais pas dupe. J'ai enfoncé le clou :

– Pourquoi vous le laissez faire ?

– Qu'est-ce que tu insinues ?

– Exactement ce à quoi vous pensez... D'accord, j'ai treize ans mais je ne suis pas idiot.

– Ça, je l'ai remarqué.

– Je veux juste vous aider.

Elle m'a gratifié d'un sourire triste.

– C'est gentil mais ça ne sert à rien.

Elle avait du mal à soutenir mon regard. Elle a pris une profonde inspiration avant de déclarer :

– Mike est sous pression.

– Et alors ?

– Il a beaucoup de problèmes...

– Ce n'est pas une raison.

Elle s'est levée, a ouvert le tiroir d'une commode et a fouillé dedans.

– Je les cache, elle a dit en sortant un paquet de cigarettes. Mike n'aime pas que je fume... mais, parfois, je suis trop stressée.

Elle s'est rassise, a allumé une clope puis a tiré dessus nerveusement. Je crois même l'avoir vue frissonner.

– Peut-être qu'à ton âge, tout est blanc ou tout est noir, mais tu verras en grandissant que les choses sont souvent plus compliquées que ça. Il y a... beaucoup de gris entre les deux...

– Je ne comprends pas.

– Mike n'est pas un homme mauvais. Il a un bon fond. Seulement... il a vécu des choses atroces, qui l'ont traumatisé.

– Quoi, par exemple ?

– La guerre. Il a vu son meilleur ami transformé en bouillie, à côté de lui, à Omaha Beach. Il m'a parlé de gens qui avaient été écrasés par des tanks. Il les a comparés à des tubes de dentifrice sur lesquels on aurait appuyé jusqu'à les faire exploser... Il faisait partie de la première division de notre infanterie, la « Big Red One »... Il a aidé à libérer les camps de concentration, en Europe de l'Est... Je t'assure qu'il a vu des choses inimaginables. Il en fait encore des cauchemars la nuit. Il se réveille en criant, ou en pleurant...

L'image que je me faisais de la guerre était forgée par les films de John Wayne que j'allais voir au cinéma, le week-end : *Iwo Jima, Les Diables de Guadalcanal, Alerte aux marines*... Je n'en ratais pas un seul. Dans ces films hollywoodiens, les soldats tués n'étaient pas transformés en bouillie. Ils portaient la main à la poitrine, grimaçaient avant de tomber par terre, et c'était tout. Les plus endurants trouvaient la force de murmurer, dans un ultime souffle, « Tu diras à ma femme que je l'aime » ou « Continuez sans moi, les gars, je ne veux pas vous ralentir »... Confusément, je sentais bien que tout cela était romancé, embelli, mais quand même... des gens éclatés comme des tubes de dentifrice ! Wow... J'ai essayé d'imaginer mon meilleur ami, Bobby Lee, réduit en marmelade, à côté de moi. C'était horrible, d'accord, mais est-ce que ça me donnait le droit de frapper mes proches ?

Non. Bien sûr que non.

– Ça n'excuse pas ce qu'il vous fait, j'ai dit.

– Ça ne l'excuse pas mais ça l'explique... Et puis, ça n'arrive pas souvent. La plupart du temps, il parvient à se contenir. C'est juste que, des fois, il perd le contrôle.

Elle a recraché un nuage de fumée grisâtre avant de poursuivre :

– J'ai bon espoir que ça s'arrange. Je lui ai parlé de quelqu'un, un psychologue établi à Seattle. Quelqu'un de très bien qui m'a été recommandé. Je pense que cette personne peut aider Mike et il est d'accord pour le voir.

Je m'étonnais que Mike Bannerman ait accepté aussi facilement. Consulter un psy n'était pas banal, dans les années cinquante. La plupart des gens se méfiaient de ces praticiens d'un genre nouveau. Mon père, par exemple, disait que les psys, c'était des « charlatans pour les chochottes ».

– Vous ne voulez vraiment pas que j'en parle à mes parents ? j'ai relancé. Il y a peut-être des solutions plus simples qu'un psy ?

– Non, je te le demande comme une faveur, David. Comme quelque chose qu'on pourrait demander à un ami, un vrai... Garde ça pour toi. Inutile de créer des problèmes supplémentaires.

« Un ami, un vrai ! »... Elle savait comment m'amadouer...

Je me suis levé. Aïe, mes genoux !

– Et la police ? j'ai questionné.

– Je vais attendre un peu... Je les appellerai si je n'ai pas de nouvelles de Mike d'ici ce soir.

– Je vais vous laisser, alors ?

– Oui, je crois que ça vaut mieux.

Elle a hésité.

– Mais ne t'inquiète pas trop pour moi. Je suis une adulte. Je gère la situation.

Je n'étais pas trop convaincu.

Elle a montré mes jambes du bout de sa clope rougeoyante.

– Ça va aller, les genoux ?

J'ai acquiescé. En vérité, je souffrais le martyre mais je ne l'aurais avoué pour rien au monde. John Wayne ne chialait pas quand il écopait d'une blessure, lui !

Ruth s'est inclinée et a déposé un baiser délicat sur mon front. J'ai frémi, tout électrisé. Elle a dû sentir mon trouble car elle s'en est amusée :

– Allez, file, elle a dit avec un sourire teinté de mélancolie.

J'ai enjambé le gros chien (il dormait, à présent) couché en travers du tapis de sol, et je suis sorti.

J'ai marché dans la rue, sous l'éclatant soleil du mois d'août. Mon ombre était une flaque goudronneuse qui me suivait pas à pas.

Je ne savais plus quoi penser. J'avais besoin de me confier à quelqu'un. Bobby Lee ? Impossible, il était au lac Tahoe, souvenez-vous. Et de toute façon, je doutais de la capacité de mon ami à démêler un problème aussi épineux. Mes parents ? Oui, peut-être... Il me fallait l'avis d'adultes.

Je suis revenu chez moi.

– P'a ? j'ai appelé. M'an ?

Pas de réponse, si ce n'est un ronflement provenant du salon. Il ne s'agissait pas du bruit habituel produit par mon père durant ses siestes, sorte de trémolo rauque et vibrant. Non, c'était plus ténu, avec un petit chuintement de chambre à air crevée. Je me suis approché en laissant l'épaisse moquette étouffer mes pas. Ma mère dormait profondément, assise dans notre beau canapé 50 % coton 50 % polyester. Elle avait un magazine féminin ouvert sur les cuisses. Sa tête penchée reposait à la fois sur son épaule et sur le dossier du meuble. Une fine bulle de salive s'était formée à la commissure de ses lèvres. Elle avait l'air si tranquille, si paisible que je n'ai pas voulu la déranger.

J'entendais du bruit à l'étage (des tiroirs qui s'ouvrent et se ferment), alors j'ai monté les marches quatre à quatre et ouvert la porte de la chambre parentale en lançant :

– P'a, je voudrais te...

Je me suis figé, choqué.

Mon père se tenait devant moi.

Déguisé en femme.

– Qu'est-ce que tu veux ? il m'a jeté en me foudroyant du regard.

Il était debout face à un grand miroir en pied. Il portait l'une des robes de maman (le joli modèle fuchsia qu'elle mettait parfois lors des soirées entre voisins ; d'ailleurs, je crois que c'était lui qui la lui avait offerte). Il était maquillé : rouge à lèvres, fard à paupières... Et puis il y avait quelque chose dans son attitude, sa façon de se tenir. C'était lui sans être lui à la fois, l'impression était difficile à définir. Il avait l'air moins massif, plus... plus léger, oui c'est ça. Plus léger.

– Quoi ? il a aboyé.

Je venais de basculer dans un autre monde, une dimension parallèle où plus rien n'avait de sens. J'étais tellement estomaqué que je ne pouvais pas articuler le moindre son. J'ai même senti mes jambes flageoler.

Papa a bien vu mon désarroi. Il a essayé de se composer une expression plus douce.

– C'est pour la soirée des Mulligan, la semaine prochaine, il a dit en tapotant le tissu de la robe, sur sa cuisse. C'est une soirée déguisée.

Mais sa voix sonnait bizarre, détimbrée.

– Je... d'accord, j'ai balbutié.

Je voulais déguerpir, chasser de mon esprit cette image perturbante de mon père en femme, mais mes pieds étaient englués dans de la colle extra-forte.

– Tu... tu voulais me dire quelque chose ? il a repris.

– Non, rien. Rien d'important.

Je manquais d'air. Je transpirais.

– Bien, a fait papa avec un hochement de tête. Dorénavant, frappe aux portes avant d'entrer, d'accord ?

– Oui, bien sûr, excuse-moi, je... je n'ai pas réfléchi.

Il n'a rien ajouté. J'ai refermé doucement la porte. Je ne voulais pas réveiller ma mère, par-dessus le marché.

J'ai descendu l'escalier en titubant, comme si je venais de recevoir un coup de massue sur la tête, puis je suis sorti dans le jardin. Tout autour de nous, partout dans le monde entier, la vie continuait, comme si de rien n'était. Tranquille. Rassurante. J'entendais des rires monter de chez les Mulligan, des cris joyeux d'enfants, des « splash » d'éclaboussures à chaque fois qu'un corps de jeune Américain élevé au maïs sautait dans une piscine... Monsieur Johnson, notre voisin (un professeur d'histoire à la retraite), taillait son côté de la haie avec un sécateur. Clac – clac – clac !

– Hello David, il a fait.

Il portait un chapeau de paille et avait chaussé ses petites lunettes rondes d'intellectuel. Il avait le tuyau d'une pipe rentré dans le bec mais elle était éteinte.

J'ai répondu distraitement à son signe de la main. Pour moi, il n'avait pas plus de réalité ni de substance qu'un fantôme.

J'ai laissé mes pas me guider vers la cabane que papa m'avait bricolée au fond du jardin : des planches disjointes, un pouf, une pile de BD. Cela suffisait à mon bonheur, en temps normal. Je suis entré là-dedans avant de me plonger dans les aventures de Batman et ses potes masqués. J'avais envie de tout oublier (mon père, Ruth Bannerman, son mari...), de ne plus penser à rien.

Le monde des adultes était décidément trop étrange, trop compliqué...

Chapitre 9

Le soir venu (il devait être dans les 21 heures), j'ai entendu un bruit de voiture qui remontait Green Acres Street à toute allure, et je me suis précipité à la fenêtre de ma chambre. Je savais qu'il s'agissait de la Plymouth Fury. Ne me demandez pas pourquoi : j'en étais sûr, c'est tout. Vous pouvez appeler ça un « sixième sens », si vous voulez. J'ai ouvert la fenêtre et me suis penché pour mieux voir le bout de la rue. Les deux malabars en costard noir ont jeté Mike Bannerman sur le trottoir, comme s'ils se débarrassaient d'un sac de linge sale, puis ils ont redémarré aussitôt. Ruth a jailli de la maison et s'est précipitée pour aider son mari à se relever et à rentrer le plus vite possible chez eux. Mike se tenait le bras droit. Ils ont tous les deux disparu sous le porche pendant que Jody faisait la fête à son maître en aboyant bruyamment.

J'ai refermé la fenêtre. Selon toute vraisemblance, Bannerman avait passé un sale après-midi. Je n'irais pas jusqu'à dire que ça me réjouissait mais je n'avais aucune envie de le plaindre. Pas très charitable, je sais. La vérité, c'était que ce type ne m'inspirait aucune sympathie, héros de guerre ou pas. D'habitude, c'était lui qui tapait les autres… et en particulier sa femme, l'élue de mon cœur ! Ça, je n'étais pas près de lui pardonner.

Je suis retourné me coucher et j'ai fixé le plafond durant un long moment. On aurait dit un écran de cinéma, une toile blanche sur laquelle ma mémoire projetait le visage idéalisé de Ruth Bannerman : souriant, harmonieux, parfait… Comment l'aider ? J'en revenais toujours là. J'avais beau tourner et retourner le problème dans tous les sens, l'examiner sous toutes les coutures, je ne voyais aucune solution satisfaisante se dessiner…

J'ai trouvé le sommeil sans m'en rendre compte, pendant que les pensées s'entrechoquaient dans ma tête.

Je devais bien dormir depuis une heure ou deux (j'évoluais encore dans cette zone frontière qu'on appelle le sommeil léger, ou paradoxal) quand j'ai entendu le bruit.

Toc.

Toc.

Le bruit du bois contre le verre.

Des bois, devrais-je dire.

Une pause, puis cela a recommencé : toc… toc… toc… On aurait dit du morse.

J'ai ouvert les paupières, et j'ai vu les contours de magnifiques ramures de cervidé. Elles se découpaient très nettement, de l'autre côté de la fenêtre, à la lumière des lampadaires.

J'ai tout de suite repensé à ce dessin d'enfant, le wendigo crayonné par la frangine de Bobby Lee, et mon sang s'est glacé. J'ai eu un mouvement de recul mais le mur, derrière moi, m'a stoppé net. Le mur était froid, contre mon dos.

« Il vient taper la nuit aux carreaux... »

C'était bien ce que Nelly avait raconté à son grand frère, non ?

Un autre bruit, lui aussi répétitif, s'est substitué au « toc toc », et j'ai mis quelques instants à comprendre qu'il s'agissait de mes mâchoires qui claquaient.

Ma main s'est déportée, centimètre après centimètre, en direction de la lampe de chevet. Peut-être que si je l'allumais, l'apparition se volatiliserait comme un mirage ? Peut-être qu'elle ferait « pssshit ! ».

J'ai appuyé sur l'interrupteur mais l'effrayante image n'a pas fait « pssshit ». Au contraire, elle s'est précisée.

Je discernais maintenant une tête d'animal squelettique, blanc ivoire, sous les bois fortement échancrés. Ses orbites vides creusaient deux puits sombres au-dessus du museau allongé. J'ai baissé les yeux. Le buste était recouvert de chair (une peau beige, boucanée) et présentait une apparence humaine... Enfin, presque humaine : un cœur de glace, sorte de cristal givré, brillait au milieu de sa poitrine. Le cœur ne palpitait pas. On aurait dit un diamant enchâssé dans une prison de chair.

J'ai voulu crier « papa ! », « maman ! »... mais ce qui est sorti de mes lèvres ressemblait à un filet de voix râpeux. J'avais la bouche plus sèche qu'une dune du Nouveau-Mexique.

La créature se balançait mollement dehors, comme un ballon, comme si elle flottait. Logique, dans un sens. Ma chambre se trouvait au premier étage. Cela signifiait que le monstre était en... vol stationnaire ?

Ça vole, un wendigo ? je me suis demandé.

Je ne me souvenais pas que le vieux Peabody nous ait parlé d'un pouvoir de lévitation.

Jusqu'ici, l'apparition avait gardé les bras (de longs membres décharnés) ballants. L'un des deux s'est levé, coude plié, et j'ai pu voir que ses mains (ses pattes ?) se terminaient non par des griffes mais par des sortes d'aiguilles de glace, semblables à des stalactites très pointues. Le wendigo n'avait que quatre doigts. L'un d'eux (l'équivalent de l'index ?) s'est mis à faire des petits va-et-vient.

Qu'est-ce que ça voulait dire ?

« Suis-moi » ?

Le wendigo a hoché la tête.

C'était du délire !

La créature s'est mise à descendre et il lui a fallu quelques secondes pour disparaître de mon champ de vision.

Est-ce que je rêvais ? Est-ce que je devenais cinglé ?

Je suis sorti de mon lit, le cœur battant à tout rompre, et j'ai lentement marché jusqu'à la fenêtre en bloquant ma respiration.

Le wendigo était bien là, dans notre jardin éclairé par une lune blafarde. Il s'est dirigé vers le portail en bois peint et il est sorti de chez nous. Il ne flottait plus ; il marchait. Je le voyais en entier pour la première fois. Son dos était hérissé de piquants, façon porc-épic. Il était d'une maigreur effrayante. Ses jambes évoquaient deux échasses au cuir tiré comme une peau de tambour. Cette silhouette paraissait désarticulée, et même complètement déséquilibrée, à la Quasimodo, comme si son centre de gravité se baladait selon ses différentes postures... Pourtant, le grand échalas tenait debout. Un vrai miracle.

Le wendigo a avancé jusqu'au trottoir, puis il s'est retourné vers moi, et il m'a de nouveau fait signe de le suivre, avec sa griffe-stalactite.

Le plus dément, c'est que j'ai obéi.

Je voulais en apprendre davantage sur ce monstre. Il faisait résonner quelque chose en moi, une sorte de secret profondément enfoui.

Je suis descendu sans faire de bruit, j'ai ouvert la porte et je suis sorti, pieds nus et en pyjama, dans la douce nuit d'été. J'avais peur, une peur bleue (aussi bleue que ce cristal enfoncé dans la poitrine de cette chose), mais c'était plus fort que moi. Je me sentais comme ces enfants de la légende du joueur de flûte, qui désertent la ville de Hamelin, en pleine nuit, pour suivre le mystérieux musicien. J'étais envoûté.

Et puis, après tout, j'étais sans doute en train de rêver...

Alors pourquoi s'en faire ?

En marchant sur la chaussée encore tiède des chaleurs de la journée, j'ai senti le grain du goudron adhérer à mes pieds. Est-ce qu'on ressent des choses aussi précises, dans les rêves ? Je n'en étais pas persuadé. La brise soufflait sur mon visage. J'ai soudain eu envie d'uriner... C'était vraiment très réaliste.

Le wendigo progressait lentement, de sa bizarre démarche claudicante, mais il avait une bonne avance sur moi. Il se trouvait déjà à l'autre bout de la rue, vers la fin du lotissement, non loin de chez les Bannerman.

J'ai accéléré. Mon cœur maintenait un rythme de fou, staccato qui accompagnait mes pas en cognant jusque dans mes oreilles.

Je voyais grossir la masse sombre de la forêt à mesure que j'avançais. Le wendigo est sorti de la route, à un tournant. Il a marché dans l'herbe et s'est arrêté aux premiers arbres. Je l'ai rejoint. L'embrouillamini de ronces et de broussailles nous barrait le chemin. J'ai attendu, le temps de plusieurs battements de cœur. Le wendigo a levé un bras jusqu'à ce qu'il soit parallèle au sol, et le méli-mélo de la végétation s'est ouvert pour former un passage. J'ai pensé à ce film, *Les Dix Commandements*, quand Moïse écarte les flots de la mer Rouge avec son bâton. J'étais scié. Les taillis se dépliaient, se tordaient en émettant de petits craquements secs, pareils à des gaufrettes qu'on émiette. La créature s'est engagée dans le tunnel magique et je lui ai emboîté le pas.

Maintenant, je sentais les pommes et les aiguilles de pin, collées sous ma voûte plantaire, et l'odeur enivrante des résineux s'infiltrait dans mes narines, de même que la senteur âcre des fougères. Le vent soufflait de temps en temps, comme par caprice. Les engoulevents chantaient dans la nuit, les insectes stridulaient... Ça aussi, c'était sacrément réaliste !

J'avais l'impression d'être un corps étranger pénétrant dans l'organisme de quelque géant endormi.

J'ai entendu des bruissements dans mon dos ; je me suis retourné.

Le passage se refermait au fur et à mesure de notre progression. Ce n'était pas très rassurant. J'ai fait volte-face pour suivre mon guide. Il avait disparu, mais le tunnel ouvert dans la nuit m'invitait à poursuivre la balade.

Je suis reparti. J'avais l'impression d'être soumis à un rituel dont le sens m'échappait.

Les frondaisons masquaient les rais de lune encore plus sûrement que ceux du soleil, et, pourtant, je voyais aussi bien qu'en plein jour, ou plutôt comme si j'étais doté de la vision d'un nyctalope, un félin par exemple.

J'ai marché pendant un laps de temps indéterminé et j'ai débouché dans une clairière illuminée par le clair de lune.

Je pensais que plus rien ne pourrait me surprendre. J'avais tort.

Le wendigo se tenait sous une bulle transparente, sorte de cloche à fromage de cinq ou six mètres de circonférence.

Il regardait droit devant lui, sans me fixer spécialement, immobile, tel le totem immémorial d'une tribu indienne. Autour de moi, c'était toujours la nuit, mais, à l'intérieur du cercle, la lumière était très différente. Elle variait en intensité comme en qualité, passant d'un froid bleuté aux rousses teintes de l'automne. Elle papillotait, et, dans ce cercle, la végétation se transformait à un rythme accéléré. Les feuilles tombaient, jaunies, pourrissaient, les arbres se décharnaient, puis l'herbe poussait, les branches bourgeonnaient, les frondaisons verdissaient, pleines de sève...

Et le cycle recommençait.

Un frisson involontaire m'a fait grelotter.

J'ai marché jusqu'à la limite entre la bulle et la nuit « normale » (si toutefois cet adjectif avait encore un sens dans un pareil contexte).

J'ai avancé ma main droite, fasciné. Je sentais une sorte d'électricité courir à la surface du dôme. Mon instinct me commandait de garder mes distances mais c'était plus fort que moi. Un son voilé et sourd émanait de cette chose.

– À ta place, je ne ferais pas ça, a dit une petite voix provenant du côté gauche de la clairière. Sauf si tu veux vieillir de dix ans en dix secondes, évidemment...

J'ai tourné la tête et j'ai vu un lapin ! Un mignon petit lapin dressé sur ses pattes arrière, au sommet d'un autel de pierre. L'autel était enrobé de lierre grimpant. Il paraissait très ancien ; au moins aussi ancien que la forêt elle-même.

– Merde alors, j'ai lâché, sidéré.

Le petit animal a sauté dans l'herbe. Il ressemblait à Panpan, le lapin de *Bambi*. Et, en plus, il avait la même voix ! C'était hallucinant.

Elle n'a pas menti, j'ai songé. Nelly Brown n'a pas menti !

Je n'en revenais pas. Le lapin a paru s'amuser de ma stupéfaction.

– Je sais, ça surprend, il a ricané. Ça pique un peu.

L'une de ses pattes arrière tapait par terre spasmodiquement, comme s'il était atteint de la maladie de Parkinson. Il s'est frotté le museau.

– Suis mon conseil et éloigne-toi de là, p'tit gars.

– Pourquoi ?

– Le temps s'écoule d'une manière différente, à l'intérieur de la bulle. Le compteur défile plus vite. Beaucoup plus vite !

Les rouages de mon cerveau peinaient à tourner. J'étais stupéfait.

Le lapin a continué :

– T'aurais pas une clope ?

– Hein ? j'ai hoqueté.

– Tu as bien entendu.

– Je... je ne fume pas...

– Ah bon ? Pourtant, les mômes, ça fume, à ton âge ?

– Pas tous... Pas moi.

– Ah ? Dommage.

Je me suis pincé. Comprenez-moi : un lapin venait quand même de me demander une cigarette, bordel !

– Aïe, j'ai couiné.

– Tu ne rêves pas, si c'est ce que tu cherches à savoir, a déclaré Panpan.

J'ai dégluti. J'étais sans doute bon pour la camisole de force.

– Je... je crois que je vais rentrer chez moi, j'ai fait.

J'allais reculer quand un son émis depuis le dôme magique a fait trembler les feuilles et les branches environnantes. Cela ressemblait à un brame de cerf, mais avec quelque chose de réfléchi dans la voix.

C'était le cri du wendigo.

Le lapin a traduit :

– Il demande « Qu'est-ce que tu veux ? »...

– Hein ?

– Tu vas arrêter de répéter « hein » toutes les trente secondes ?

– Je ne... je ne comprends pas.

Le lapin a pris un air patient, l'air d'un professeur qui entreprend d'expliquer quelque chose à un élève pas très malin.

– Quand on vient ici, c'est qu'on veut quelque chose, en général... Le boss est prêt à rendre service mais faut se montrer gentil avec lui !

– Vous voulez dire... ?

– Que tu as droit à un vœu...

– Comme avec les génies, dans les contes des mille et une nuits ?

Le lapin a hoché la tête :

– Ouais, un truc dans le genre… Ah, au fait, tu peux me tutoyer. Moi, je ne suis qu'un interprète, hein ? Le patron, c'est lui.

Il montrait de l'oreille le wendigo. Ce dernier a réitéré sa question sous forme de cri curieusement modulé.

Je me suis accordé le temps de la réflexion. Qu'est-ce que je voulais ?

Mes pensées se sont mises à tourner, comme un manège fou, et tout le décor autour de moi a fait de même. Une vraie sarabande infernale. Mon rythme cardiaque est monté en flèche. Le lapin a fait claquer ses doigts, juste sous mon nez :

– Eh, gamin, tu es avec moi ? Tu m'écoutes ?

J'avais cessé de l'écouter. Je me concentrais pour ne pas me laisser aspirer dans le tourbillon d'images et de sons.

Peine perdue : je me suis évanoui !

Quand j'ai rouvert les yeux, la lumière de l'aube baignait ma chambre. Dehors, les oiseaux pépiaient gaiement. J'étais dans mon lit, entortillé dans des draps en désordre. Un sentiment de malaise me collait à la peau, comme une mauvaise sueur. Ce n'était pas un réveil en sursaut, les yeux horrifiés et tout ça. Non, c'était plus diffus, insidieux. Mais mon cœur battait encore très vite, beaucoup trop vite…

J'ai fait un mauvais rêve, j'ai songé. Un rêve très réaliste.

J'ai repensé à ces histoires racontées par la petite sœur de Bobby Lee et par le vieux Peabody. En se débranchant pour la nuit, mon cerveau avait dû tout mélanger ; il avait battu et redistribué les cartes. C'est ainsi que fonctionnent les rêves, non ? Oui, c'était ça...

Sauf que, tout au fond de moi, je savais pertinemment que ce n'était pas « ça »...

Les images du cauchemar demeuraient vivaces dans mon esprit : l'homme-caribou, la promenade nocturne dans la forêt, le lapin traducteur...

Puis j'ai senti les picotements. Je me suis assis sur le bord de mon lit, j'ai levé un genou et saisi une de mes chevilles pour me retourner le pied. C'est là que j'ai vu, collées sur ma voûte plantaire, les aiguilles de pin.

– Ben merde alors, j'ai fait.

Il y en avait aussi sur le tapis, au pied de mon lit. Je me suis levé, j'ai descendu l'escalier en prenant garde de ne pas toucher les marches qui grinçaient, puis je suis remonté avec une pelle et une balayette. Le ménage aux aurores ! Une grande première pour moi. C'était le prix à payer pour ne pas alarmer mes parents, surtout ma mère. Cette sortie nocturne pouvait me coûter cher. Je n'avais pas envie de me retrouver puni, consigné dans ma chambre pour le reste des vacances. Quelle histoire... Et je ne pouvais même pas en parler à Bobby Lee, ni même à sa sœur, puisqu'ils étaient absents pour la semaine !

Sans personne à qui me confier, les prochains jours promettaient d'être longs, très longs...

Chapitre 10

Les nuits qui ont suivi, j'ai attendu dans mon lit, le cœur battant, que la lune se lève et qu'une créature fantastique vienne taper à mes carreaux... mais le wendigo ne s'est pas manifesté. J'en venais à douter sérieusement de ce que j'avais vu, ou cru voir. Les pommes de pin ? Je pouvais très bien être sorti de nuit, et ne plus m'en souvenir... Moi aussi, j'étais peut-être atteint de somnambulisme. Ça ne voulait pas dire pour autant que j'avais fait une balade en forêt avec un monstre à tête de squelette et que j'avais discuté avec un lapin speedé, accro à la nicotine !

La semaine s'est étirée mollement. Les journées paraissaient interminables, surtout sans mon meilleur pote. La maison de Ruth était vide, volets fermés et tout. Les Bannerman avaient dû s'absenter eux aussi. Ça me tracassait, mais je gardais tout ça pour moi, comme d'habitude.

J'ai essayé d'écrire un peu, mais ce que je produisais était bon à jeter à la poubelle. Dans ces cas-là, faut pas forcer… J'évitais la forêt (je ne voulais pas m'y aventurer seul). Je regardais la télé : *Bonanza, Au nom de la loi*, et ce nouveau super feuilleton, *La Quatrième Dimension*. Dès le début, on était plongé dans une ambiance mystérieuse et inquiétante, grâce à cette voix off qui disait : *Apprêtez-vous à entrer dans une nouvelle dimension, qui ne se conçoit pas seulement en termes d'espace, mais où les portes entrebâillées du temps peuvent se refermer sur vous à tout jamais… la quatrième dimension !* Chaque histoire se concluait par une chute incroyable, qui me laissait pantois. Des gens ordinaires à qui il arrivait des trucs extraordinaires, ça ne pouvait que me parler ! J'avais l'impression que cette série avait été écrite spécialement pour moi !

Le vendredi suivant, quand je suis sorti de ma chambre déguisé en cow-boy (ceinturon à large boucle, holster, chapeau en feutrine, étoile de shérif épinglée sur le devant du gilet…), fin prêt pour la soirée des Mulligan, j'ai vu mes parents qui m'attendaient au bas des marches, habillés chic mais décontracté. Ils m'ont jeté un regard surpris.

– Qu'est-ce que c'est que ce déguisement ? a lancé ma mère.

– Je… j'avais cru comprendre que c'était une soirée costumée, j'ai essayé de me justifier.

– Tu as mal compris, a rétorqué sévèrement mon père.

Nous n'étions pas revenus sur l'incident de la robe, depuis ce dimanche irréel. Ses yeux m'ordonnaient

« Ne va pas plus loin ; n'en parle pas ». Le même message que celui de Ruth Bannerman. Taire les choses. Ne pas faire de vagues. Cela semblait être le code de conduite de tous les adultes des environs.

– Je vais me changer, j'ai annoncé.

Je suis retourné dans ma chambre. J'ai remis mes jeans, ma chemise à manches courtes et ma paire de baskets. J'étais en colère contre mon paternel, qui me faisait passer pour un idiot. Je me suis consolé en me disant que Ruth serait peut-être de la fête. C'était bien ce que les Bannerman avaient dit, à la sortie de l'église, si mes souvenirs ne me jouaient pas des tours ?

– Tu fais quoi, chou ? a crié ma mère depuis le rez-de-chaussée. On t'attend !

– J'arrive, m'an !

Franck Mulligan travaillait à Seattle, comme la majorité des papas du quartier. Il dirigeait une imprimerie. Il était cordial, toujours de bonne humeur, et s'exprimait d'une voix à la fois tonitruante et enjouée. Cynthia Mulligan, son épouse, ressemblait à une timide petite souris. Elle s'occupait du foyer, cela va sans dire. Ils n'avaient pas d'enfants mais possédaient une maison légèrement plus grande que le modèle standard (une pièce de plus) et, surtout, ils avaient une piscine. Quand il faisait très chaud, l'été, monsieur Mulligan ouvrait ses portes aux gamins du lotissement, et c'était parti pour des heures et des heures de rigolade. On faisait la bombe, on sautait à pieds joints dans l'eau, on s'éclaboussait. Parfois monsieur Mulligan nous prenait en photo avec son vieil appareil (le modèle avec les grosses ampoules de flash qui claquaient et vous aveuglaient durant plusieurs secondes). Un jour, je devais avoir quatorze ans, maman m'a dit : « Je préfère que tu n'ailles pas chez les Mulligan. » J'ai demandé pourquoi mais elle ne m'a pas répondu. Plusieurs années après, j'ai appris qu'un voisin, un gamin de mon âge nommé Teddy Duchamp, avait raconté des histoires d'attouchements à ses parents. Ces derniers n'ont pas porté plainte mais, à compter de ce jour, les Mulligan sont devenus des espèces de parias. Plus personne ne les invitait aux apéros du vendredi ou du samedi soir. Ils ont quitté les Arpents Verts en 61, si je ne dis pas de bêtises.

En attendant, en ce début du mois d'août 1959, Franck et Cynthia Mulligan avaient encore une cote d'enfer auprès des habitants du quartier.

– Franck, a jeté mon père en serrant la main du maître de la maisonnée.

– Syd', a répondu l'autre pendant que les femmes se saluaient.

Larges sourires, tapes dans le dos. Monsieur Mulligan m'a caressé les cheveux :

– Bonsoir Dave, heureux de te voir, garçon !

– Bonsoir m'sieur, j'ai dit. Bonsoir m'dame.

– David, comme tu as grandi ! a lancé Cynthia Mulligan.

Je ne pensais pas avoir tellement grandi depuis la semaine précédente, dernière fois où je l'avais vue, mais j'ai gardé cette réflexion pour moi.

– Servez-vous, le buffet est là-bas, a poursuivi notre hôtesse. Faites-vous plaisir.

Elle s'est extasiée devant les deux tourtes apportées par maman, et l'a entraînée vers la grande table qui avait été dressée non loin de la piscine. Le buffet débordait de victuailles : salades, charcuterie, blinis tartinés de saumon, canapés, petits-fours, sandwichs, jattes de mousse au chocolat... il y avait là de quoi nourrir une petite ville d'un pays du tiers-monde pendant un bon mois. Et puis, il y avait de l'alcool. Beaucoup d'alcool. Bière, vin blanc ou rouge, whisky, vodka... Les hommes démarraient à la bière. Les femmes étaient regroupées autour du punch. On piochait dedans à coups de louche qui raclaient le fond. La soirée débutait à peine mais, déjà, on parlait fort et on riait encore plus fort, à gorge déployée. Le punch était traître, généreusement pourvu en rhum. La fumée des cigarettes se mélangeait aux banderoles en papier crépon, ainsi qu'aux mobiles métalliques suspendus sous le porche. Des ballons flottaient en l'air, ovales multicolores attachés à des ficelles. L'un d'eux a éclaté et une femme (je crois que c'était madame Simpson) a crié. Des rires non moins hystériques lui ont succédé et le brouhaha des conversations a repris, fluctuant, pareil au bruit d'un ressac.

Les baies coulissantes du grand salon étaient ouvertes et de la musique en sortait. J'ai reconnu sans peine Ricky Nelson, le grand concurrent d'Elvis.

J'ai fait une razzia sur les petits sandwichs triangulaires, ceux fourrés au jambon, puis j'ai rempli de Coca mon gobelet en carton. Je cherchais Ruth des yeux. Je ne l'ai pas vue mais, en revanche, j'ai repéré madame Altmeyer, assise à l'écart sur une chaise pliante. Elle portait son habituelle petite robe noire, ainsi que son habituel petit chapeau à voilette. Elle picorait dans son assiette d'un air absent. Elle regardait les gens à travers les croisillons de son voile sombre. Cynthia Mulligan venait régulièrement s'assurer que la veuve ne manquait de rien. Quand c'était le cas, elle s'empressait de la réapprovisionner en nourriture ou en boisson.

J'ai louvoyé pour m'éloigner du buffet pris d'assaut par les adultes. De vrais fauves. J'ai cherché un coin tranquille où m'asseoir. Les conversations tournaient autour du baseball, de la prochaine élection présidentielle (le nom de Nixon revenait souvent) ou encore de Castro.

– Je vous dis qu'il est à la botte des rouges, affirmait monsieur Busey, le voisin qui construisait un abri antiatomique dans son jardin depuis des lustres.

Chétif, sec, tout en nerfs, il léchait la mayonnaise qui lui coulait sur les doigts, pendant que, face à lui, tranquille, monsieur Johnson, le prof d'histoire retraité, allumait sa pipe pour tirer dessus par petites bouffées.

– Vous voyez des rouges partout, a rétorqué ce dernier sans perdre son calme. Castro n'a fait que restituer leurs terres aux paysans cubains.

– Vous êtes au moins d'accord pour reconnaître que ses initiatives nuisent gravement à nos intérêts dans la région ?

– Il s'agit de justice sociale. Parfois, cela doit passer avant les intérêts économiques.

– Pfft, justice sociale ! Ne me faites pas rire avec votre baratin gauchiste ! Castro et sa clique sont des crapules, ni plus ni moins. Comme Batista avant eux et comme ceux qui leur succéderont.

– Au moins Batista, lui, était « notre » crapule, a fait un troisième adulte, un homme que je ne connaissais pas, vêtu d'une veste de sport en velours côtelé, des pièces de daim cousues au niveau des coudes.

Ils se sont laissé aller à rire cyniquement tous les trois, même Busey le petit nerveux.

Je me suis éloigné. J'étais loin de me douter que, trois ans plus tard, notre pays serait au bord de la guerre nucléaire avec Cuba et les Russes, lors de la célèbre crise des missiles. Douze jours de suspense insoutenable. Douze jours durant lesquels chaque Américain écouterait les informations, la peur au ventre, en se demandant de quel côté la pièce du destin allait retomber : pile, la paix, face, la Troisième Guerre mondiale…

Mon père est parti en plein milieu de ces fameux douze jours. Quand je dis « parti », je ne parle pas d'un décès. Il est vraiment parti de chez nous. Il a quitté le domicile familial le 22 octobre 1962, comme tous les matins, pour se rendre à son travail, du moins en théorie... sauf qu'il n'est jamais revenu. Il n'a pas laissé de mot. Rien. Ma mère a assuré à qui voulait bien l'entendre que c'était parce qu'il n'avait pas pu supporter, je cite, « la pression due à la tension internationale ». Elle a tout mis sur le dos de la crise des missiles. Pratique. Et ridicule. Mais personne n'a osé la contredire. Le pire, c'est que je pense qu'elle y croyait vraiment, à cette histoire de « pression insupportable ». Elle était dans le déni le plus total.

Moi, je me suis longtemps demandé : est-ce que le départ de papa a un rapport avec ce que j'ai vu quand j'ai ouvert la porte de la chambre, cet été-là ? Cette question m'a taraudé pendant des décennies. Je ne l'ai posée à mon père que bien des années plus tard, à la fin de sa vie, quand j'ai retrouvé sa trace. Je vais vous raconter, promis. Toujours est-il que ma pauvre maman ne s'est jamais remise du départ de son époux. Elle n'a jamais dit du mal de lui. Elle ne s'est jamais remariée. Elle a enduré l'épreuve, stoïque, Pénélope des temps modernes, les yeux braqués sur l'horizon. Je ne sais pas s'il faut trouver un tel amour admirable ou pathétique.

Pour l'heure, je regardais mes parents qui, souriants, discutaient avec d'autres couples aussi souriants qu'eux. Tout ce bonheur. Tous ces sourires, certes parfois un peu forcés. Tous ces rires, dès que le taux d'alcoolémie des convives montait en flèche...

– Eeeeh ?!! j'ai fait, fou de joie.

Je venais d'apercevoir Bobby Lee, sa sœur et ses parents.

Ils sont déjà rentrés du lac Tahoe ? je me suis demandé.

Ils étaient en train de saluer nos hôtes. Monsieur Brown avait amené une bouteille de vin. D'après Bobby Lee, son vieux buvait une bouteille tous les soirs, depuis quelque temps. Plus le vin descendait, plus le niveau de voix montait, jusqu'à devenir parfois si fort que mon copain se réfugiait dans sa chambre et mettait des disques à fond. Ce soir-là, monsieur et madame Brown se tenaient la main, pareils à deux adolescents amoureux. Peut-être que le séjour au bord du lac leur avait fait du bien ? À les voir ainsi, impossible d'imaginer que leur couple traversait une « zone de turbulences ».

Bobby Lee a souri quand il m'a vu. Il est venu vers moi, en se frayant un passage dans la forêt d'adultes.

– Salut, ça gaze ? il a fait.

– Ah, mon pote, j'ai dit, tu m'as manqué !

– Toi aussi, tu m'as manqué… Faut que je te raconte : on a passé une journée à Disneyland, figure-toi ! On a fait tous les manèges et puis le manoir hanté, et puis le bateau à roues à aubes, et puis le petit train qui tourne autour du parc ! Sensass ! Mais j'ai dû me coltiner ma frangine durant toute la visite…

– J'ai des trucs à te raconter, moi aussi, plein de trucs !

– Ah ouais ?

– Je sais même pas par où commencer…

– Bon, ben attends que j'aille me chercher à manger, j'ai la dalle.

Mon ami a inspecté les alentours avant de demander :

– Le buffet est comment ?

– Les sandwichs en triangle valent le coup.

– D'ac. Je reviens.

Il est parti vers la montagne de nourriture. Sa sœur Nelly en a profité pour m'aborder. Elle avait un regard très intense, presque aussi bleu que la piscine des Mulligan. Plus elle se rapprochait de moi, plus un malaise m'envahissait.

– Alors, tu l'as vu ? elle m'a jeté à la figure de but en blanc.

– Qui ça ?

– Tu sais très bien de qui je veux parler…

Oui, au fond de moi, je savais. Elle a mimé deux ramures au-dessus de sa tête.

– L'homme-caribou ? j'ai risqué.

Elle a opiné.

– Il est marrant, hein ? elle a fait. Même si c'est le lapin que je préfère.

« Marrant » n'était pas exactement l'adjectif que j'avais à l'esprit, mais j'ai décidé d'entrer dans son jeu.

– Comment tu sais que je l'ai vu ? j'ai risqué.

– Il me parle la nuit, parfois. Dans mes rêves.

– Et il te dit quoi ?

– Plein de choses. Cette semaine, il m'a dit qu'il t'avait rencontré et que tu étais tout timide, tout empoté… Tu as vu la clairière avec la bulle transparente au milieu ? Incroyable, hein ?

Mon cœur a passé plusieurs vitesses d'un coup. J'ai réprimé un frisson. Ma climatisation interne avait baissé à des températures polaires.

– C'est vrai qu'il exauce des vœux ? j'ai questionné.

– Oui, c'est vrai. Mais il ne faut parler de lui à personne. C'est un secret.

Elle a marqué une pause avant de poursuivre :

– Moi, j'ai fait l'erreur de parler de l'homme-caribou à ma copine Mandy et à mon frère, alors, à cause de ça, mon vœu a mal tourné... J'avais demandé à aller à Disneyland et, de ce côté-là, ça a marché, mais papa et maman n'ont pas arrêté de se crier dessus pendant toute la journée ; ça m'a gâché le plaisir. Je pense que j'aurais dû me taire. J'aurais dû garder le secret...

– S'il ne faut parler du wendigo à personne, pourquoi tu prends le risque de me raconter tout ça ?

– Parce que toi, tu es...

Elle cherchait le mot.

– Un initié !

Elle avait du vocabulaire, pour une gamine de six ans. Une gamine décidément pleine de surprises, j'ai pensé.

J'ai dégluti. Soit cette enfant disait la vérité, soit elle méritait l'Oscar de la meilleure actrice.

Bobby Lee est revenu à cet instant, son assiette en carton remplie à ras bord de victuailles.

– Dégage, il a balancé à sa petite sœur.

Elle lui a tiré la langue et elle est partie.

– Qu'est-ce qu'elle te voulait ?

– Oh, rien, j'ai dit.

– Elle est de plus en plus barjo… On se pose ?

J'ai acquiescé. J'étais encore sous le choc des paroles de la petite Nelly.

– Tiens, là-bas, à l'écart, on sera bien.

Bobby Lee montrait du bout du nez un angle de la piscine. On a enlevé nos baskets, nos chaussettes, et on s'est assis sur le rebord carrelé. Nos pieds nus faisaient clapoter l'eau, une sensation fraîche et agréable qui tranchait avec la tiédeur vespérale. Ça m'a aidé à revenir un peu à la réalité. Juste un peu… Les mots de Nelly flottaient dans ma tête, pareils aux ballons qui décoraient le jardin.

Bobby Lee n'avait pas pris de couverts. Il mangeait comme un goinfre, avec les doigts. Il s'en mettait partout et semblait s'en cogner royalement. Il vivait dans l'instant présent, j'ai toujours aimé ça chez lui.

– Alors qu'est-ce que tu voulais me raconter ? il a lancé.

– Je… rien, enfin, rien de spécial, j'ai bredouillé.

« Un secret… »

– Pourtant tout à l'heure, t'étais tout impatient ?

– C'était pour… pour crâner… pour faire mon intéressant…

« Un secret entre initiés ! »

Je me suis raclé la gorge et j'ai repris :

– En fait, j'ai rien de fait de spécial… J'ai juste glandé, lu des BD et regardé la téloche…

– Il était bien, le *Bonanza* de la semaine ?

– Ouais, pas mal.

– Ça racontait quoi ?

– Je sais plus.

Mon ami s'est arrêté de manger pour m'examiner.

– Tu serais pas un peu malade, toi ? Tu couves pas quelque chose ?

– Arrête, on dirait ma mère...

Il a haussé les épaules.

– Tu sais, j'ai eu le temps de réfléchir, pendant les parties de pêche avec mon vieux, il a dit, la bouche encore pleine. Un max de temps pour cogiter ! Et figure-toi que j'ai eu une idée, pour une de tes histoires.

– Ah bon ?

– Ouais, ça ferait une nouvelle du tonnerre. C'est une histoire de vengeance. La vengeance d'une tronçonneuse.

– C'est pas banal... Raconte.

Il a fait passer le taboulé avec un verre de soda, a posé son assiette (déjà vide !) à côté de lui, et s'est lancé :

– C'est une histoire de bûcherons, dans la forêt. Il y a deux bûcherons qui sont amis, qui travaillent ensemble. Appelons-les Bill et Bob...

J'ai fait un effort de concentration.

– Bill et Bob, ça se ressemble, je me suis permis. C'est court et ça sonne pareil. Il faut trouver des prénoms avec des sonorités ou des longueurs différentes, sinon les lecteurs vont confondre.

– Ah ? Je n’avais pas pensé à ça...

Il a réfléchi en fixant intensément la mosaïque de reflets à la surface de l’eau. Dans la maison, quelqu’un a changé de disque. La voix du crooner Dean Martin s’est faufilée, chaude et rassurante, parmi les conversations.

– Ben, on n’a qu’à les appeler William et Robert, a proposé mon pote. Ça te va ?

– Ouais.

– William est jaloux de Robert, parce qu’il a une très belle tronçonneuse, le dernier modèle. Elle s’appelle Linda. Oui, dans mon histoire, les bûcherons donnent des noms à leurs tronçonneuses, pour les personnaliser. Ils font des dessins dessus, un peu comme les équipages de bombardiers B-52, sur la carlingue de leurs appareils. Ils dessinent des pin-up, ce genre de trucs. Et Linda, je l’imagine brune, avec une frange, du style Bettie Page, tu vois ?

– D’accord.

– Alors William, qui est prêt à tout pour posséder Linda, va tendre un piège à son ami. Une sorte de guet-apens. Ou alors il évite de crier « Timber ! » quand un arbre est sur le point de se fendre en deux, je ne sais pas, un truc du genre... Enfin, bref, résultat des courses, son pote est écrasé par un tronc de séquoia géant et William récupère Linda. Il a réussi son coup, quoi !

J’essayais de paraître intéressé. Je dis bien « j’essayais ». J’ai opiné :

– Diabolique…

– Attends, c'est pas fini. Linda est animée d'une vie propre, et elle aimait son ancien maître (Robert)… Donc, elle va se venger !

– Elle fait comment, concrètement ?

– Attends, c'est le meilleur. Tous les ans, les bûcherons organisent une grande fête, dans la forêt. Ils se saoulent et font les fous pendant trois jours, genre pendant le solstice d'été. Ils picolent sans arrêt. Ils organisent des courses de tronçonneuses, et tout !

– Des courses de tronçonneuses ?

– Ouais. Ils tirent sur la cordelette du démarreur, ils posent leur engin par terre, et là, avec la vitesse de la lame qui tourne, la tronçonneuse se propulse sur le sol.

– Hon hon…

– T'as pas l'air convaincu.

– C'est pas ça, c'est que j'essaie d'imaginer le truc…

– Et là, dans mon histoire, Linda devient incontrôlable : elle se retourne contre son nouveau maître et elle le déchiquette. Il y a des bras et des jambes qui volent en l'air.

– Et c'est fini ?

– Oui. Cool, non ?

J'ai fait la grimace.

– J'aime bien le début… mais cette histoire de course de tronçonneuses… Je ne sais pas… Et la fin est un peu rapide, non ?

– Après tu l'arranges comme tu veux, hein ? C'est toi l'écrivain… mais si tu la vends à un journal, on partage le fric, d'accord ?

Bobby Lee ne doutait de rien. Tout était entier, chez lui, brut de décoffrage ; ça aussi, ça me plaisait bien.

– D'accord, j'ai acquiescé.

– Tope là !

J'ai tapé dans sa paume ouverte et il a fait de même. Puis tout à coup, il s'est dressé, la truffe frémissante : on aurait dit un chien qui vient d'apercevoir un écureuil.

– Elle est là !

– Qui ?

– Jenny Malone !

Je me suis penché et, en effet, j'ai vu la miss pomponnée, souriante, accompagnée de ses parents. Très jolie, c'est vrai… mais je persistais à penser que mon ami se berçait d'illusions s'il espérait arriver un jour à quelque chose avec cette fille-là. Les trèfles vont avec les trèfles, les carreaux avec les carreaux, et ainsi de suite…

– Je vais lui apporter un verre de Coca, a réfléchi Bobby Lee à voix haute. C'est une bonne idée, tu crois ? C'est pas trop lourd ?

– Je ne sais pas.

Il ne m'écoutait pas. Il ne m'écoutait plus. Il a filé vers le buffet. La masse des invités agglutinés était compacte, mais il jouait des coudes, très déterminé. Un brave petit soldat !

Moi, je n'arrivais pas à m'extraire de l'esprit les paroles de sa frangine :

« Il ne faut pas en parler... Un secret... »

J'ai senti que quelqu'un s'asseyait à côté de moi. J'ai tourné la tête.

Et j'ai sursauté quand j'ai reconnu Ruth.

Chapitre 11

– Bonsoir David, elle a fait, tout sourires.

Bon Dieu, sa beauté m'a coupé le souffle, et je vous assure que ce n'est pas un effet de style. L'air me manquait pour de vrai ! La beauté authentique, naturelle et sans fard ravit l'âme et fait mal en même temps. Ruth n'avait pas besoin de maquillage pour mettre en valeur ses traits (le maquillage lui servait à autre chose)... Mon cœur s'est garrotté. Je l'ai examinée de près ; aucune marque suspecte, cette fois. Elle était... parfaite.

– Bonsoir, mad... Ruth, j'ai articulé péniblement.

Ma glotte descendait et remontait dans ma gorge sèche.

Elle a posé ses souliers vernis au bord de la piscine, juste entre nous deux, puis trempé ses jambes dans l'eau, à mi-mollet. Elle portait une robe courte, verte, ouverte en V dans son dos nu. J'ai senti des milliers de picotements me remonter le long de la colonne vertébrale, pareils à une armée de fourmis rouges.

– Je ne vous avais pas vue, j'ai repris après avoir dégluti.

– Cette fois, c'est moi qui t'ai fait sursauter, on dirait. Un partout.

Le petit sourire. Les petites rides craquantes.

– Vous étiez où pendant toute cette semaine ? j'ai questionné. Je... je me faisais du souci, surtout après les événements de l'autre...

Elle a mis l'index sur ma bouche.

– Chut. Rappelle-toi ce dont on avait convenu...

– J'ai rien dit à personne, j'vous jure.

C'était la soirée des secrets, décidément !

– C'est bien... a repris Ruth. J'étais chez ma mère, avec Jody, dans le Nevada. Mike avait des affaires à régler de son côté.

– Il est là ?

Elle a désigné quatre adultes regroupés au fond du jardin, près des piquets blancs. Mike Bannerman avait rejoint monsieur Busey, monsieur Johnson et l'homme aux coudes reprisés. Est-ce qu'ils discutaient encore de Castro et de Cuba ? Bannerman hochait la tête, mâchoires contractées. Il avait un bras en écharpe. Le droit.

– Et ça s'est arrangé, son histoire ? j'ai risqué.

– D'après Mike, oui, a soupiré Ruth. Il m'a raconté que ses amis s'étaient contentés de lui donner un avertissement. « Un simple avertissement », c'est ce qu'il m'a affirmé.

Notre conversation était proche du murmure. Impossible de nous espionner, avec le brouhaha, la musique et tout ça. Ruth a poursuivi :

– Il a dit à son patron et ses collègues de la scierie qu'il s'était blessé en faisant du sport. Il est en arrêt de travail pour quelques jours...

– Hon hon... Il a remboursé l'argent qu'il devait à ses... amis ?

– Apparemment, oui. Il a mis cette parenthèse à profit pour réunir l'argent, je ne sais pas trop comment et je ne veux pas le savoir. Il m'a fait promettre de ne pas m'inquiéter et a juré ses grands dieux que ce genre d'incident ne se reproduirait plus.

– Et vous le croyez ?

Elle a haussé les épaules.

– Je veux y croire. Je suis une indécrottable optimiste.

Elle m'a donné un coup de coude, comme un garçon, presque comme un copain.

– Dis donc, tu avais l'air en grande conversation avec ton ami, là, Billy Bob...

– Bobby Lee ?

– Oui.

– Oh, non, c'est juste que... Il me racontait une idée d'histoire.

Le regard qu'elle m'a lancé signifiait « Tu en as dit trop ou pas assez ».

– Une idée, pour une de mes nouvelles...

– Tu écris ?

– Ouais.

À chaque fois que je faisais cet aveu à quelqu'un, j'avais l'impression de devenir un extraterrestre. Les gens me fixaient comme si une antenne télescopique mauve venait de me pousser sur le crâne.

– Tu écris quel genre d'histoires ?

– Des trucs d'aventures... du fantastique aussi... des histoires avec du surnaturel.

– De la science-fiction ?

– Oui, parfois.

Son sourire est réapparu. « Le retour du sourire qui tue ! »

– Tu me feras lire, un jour ?

– Oh non.

– Pourquoi ?

– C'est juste des petites histoires de rien du tout...

– Ça n'existe pas, « des petites histoires de rien du tout ». Toutes les histoires ont de la valeur. C'est formidable d'être créatif...

Ses yeux sont devenus rêveurs.

– J'aimerais posséder cette qualité, mais je ne l'ai pas. J'imagine qu'il y a des gens qui sont faits pour créer les œuvres d'art et d'autres qui sont faits pour les admirer...

– Moi je pense que tout le monde a un talent. Au moins un. Il faut le trouver, c'est tout.

Une nouvelle chanson a émergé du brouhaha. Une intro aux cuivres ronflants. J'ai tout de suite reconnu Shirley and Lee. *Come on baby, let the good times roll!...*

– J'aime bien cette chanson, a dit Ruth.

– Moi aussi, j'ai fait.

– La musique... voilà encore un art que j'aimerais maîtriser.

– Vous chantez bien.

– Ah bon ?

– Oui, l'autre jour, quand je suis venu vous apporter la tourte. Vous chantiez *Sophisticated Lady*. C'était très beau.

– David Jones, ça se confirme : vous êtes un vil flatteur ! elle a rigolé.

– Non, non, je suis sincère.

On a marqué une pause. Le brouhaha avait augmenté jusqu'à en devenir presque intolérable.

Je ne sais pas qui a initié la bataille de nourriture, ou plus exactement, je ne sais plus. Tout ce dont je me souviens, c'est le cri à la fois outré et amusé de madame Mulligan. Les yeux et la bouche grands ouverts, elle regardait la tache de mousse au chocolat sur sa belle robe de soirée. Il y a eu quelques gloussements et rires secs (presque des jappements de coyote) tout autour d'elle, puis j'ai vu monsieur Rosenberg se servir d'une grande cuillère comme d'une catapulte pour envoyer quelque chose sur son voisin le plus proche, monsieur Korngold. Je crois qu'il s'agissait de taboulé, et monsieur Korngold a commencé à nettoyer sa barbe pleine de grains de semoule et de morceaux de légumes en la frottant vigoureusement. Chose étrange, il ne semblait pas énervé. Tout juste agacé. Un peu comme lorsque le petit dernier a fait une bêtise. On a envie de le gronder (une bêtise, c'est une bêtise) mais, en même temps, il est tellement mignon !

– Qu'est-ce qui se passe ? a lâché Ruth.

– Je ne sais pas, j'ai répondu.

Le jardin des Mulligan s'était transformé en asile de fous. Non loin de moi, deux hommes se livraient à un duel épique avec des cuisses de poulet en guise d'épées. Le visage de Nelly Brown dégoulinait de crème anglaise. Et pour cause : son grand frère venait de lui renverser le contenu d'une coupelle sur la tête !

Des boules de purée grumeleuse volaient dans tous les sens. La nourriture tombait régulièrement dans la piscine, et la surface de l'eau n'a pas tardé à se marbrer d'une vase marronnasse. Un jet de sauce chaude et épaisse, à base d'ignames caramélisées, a fusé entre Ruth et moi. On s'est plaqués sur le carrelage. Apparemment, quelqu'un nous avait pris pour cible. Ma stupéfaction est montée d'un cran quand j'ai réalisé que le mauvais plaisantin n'était autre que mon propre père. Jouer avec les aliments n'était pourtant pas son genre. Combien de fois m'avait-il forcé à finir mon assiette en me serinant que des enfants moins chanceux que moi mouraient de faim en Afrique ? Un bon millier, au moins. Encore plus incroyable : maman a sacrifié l'une de ses précieuses tourtes en l'écrasant sur le visage de monsieur Mulligan, comme si elle jouait dans l'un de ces *Laurel et Hardy* où la crème Chantilly vole bas !

C'est alors que j'ai entendu le bruit. Il était à peine perceptible, noyé dans les cris et les rires nerveux, mais, si on tendait l'oreille, on ne pouvait pas le manquer. Les mobiles accrochés sous la véranda tintinnabulaient. Je me suis redressé pour mieux voir. Les petits objets métalliques bougeaient. Agités par le vent, ils renvoyaient des reflets froids dans la nuit naissante.

Est-ce que c'était le vent du sud ?

Est-ce que c'était « El Diablo » ?

Le vent qui rend fou, j'ai songé en repensant aux paroles du vieil ermite.

L'hystérie avait atteint son point culminant. Elle ne pouvait que retomber.

C'est madame Altmeyer qui a sifflé l'arrêt de jeu. Elle s'est levée d'un coup et a hurlé :

– Comment osez-vous ?!

Les gestes se sont interrompus, suspendus à mi-vol. Toutes les têtes ont pivoté en direction de la veuve.

– Vous n'avez pas honte de vous comporter de cette manière ?!

Silence.

Silence de mort.

La musique avait cessé de sortir des enceintes haute-fidélité et on n'entendait plus que le « scritch-scritch » répétitif du diamant butant sur la fin d'une face.

– Partout dans le monde, nos jeunes hommes, nos fils, nos frères, nos maris sont engagés dans une lutte à mort contre la vermine communiste, a repris madame

Altmeyer. Ils combattent dans les pires conditions, se privent de tout, dorment à même le sol, dans la boue, et mangent une nourriture qui ferait vomir un bouc... Tous ces sacrifices pour que nous, ici, puissions continuer à vivre en sécurité, dans la paix et l'opulence, pour que nous puissions continuer à dormir sur nos deux oreilles... Et voilà comment vous remerciez ces jeunes gens ? En vous comportant comme des enfants ? En gaspillant les bienfaits du Seigneur ?

Les mobiles en métal avaient cessé de tintinnabuler. Quelqu'un a toussé.

– Je... je vais chercher de quoi nettoyer, a dit madame Mulligan.

– Je vais vous aider, s'est empressée d'enchaîner ma mère.

Les gens reprenaient graduellement leurs esprits. Ils ressemblaient à une bande de garnements honteux, penauds, sonnés par la remontrance d'une incontestable figure d'autorité (flic, curé, dirlo...). Ils promenaient des regards effarés autour d'eux, semblant découvrir petit à petit l'ampleur du désastre. Le jardin avait été transformé en un véritable champ de bataille à côté duquel Gettysburg évoquait sans doute une simple bagarre de cour de récré.

La femme en noir s'est rassise sur sa petite chaise pliante, buste droit, bouche pincée.

– Tu as compris ce qui s'est passé ? m'a demandé Ruth.

J'ai secoué la tête.

Si la récente scène d'hystérie s'apparentait à un mauvais rêve, on était au moins deux à l'avoir fait.

– Salut David, a lancé une voix grave.

Mike Bannerman avait quitté son groupe et venait droit sur nous. Pas de tache de purée ou de résidus de taboulé sur son polo, pas plus que sur son pantalon. Il avait esquivé les aliments de la même manière qu'il évitait la mitraille, à Omaha Beach, durant la guerre : avec une chance insolente. Il était impeccable.

– Euh, bonsoir, m'sieur...

– Je ne te serre pas la main, il a dit en désignant du menton son bras blessé.

Il souriait sans aménité.

– De quoi vous discutiez, tous les deux ?

– De rien, a répondu Ruth en se relevant.

Elle a ramassé ses souliers. Le sourire glacial de son mari s'est élargi.

– Allons, on ne discute jamais de rien. On parle toujours de quelque chose, même si c'est aussi insignifiant que la pluie et le beau temps.

J'ai haussé les épaules.

– Je ne sais même plus de quoi on parlait, j'ai dit. C'était sans doute pas important.

Il a hoché la tête.

– Je vous observais de loin, il a jeté. C'était trop marrant. Trop mignon. On aurait dit un petit couple. Deux amoureux. Ouais, sans blague, je vous assure.

– Ne sois pas stupide, l'a douché Ruth.

C'était la première fois que je la voyais se rebeller.

– Ho ho, a ricané Bannerman. J'ai touché un point sensible ?

La moutarde me montait au nez. Je n'aimais pas sa manière de nous asticoter. Je n'aimais pas sa manière de jeter sur elle un regard lourd de menaces.

– Ah, si, je me souviens de quoi on parlait, j'ai fait tout à coup.

– Ah oui ?

– Ouais. On parlait de mon tonton Ben, qui est lieutenant de police à Seattle. C'est aussi mon parrain. Il m'aime beaucoup. Il ferait n'importe quoi pour moi.

L'avantage, quand on écrit des histoires, c'est que ça développe l'imagination, et, sans me vanter, je n'étais pas trop mauvais à ce petit jeu-là. Le sourire carnassier de l'adulte s'est flétri.

– Vraiment ? il a risqué.

– Ouais, j'ai continué. Un jour, mon tonton m'a dit : « Mon petit Dave (il m'appelle Dave), si jamais quelqu'un te cherche des noises, ou cherche des noises à l'un de tes camarades, tu viens m'en parler, hein ? Tu n'hésites pas ! Et j'irai personnellement tirer les oreilles du chenapan. » Il est comme ça, mon tonton Ben...

Bannerman m'a transpercé de son regard aigu mais, cette fois, je n'ai pas baissé les yeux. Mieux : je lui ai adressé un grand sourire du style « Ouais, mec, c'est ça et si t'es pas content, va te faire foutre ! ».

Ruth s'est raclé la gorge.

– Je vais aider madame Mulligan à remettre un peu d'ordre.

– Bonne idée, j'ai approuvé.

Ruth est partie vers la maison. J'allais l'imiter quand Mike Bannerman m'a agrippé par la manche de sa main valide.

– Dis-moi, David, tu n'essaierais pas de me faire passer une sorte de… de message caché, par hasard ?

– Non, pourquoi vous dites ça ?

– Je ne sais pas. Une impression.

– Pensez ce que vous voulez, m'sieur.

Il m'a lâché. Je suis allé chercher un grand sac en carton, un de ceux qui servaient d'habitude à recueillir l'herbe fraîchement coupée. Les conversations avaient repris *mezzo vocce*. Les invités s'affairaient dans le calme. Chacun aidait tant bien que mal à nettoyer et à ranger. La salle de bains était prise d'assaut par les gens désireux de faire un brin de toilette. Il y avait fort à parier que le chiffre d'affaires du pressing et de la blanchisserie locale allait grimper en flèche le lundi suivant.

J'étais en train de chercher Bobby Lee quand Ruth s'est approchée de moi et s'est penchée à mon oreille.

– C'est vrai, ce que tu as raconté, tout à l'heure, au sujet de ton oncle ?

– Mon tonton Ben existe bel et bien, mais il est fermier dans l'Ohio.

– Je vois.

Elle a fait une petite grimace.

– Ce n'était pas très malin de provoquer Mike, elle a grincé.

– Il ne me fait pas peur.

Je mentais, mais peu importe.

– Ça pourrait le mettre en rogne, a continué Ruth, et quand il est de cette humeur, c'est moi qui en fais les frais...

Je me suis mordu la lèvre inférieure. Je n'avais pas vu les choses sous cet angle.

– Mon oncle n'est pas flic, mais les flics existent quand même, j'ai dit. Vous devriez...

– Nous en avons déjà parlé, il me semble.

Elle m'a regardé droit dans les yeux.

– David, je t'aime beaucoup, seulement... mêle-toi de tes affaires. Je ne sais pas comment le dire autrement. D'accord ?

À regret, j'ai acquiescé.

– D'accord.

Mon père est venu me chercher.

– Maman est fatiguée, il a déclaré. On va rentrer.

Il a adressé un sourire poli à Ruth en lui lançant un rapide « Bonsoir », puis il m'a pris par la main et m'a entraîné vers la sortie. Maman se trouvait dans la rue, sur le trottoir. Elle était occupée à consoler la mère de Bobby Lee qui pleurait, le visage enfoui dans ses mains. J'ai capté au vol :

– Il ne me parle plus... J'ai l'impression de vivre avec un étranger... Ce séjour au lac était censé nous aider à recoller les morceaux mais ça a été un véritable fiasco !

– Courage, a dit ma mère.

On a salué madame Brown, et on s'est mis à marcher en silence sous la lumière jaune des lampadaires. Aucun de nous ne parlait. Nous étions tous les trois plongés dans nos pensées.

– C'était une drôle de soirée, a marmonné mon père, une fois notre portail franchi.

– Oui, a approuvé ma mère d'une voix atone. Une drôle de soirée.

Je n'ai rien dit. Je me sentais au moins aussi troublé qu'eux, mal à l'aise.

L'homme-caribou... le vent mauvais... c'était comme si les puissances occultes de la forêt contaminaient notre univers quotidien petit à petit.

Et le pire, c'était que les événements étranges ne faisaient que commencer !

Chapitre 12

Le lendemain, on est allés rendre visite à mon grand-père, papi Jones, le père de mon père.

Mon grand-père était en mauvaise santé. Il était vieux (c'était un grand-père, quoi) mais aussi, et surtout, il avait été amputé de la jambe droite, suite à un accident de la route, en 55. Son épouse (ma grand-mère, vous suivez ?) avait eu encore moins de chance que lui. Elle était morte, tuée sur le coup quand la Cadillac Fleetwood de papi avait quitté la route pour finir contre un arbre. Choc frontal. Ma pauvre mamie avait traversé le pare-brise. Les pompiers avaient mis deux heures à désincarcérer papi Jones. Il avait survécu, mais ne s'était jamais remis complètement de sa blessure à cause du durcissement des artères. Il vivait dans une maison de repos, la résidence « Plein Soleil », à Ellensburg, un endroit très chic qui se trouvait à une heure de route de Mansford, par la nationale 90. On s'y rendait une fois par mois ; le samedi, en général. Papa ne desserrait pas la mâchoire durant tout le trajet, aussi bien à l'aller qu'au retour. Les rapports entre mon grand-père et lui avaient toujours été tendus, d'aussi loin que je m'en souvienne. Papi Jones n'était pas tendre et il ne manquait pas une occasion de rabrouer mon père. Je crois que peu de monde trouvait grâce à ses yeux. Je faisais partie des heureux élus, des privilégiés : il plaisantait avec moi (des blagues pas toujours drôles) et me donnait de l'argent de poche à chacune de nos visites.

Le parc de la résidence était planté d'arbres, agrémenté d'une fontaine et de bancs en pierre sur lesquels les pensionnaires (les infirmières les appelaient les « hôtes ») pouvaient s'asseoir et contempler les petits oiseaux.

Ce samedi-là, papa a garé la voiture sur le parking au sol recouvert de gravillons, puis il a grogné :

– Quand faut y aller, faut y aller...

Il avait sa tête des mauvais jours, comme s'il pressentait une entrevue particulièrement difficile.

On l'a suivi jusqu'au porche en saillie. L'édifice, une vaste demeure dotée de deux ailes, avec des faux airs de vieux manoir italien, nous dominait de toute sa hauteur.

Mon père a frappé à la porte avec un gros heurtoir en fer forgé. Une infirmière est venue ouvrir quelques instants plus tard.

– Ah, monsieur Jones, madame Jones, et le petit David ! Monsieur Jones senior est dans la salle commune, pour l'instant. Les hôtes ont fini de manger...

On a traversé le grand hall de l'accueil. Je ne sais pas ce qui était le plus écœurant : l'odeur des bouquets en train de se faner dans une atmosphère de serre moite, ou alors la musique d'orgue sirupeuse qui sortait de petites enceintes accrochées aux murs ?

Construite tout en longueur, la salle commune était décorée de boiseries. La lumière du jour rentrait par de grandes fenêtres latérales. J'ai remarqué que les plateaux du déjeuner avaient été empilés dans un coin. Apparemment, la plupart des pensionnaires (pardon, des hôtes !) avaient à peine touché le contenu de leurs assiettes. Il y avait un téléviseur posé sur un vaisselier, mais, pour l'heure, il était éteint. Les petits vieux trompaient leur ennui avec des jeux de patience (puzzles aux pièces répandues en vrac, dominos, petits chevaux...).

Grand-père était assis sur son fauteuil roulant, dans un coin, occupé à faire des réussites. Il a levé un sourcil lorsqu'il a aperçu mes parents.

– Vous êtes en retard, il a grommelé.

– Bonjour papa, a fait mon père, sans relever la pique.

– Bonjour beau-papa, a fait ma mère.

– Salut grand-père, j'ai lancé.

Il a souri quand il m'a vu, à la traîne derrière mes parents.

– Ah, David, salut mon petit gars !

Mon grand-père était chauve. Il avait un grand nez et des taches de vieillesse constellaient sa peau, pareilles à des îlots foncés sur un océan couleur chair.

– Ça roulait mal, sur la 90, s'est justifié mon père.

Papi Jones l'a ignoré et m'a pris les deux mains. Il n'avait que la peau sur les os mais il possédait encore une solide poigne.

– Alors David, ces vacances ?

– C'est cool, j'ai dit.

– Tu fais les quatre cents coups, avec ton ami Bobby ?

– Bobby Lee. Ouais, on s'amuse bien…

– Parfait, parfait !

Il a daigné reporter son attention sur mes parents :

– Et si on allait se promener dans le parc, hein ?

– Oui, bien sûr, a dit mon père.

Il s'est avancé pour saisir les poignées couplées au dossier du fauteuil roulant mais papi Jones l'a arrêté d'un geste :

– Gretchen va me pousser…

– Je peux le faire, a insisté mon père.

– Gretchen est payée pour ça.

Mon grand-père s'est tourné vers une femme grassouillette en tenue d'infirmière, debout à l'écart, aussi raide qu'un piquet, presque au garde-à-vous.

– Gretchen ?

– Che fiens, monzieur.

Gretchen était l'infirmière « référente » de mon grand-père, c'est-à-dire l'aide-soignante qui lui était spécialement attitrée. Elle devait avoir dans les cinquante ans, facile, et avait un accent germanique à couper au couteau. Mes parents ne l'aimaient pas trop. Parfois, dans la voiture, au retour, papa parlait d'elle en la surnommant Eva Braun.

Je n'ai compris la référence que deux ans plus tard, quand j'ai étudié la Seconde Guerre mondiale au lycée.

Gretchen s'est placée derrière grand-père pour pousser son fauteuil. On est sortis de la salle commune, puis du bâtiment, en empruntant une petite rampe d'accès déployée sur un côté du porche.

Il faisait un temps magnifique. Des écureuils sautaient de sycomores en érables, s'immobilisaient, nous regardaient, puis bondissaient à nouveau. Quand ils détalaient sur l'herbe verte, c'était comme voir une fusée rousse filer au ras du sol. Il y avait des pommes de pin disséminées sur les allées gravillonnées. Je donnais des coups de pied dedans, en marchant à côté de mon grand-père, qui était parti dans une diatribe contre Nikita Khrouchtchev, le premier secrétaire de l'Union soviétique.

– Je n'ai pas confiance en lui. Il nous roule dans la farine. Il jure que « jamais au grand jamais » les Russes ne déclencheront les hostilités, mais je vous assure que s'il doit appuyer un jour sur le bouton de l'arme atomique, il le fera. Il est impulsif. C'est un sanguin !

Mon père hochait la tête. Il savait d'expérience qu'il ne fallait pas s'aventurer à contredire papi Jones.

– Arrêtons-nous là, a dit celui-ci.

La fontaine glougloutait non loin de nous. Je me suis assis sur un banc avec mes parents, et Gretchen a placé le fauteuil roulant face à nous. Elle se tenait toujours bien droite, les mains sur les poignées.

– Il faut que je te parle, fils, a lancé grand-père.

Il s'adressait à papa, comme si ma mère et moi n'étions pas là.

– Je t'écoute, a répondu mon père, sur la défensive.

Papi Jones a toussé, s'est frotté le nez et a soufflé :

– Je me fais vieux. Je dois réfléchir à l'avenir, un horizon qui se rétrécit de jour en jour en ce qui me concerne...

– Allons papa, ne...

Mon grand-père l'a de nouveau arrêté d'un geste.

– Laisse-moi finir. J'ai quelque chose d'important à vous annoncer, et ce n'est pas facile...

– Eh bien, vas-y, je t'en prie.

Passé un silence, mon grand-père a avoué :

– Je ne me plais pas ici.

– Ah bon ? Je croyais que...

Une fois encore, grand-père ne l'a pas laissé continuer.

– Je t'avais parlé de ces placements que j'avais faits, il y a quelques années, avec mes économies ?

– Tu veux dire l'assurance-vie de maman ?

– Notamment. Eh bien figure-toi que cet argent a été judicieusement utilisé. J'ai misé sur le plastique et j'ai gagné.

Il m'a adressé un clin d'œil :

– Le plastique, David, voilà l'avenir... Retiens bien ça.

– D'accord, papi.

Mon père a écarté les mains.

– Excuse-moi, papa, mais où veux-tu en venir, exactement ?

Grand-père s'est raclé la gorge.

– Je me suis acheté une maison, une belle petite maison, dans la sierra Nevada, et je compte finir mes vieux jours là-bas.

Il a marqué une pause avant d'ajouter :

– Avec Gretchen.

Ma mère a écarquillé les yeux. La mâchoire de mon père s'est décrochée, comme celle du loup de Tex Avery. Je ne sais pas quelle tête je faisais, mais j'avais sans doute l'air aussi surpris qu'eux.

Grand-père a levé une main par-dessus son épaule et l'a posée sur celle de l'infirmière.

– Gretchen et moi allons nous marier, il a annoncé.

– Pardon ? a péniblement articulé mon père. C'est une blague ?

– Pas du tout, c'est très sérieux.

Gretchen a opiné avant de déclarer, solennelle :

– Ch'aime fotre bère, monzieur Chones.

Mon père a fouillé dans ses poches. Il cherchait des cigarettes. Il les a trouvées au bout de quelques secondes mais a quand même continué de chercher fébrilement.

– Où est ce foutu briquet ?

Il pestait.

Maman avait le sien. Elle l'a sorti et a allumé la clope de papa ; il a tiré dessus comme si sa vie en dépendait.

– N'en fais pas tout un plat, s'il te plaît, l'a grondé papi Jones. Il n'y a pas de quoi se mettre dans cet état.

– Non mais est-ce que tu te rends compte de ce que tu m'annonces ? a rétorqué papa.

– Je n'ai pas le droit de me remarier, c'est ça ?

– Je n'ai pas dit ça, mais...

Il a pris une profonde inspiration.

– Est-ce qu'on ne pourrait pas discuter de tout cela de manière privée ? En famille, quoi ! Sans cette... cette femme !

Son index et le bout rougeoyant de sa cigarette pointaient vers l'infirmière.

– Je n'ai rien à cacher à Gretchen, a riposté grand-père. D'ailleurs, pour moi, elle fait déjà partie de la famille.

Gretchen regardait droit devant elle, impassible.

Mon père a explosé :

– Vous avez au moins vingt-cinq ans d'écart ! Il ne t'est pas venu à l'esprit que ta chère Gretchen en avait peut-être après ton argent ? Que ce soi-disant amour n'était pas complètement désintéressé ? Car, bien entendu, j'imagine que c'est elle qui finira par hériter de la fameuse petite maison, n'est-ce pas ?

Mon père s'était levé. Il postillonnait de rage. Ma mère essayait de le calmer en lui tenant le bras, mais rien n'y faisait.

– Ch'aime fotre bère, a simplement répété Gretchen.

– « Ch'aime fotre bère, ch'aime fotre bère », elle ne sait dire que ça ? s'est moqué papa.

– Tu te comportes en gamin capricieux ! a crié grand-père. Ce que tu as toujours été, soit dit en passant. Capricieux et borné ! Ton fils a plus de maturité que toi !

Ma mère s'est levée à son tour.

– Je… je crois que nous allons y aller, beau-papa, elle a bredouillé. C'est vrai qu'il y a beaucoup de circulation, aujourd'hui.

– C'est ça, allez-y, et ne revenez plus !

Papi Jones a désigné mon père d'un doigt haineux.

– Toi, je ne veux plus jamais te revoir… jamais !

Nous sommes remontés en voiture. Mon père n'a pas décoléré de tout le trajet.

– Il est hors de question que je laisse cette bouffeuse de choucroute nous prendre ce qui nous revient de droit ! il répétait, hors de lui, les mains crispées sur le volant.

Il roulait trop vite, donnait des coups de klaxon au moindre ralentissement. On a bien failli avoir un accident au moins dix fois.

– Garde ton sang-froid, le suppliait ma mère. On trouvera une solution. Je suis sûre que ça va s'arranger.

Mais ça ne s'est pas arrangé.

Papi Jones s'est marié avec Gretchen. Mes parents ont engagé un avocat qui a essayé de prouver devant un tribunal que mon grand-père n'avait plus toute sa tête, et cette démarche s'est soldée par un échec cuisant. Mon père et mon grand-père ne se sont jamais réconciliés, ils ne se sont même plus jamais adressé la parole, et, en définitive, Gretchen Jones a hérité de la maison de son défunt mari, en 65, à la mort de celui-ci. Le plus bizarre dans tout ça, c'est que, après que papa a déserté le domicile familial du jour au lendemain, en plein milieu de la crise des missiles cubains, Gretchen a beaucoup soutenu maman. Elles sont devenues très proches et le sont restées jusqu'au décès de ma mère, en 83.

J'ai toujours considéré que cette histoire était très triste, pour ne pas dire pathétique. Je ne voulais pas que la relation entre mon père et moi se termine sur une note similaire, un arrière-goût de rancœur ou d'inachevé. Alors, dans les années quatre-vingt-dix, j'ai engagé un détective privé pour retrouver sa trace. Je pouvais me le permettre. Mes livres se vendaient bien. Après des débuts difficiles (aucun de mes cinq premiers romans n'avait dépassé mes maigres à-valoir), j'étais enfin sur la pente ascendante du succès : *Motel 666*, mon sixième titre, était resté deux semaines en tête de la liste des meilleures ventes du *New York Times*, et certains chroniqueurs littéraires n'hésitaient pas à m'appeler le « nouveau Stephen King » !

Le détective que j'avais dégoté ne ressemblait à rien : ni jeune, ni vieux ; ni beau, ni moche ; ni bien, ni mal fringué... J'imagine que son look passe-partout lui permettait de s'adapter à tous les milieux. Une version humaine du caméléon, en quelque sorte. Il m'a pris un bon paquet de fric mais je dois reconnaître qu'il s'est montré efficace.

Un mois après avoir entamé son enquête, il est revenu me voir avec une liasse de documents (clichés en noir et blanc ou en couleurs, photocopies de papiers administratifs, quittances de loyer, extraits de relevés de compte...) et il m'a lancé :

– Mission accomplie !

Il m'a résumé les trente dernières années de la vie de Sydney Jones en trente minutes.

Tout d'abord, mon père avait changé de nom. Il s'appelait dorénavant Sydney Jackson. Après sa disparition officielle, il avait voyagé dans tout le pays, et même à l'étranger (en Europe, en Asie...) avant de s'établir dans l'Iowa. Là, il avait exercé divers petits métiers, avait vécu avec un homme, puis il était devenu plasticien. Le détective m'a montré des photos de ses œuvres ; il s'agissait de sculptures modernes, de collages, d'objets bizarres pour la plupart réalisés avec des matériaux de récupération.

– Vous êtes sûr qu'on parle bien du même Sydney Jones qui est parti de chez lui durant la crise des missiles de Cuba ? j'ai demandé à l'enquêteur.

J'étais scié. Mon père n'avait, à ma connaissance, jamais manifesté d'intérêt pour l'art en général, ni pour la sculpture en particulier.

– Oui, a fait le détective. C'est bien votre père, m'sieur.

En sondant dans les abysses de ma mémoire, deux ou trois détails me sont revenus. Un jour, mon paternel s'était extasié devant un cendrier en terre cuite que je lui avais fabriqué, pour la fête des pères... Une autre fois, alors que je venais le voir dans la partie du garage qu'il avait transformée en atelier de bricolage (il réparait nos meubles cassés, ou des appareils électroménagers), j'avais senti qu'il rangeait précipitamment quelque chose dans un tiroir dont lui seul avait la clé. Peut-être qu'il fabriquait ses objets bizarres depuis des années ?

– Votre père est devenu un artiste assez coté dans le milieu de l'art contemporain, m'a révélé le détective.

Papa avait ouvert une galerie à Des Moines en 79. Son compagnon (beaucoup plus jeune que lui ; il avait à peu près mon âge) était décédé la même année que maman, en 83, ironie du destin. Sauf que lui était mort du sida. Mon père avait échappé à cette terrible maladie, mais pas au poids des années. L'enquêteur m'a annoncé qu'il avait été récemment admis dans une clinique privée et qu'il était, je cite, « au bout du rouleau ».

– Si vous voulez le recontacter, je vous conseille de faire vite, il a dit.

Je ne me sentais pas le courage de téléphoner, aussi j'ai écrit une longue lettre où je donnais de mes nouvelles, et où je demandais, à la fin, s'il acceptait que je lui rende visite.

Papa m'a répondu ce simple mot :

« Bien sûr que tu peux venir, David ! »

J'ai pris la route, une boule au ventre et le cœur agité par des sentiments contradictoires. Je repensais à la dernière entrevue entre mon père et mon grand-père. Je ne souhaitais pas que la nôtre se transforme en « règlement de comptes à OK Corral », mais je voulais quand même des explications. J'y tenais. En souvenir de ma mère ; en souvenir de la famille qu'on avait formée tous les trois pendant des années. Est-ce que c'était une mascarade totale ? Est-ce qu'il y avait un fond d'authenticité là-dedans ? J'estimais que j'avais le droit de connaître la vérité.

J'ai garé ma voiture sur le parking du centre hospitalier. Des Moines est une ville ennuyeuse, de prime abord.

Je me suis présenté à l'accueil, puis j'ai suivi une infirmière dans des couloirs aux murs d'un marron rébarbatif. Le centre sentait le propre, mais pas le désinfectant. L'infirmière me souriait en me répétant :

– Votre papa vous attend.

Elle m'a fait rentrer dans une chambre spacieuse.

– Je vous laisse.

Mon père était alité, branché à tout un tas de fils et d'appareils.

– David, il a dit. C'est bien que tu sois venu.

Sur le coup, je ne l'ai pas reconnu. J'avais en tête l'image d'un homme dans la quarantaine, avec une brioche d'Occidental bien nourri. Là, je découvrais un vieillard décharné, presque une momie.

– Bonjour papa, j'ai dit, le cœur broyé.

Cette fois, c'est ma voix que je n'ai pas reconnue. Elle était blanche, atone. J'avais brusquement envie de m'enfuir en courant (je me répétais « Je fais une connerie, je fais une connerie... ») mais je me suis assis à côté de ce très vieil homme qui, autrefois, dans une vie lointaine, très lointaine, avait été mon père. Des souvenirs me sont revenus en masse sous forme de flashs : des cadeaux de Noël déballés en sa compagnie, au pied d'un jeune sapin (ce n'était pas ce qui manquait, dans l'État de Washington), l'odeur de son après-rasage, la gifle qu'il m'avait donnée le jour où j'avais failli mettre le feu à la maison en jouant avec une boîte d'allumettes et des pétards (une idée brillante de mon pote Bobby Lee...).

Le sentiment d'étrangeté était total. Bienvenue dans la « quatrième dimension » !

Le regard de mon père brillait ; le mien aussi.

– Je suis désolé pour la peine que je t'ai causée, il a déclaré d'une voix chevrotante. Et je suis désolé pour ta mère. Elle ne méritait pas ça.

Il a toussé avant de reprendre :

– J'avais beaucoup d'affection pour elle.

J'ai noté qu'il n'avait pas dit qu'il l'aimait. Il a toussé de nouveau ; plus fort, cette fois. C'était une toux douloureuse, et j'ai senti que des humeurs néfastes macéraient au fond de sa cage thoracique.

Après de longues minutes de silence, de longues minutes d'hésitation, j'ai posé la question qui me grignotait le cerveau depuis plus de trente ans :

– Pourquoi tu es parti ?

Il a haussé les épaules. Il a dit dans un souffle :

– Je ne sais pas...

Puis il a ajouté :

– Parfois, un homme a besoin de prendre le large.

J'ai hésité de nouveau, puis j'ai risqué :

– C'est à cause de ce que j'ai vu, quand j'ai ouvert la porte, ce jour-là.

Il comprenait parfaitement à quoi je faisais allusion. Il avait un sourire triste.

– Je me cherchais, tu sais ? Dans le temps, tout était plus difficile pour les gens comme moi. Plus compliqué… J'aurais dû attendre que tu sois plus grand. Et j'aurais dû vous parler, à toi et ta mère… Je n'ai pas eu ce courage. Je le regrette.

Il n'en a pas dit plus et je ne lui en ai pas demandé davantage.

Sa respiration s'était transformée en râles stertoreux. Le bip-bip des appareillages électroniques ralentissait, à l'instar de ses signes vitaux. C'était la fin. Sa toux paraissait de plus en plus abrasive mais les quintes se sont espacées.

Je lui ai pris la main et on est restés comme ça pendant une heure ou deux, ou dix, je ne sais plus très bien. J'avais perdu la notion du temps. Tout ce que je sais, c'est que l'infirmière m'a réveillé en me posant une main sur l'épaule et en me disant :

– C'est terminé.

Les pics et les creux de l'électroencéphalogramme avaient mué en une ligne droite, continue, à l'image du « biiiiip » sonore qui semblait s'étirer à l'infini.

Je n'ai rien répondu ; j'avais la gorge nouée.

– Il est parti en douceur, a continué l'infirmière. Sans doute grâce à votre présence. Tous n'ont pas cette chance…

Une larme a coulé sur ma joue. Je l'ai essuyée.

– Tous n'ont pas cette chance, j'ai répété.

Trop de choses se mélangeaient dans ma tête.

– Je crois qu'il vous a attendu jusqu'au dernier moment, a déclaré l'infirmière. On voit ça, parfois.

J'ai lâché la main de mon père. C'est sans doute ça qui a été le plus dur, en définitive : lui lâcher la main...

Le centre hospitalier m'a remis ses effets personnels. Dans le tiroir de sa table de chevet, il y avait un article de journal découpé : celui où un chroniqueur littéraire me comparait à l'illustre Stephen King...

Chapitre 13

Retour à l'été 59 !

On arrivait à la mi-août et, déjà, les premiers signes de l'automne se faisaient sentir.

Ce jour-là, Bobby Lee et moi avions prévu d'aller une fois de plus jouer en forêt. L'incident du cri inhumain était presque oublié et, lorsque mon meilleur ami m'accompagnait, je me sentais relativement rassuré. Aucun signe du wendigo depuis un bout de temps. Je commençais à croire que j'avais bel et bien rêvé toute cette invraisemblable histoire de promenade nocturne.

Je marchais dans Green Acres Street, mon sac sur le dos, quand la voiture a freiné à ma hauteur. Une Chrysler Imperial couleur bordeaux. Au volant : Ruth Bannerman.

– Salut David, elle a lancé. Je vais à la plage, ça te dit ?

Pendant une ou deux secondes, j'ai cru avoir mal entendu. Elle proposait de m'emmener ?

– J'ai de quoi faire un pique-nique dans mon coffre, elle a ajouté.

Elle souriait sous ses lunettes de soleil. Elle avait un foulard noué sur la tête.

– Je… je ne sais pas, j'ai dit.

La capote était rentrée. La tête de Jody dépassait de l'arrière du véhicule.

– D'accord, j'ai répondu.

Tant pis pour Bobby Lee. Un pique-nique avec Ruth Bannerman, ça ne se refusait pas.

– Monte, alors ! Dépêche-toi… On a besoin de prévenir tes parents ?

– Non. De toute façon, ils ne sont pas là.

Ils se trouvaient pour l'heure à Seattle, dans le bureau d'un cabinet d'avocat, rapport à l'histoire avec papi Jones.

Je me suis installé sur le siège passager, à côté de Ruth.

– Jette ton sac à l'arrière. Il va te gêner plus qu'autre chose.

J'ai obtempéré. Jody a reniflé mon sac (il contenait une tourte à la viande !) et sa maîtresse a démarré sur les chapeaux de roues.

C'était trop beau pour être vrai. Je partais pour la plage, avec la femme de mes rêves. Je me sentais presque adulte, incroyablement bien, en vie, et totalement en phase avec le moment présent.

On a quitté le lotissement, puis la bourgade. La vitesse me giflait la face, et le foulard de Ruth était chahuté comme un drapeau pirate en pleine mer. De temps en temps, je jetais un coup d'œil en biais à ma conductrice. Elle portait un chemisier, simple petite cotonnade, et une paire de jeans. Ses pieds étaient nus dans ses chaussures légères.

La route en lacets traçait une cicatrice zigzagante dans le vert de la forêt. Omniprésente, la bonne odeur des pins de Douglas dominait toutes les autres senteurs. Ruth a allumé la radio. D'une main, elle cherchait une fréquence pendant qu'elle tenait le volant de l'autre. Elle s'est arrêtée de balayer la bande passante quand elle a entendu les Chordettes.

– Ah, ça c'est super !

Elle a monté le son pour couvrir le bruit du moteur. On a chanté *Lollipop* en chœur avec la radio. On rigolait et on ponctuait la fin de chaque refrain de « pop » sonores !

Petit à petit, l'odeur des résineux a cédé la place à un air iodé, porté par le vent du large. La forêt se clairsemait. Il y avait de plus en plus d'habitations au bord de la route, des terrains nouvellement lotis pour résidences secondaires, des chalets coquets... Les stations-service et les gargotes se succédaient.

– On n'est plus très loin, a dit Ruth.

Elle s'est garée dans un endroit désert et boisé. Il n'y avait pas d'autres voitures. On est descendus de la Chrysler, absolument seuls au monde. Elle a pris une glacière et un sac dans le coffre.

– Je peux porter quelque chose ? j'ai fait.

Elle m'a donné le sac, un grand truc en macramé, à mettre en bandoulière, qui n'était pas très lourd.

On a emprunté un sentier alors que la rumeur de la mer grossissait à chacun de nos pas. Jody trottinait à nos côtés en s'arrêtant pour renifler ponctuellement. Deux minutes de marche, à peine, entre deux rangées de pins aux branches tordues par le vent, puis le Pacifique s'est offert à nous, impérial.

Ce n'était pas une plage de carte postale, mais plutôt un endroit sauvage et encaissé, une baie en forme de demi-lune au sol tapissé de gros galets. Des rouleaux impressionnants les drossaient. Le vent soufflait fort.

On s'est installés dans un coin un peu abrité. Ruth a déplié une nappe aux carreaux rouges et blancs. Chacun des coins s'est retrouvé maintenu par un galet.

– Tu as faim, David ?

– Oui, un peu.

J'avais très faim, pour dire la vérité. L'air marin accentuait toutes les sensations. J'ai sorti ma tourte ; Ruth a sorti une salade. On a tout mis en commun et c'était bon.

Le chien s'est précipité dans l'eau. Il restait sur le bord et reculait quand une vague plus forte que les autres montait à l'assaut de la plage. Il s'amusait comme un fou. Quand il est revenu vers nous, il s'est ébroué, nous éclaboussant de gouttelettes glacées.

– Jody ! a crié Ruth, plus amusée qu'en colère.

Elle a lancé un morceau de rôti froid que l'animal a chopé en plein vol, puis il s'est couché à deux mètres de nous pour dévorer son repas tranquillement.

On mangeait sans parler, comme le font les gens qui se connaissent depuis longtemps.

J'étais tellement bien, tellement décontracté que je me suis laissé aller à expédier un rot sonore sans même m'en rendre compte.

– Oh, désolé, j'ai dit, écarlate.

Le chien a levé une oreille, intrigué. Ruth a rigolé.

– Dans un pays arabe, c'est un compliment. J'en déduis que tu as le ventre bien rempli ?

– Oui, la salade était délicieuse.

Elle s'est allumé une clope. Elle a dû s'y reprendre à plusieurs fois car les bourrasques ne lui facilitaient pas la tâche. J'ai formé une coupe avec mes mains, histoire de faire barrage au vent. J'étais troublé par tant d'intimité.

– Merci, David.

Elle a tiré une première bouffée, les yeux fermés, le visage offert au souffle venu du grand large.

– Parle-moi de tes histoires, elle a jeté de but en blanc.

J'ai essayé de botter en touche :

– Oh, elles ne sont pas très intéressantes.

– Je suis sûre du contraire.

– C'est juste... comme ça, pour moi, pour m'amuser.

– J'insiste.

J'ai pris une profonde inspiration ; l'inspiration du gars qui monte à l'échafaud. Je n'ai jamais aimé exposer mes idées à l'oral, et je n'aime pas ça davantage maintenant que cela fait partie de mon travail quotidien. « Pitcher » (comme on dit) à des producteurs, des éditeurs des débuts d'histoire, des concepts me rebute au plus haut point. Exprimées à voix haute, mes idées, encore succulentes une seconde plus tôt quand elles mijotaient dans mon cerveau, me semblent tout d'un coup fades, sans saveur, voire ridicules.

– Je réfléchis à un récit fantastique, en ce moment... C'est l'histoire d'un gars qui travaille pour une chaîne de motels. Il a un métier... je ne sais pas si ça existe vraiment, mais sinon, c'est pas grave... il a un métier qui consiste à aller de motel en motel pour vérifier que tout est raccord. Je veux dire... que tout est « aux normes » : la machine à glaçons, au bout du couloir à chaque étage, le taux de chlore de la piscine, la disposition des meubles dans les chambres, les repros de tableaux aux murs... Tout cela est millimétré et doit répondre à des critères très précis, des règles énoncées par la maison mère, qui se trouve quelque part à New York ou à Washington, je ne sais pas...

Elle m'écoutait en tirant de temps en temps sur sa clope. Je sais quand les gens m'écoutent par politesse et quand ils sont authentiquement ferrés.

Elle était ferrée.

– Et un jour, notre héros, appelons-le Smith, se rend compte que, dans tous les motels, il y a une chambre absolument identique.

– Comment ça ?

– Non seulement, dans la chambre, tout est au même endroit (le lit, l'armoire, la table de chevet, etc.)... Mais il y a aussi la même marque d'usure sur l'applique de la lampe, la même ampoule qui grésille quand on l'allume... Et la même vue à la fenêtre !

– Hein ?

– Ouais. Si on regarde par la fenêtre, on voit le même angle de la piscine, le même rebord carrelé, le même cactus en plastique, le même panneau publicitaire, ce genre de choses... Et quand Smith se concentre très fort, il réalise qu'il peut aller d'une chambre à l'autre !

– Tu veux dire qu'il se téléporte ?

– Oui, les motels sont comme des portes dans l'espace-temps, des portails disséminés à travers toute l'Amérique !

– Génial !

Je voyais qu'elle ne disait pas ça pour me faire plaisir.

– Et après ?

Souvent, les journalistes me demandent « Pourquoi écrivez-vous ? ». La réponse, la voilà : j'écris pour déclencher cette sensation, chez le lecteur, la sensation du... « Et après ? ». Existe-t-il de plus beaux compliments que « Je tournais les pages sans pouvoir m'arrêter », « Je n'ai pas pu éteindre la lumière avant 2 h du mat' » ou encore « À cause de vous, j'ai raté ma station de métro » ? Ces paroles sont du miel pour les oreilles de n'importe quel raconteur d'histoires, et celui qui vous dira le contraire est un fieffé menteur !

– Après ? Je ne sais pas... Il y a plein de possibilités. Je pense que Smith va se servir de ce super-pouvoir (car c'en est un !) pour s'enrichir...

– Pourquoi il ne s'en servirait pas pour faire le bien ?

– 1/ C'est moins marrant. 2/ C'est moins crédible... Vous connaissez beaucoup de gens qui pensent aux autres avant eux-mêmes ?

– David Jones, vous avez une opinion bien sombre de la nature humaine, elle a pouffé en recrachant un nuage de fumée.

– Je ne sais pas... peut-être... bref, imaginons que Smith va cambrioler une banque, par exemple. Et, poursuivi par les flics, il va se réfugier dans l'une de ces chambres magiques, se concentrer très fort, et WHOUP ! il se retrouve à l'autre bout du pays, peinard, hors de danger, avec le fric...

– Ce n'est pas très moral, elle a gloussé.

– Ça, je m'en fiche... Non, le vrai problème, c'est qu'il faut une chute, un retournement final, sinon c'est pas fun... Il faut que le truc, le pouvoir, se retourne contre lui...

– Il se téléporte avec une mouche, comme dans ce film d'épouvante, là... Comment il s'appelle, déjà ?

– *La Mouche noire* ?

– C'est ça.

J'ai secoué la tête.

– Non, ce ne serait pas logique. Quand il se concentre, mon personnage se téléporte tout seul. Il n'y a pas de machine... C'est lui, la machine, d'une certaine façon... Je pense plutôt qu'il va décider de faire un dernier gros coup, du style « Après ça je prends ma retraite », mais il va commettre une erreur... Peut-être que, dans sa précipitation, il va bouger légèrement un meuble, par exemple une table basse, ou un objet…

– Et alors ?

– Ben il va dérégler le processus… Quand il va se téléporter, il va se retrouver bloqué entre deux portails, dans une espèce d'univers parallèle, et il va flotter là, hors du temps, hors de l'espace, hors de tout, pour l'éternité.

– C'est affreux !

– Au moins il aura son fric !

Elle avait l'air aussi horrifiée qu'amusée. Elle a écrasé sa cigarette sur un galet, puis a rangé le mégot dans le paquet de clopes, tout cela sans me quitter des yeux. Peut-être que je me faisais des idées, mais j'avais la nette impression que je venais de marquer un point ; ses paroles suivantes me l'ont confirmé.

– Je suis impressionnée, elle a fait.

– C'est juste une petite histoire, j'ai répliqué, le rouge aux joues.

Recevoir des compliments n'est pas la partie la plus désagréable du boulot. Il y a cette flambée qui s'allume, dans la chaudière de l'ego, et mon Dieu que c'est bon. Les années passant, la flamme va en s'atténuant, mais elle est toujours là, prête à jaillir, a fortiori quand la personne qui vous fait le compliment compte à vos yeux. Et ce jour-là, à ce moment précis de ma courte existence, Ruth Bannerman était sans aucun doute la personne qui comptait le plus au monde pour moi. Plus que mes parents. Plus que Bobby Lee. Il n'y avait plus que cette femme et rien d'autre. Elle emplissait mon univers. Je n'avais jamais connu cela avant, et la seule autre fois de ma vie où j'ai de nouveau éprouvé un tel sentiment a été avec celle qui est devenue la mère de mes enfants.

– Je ne suis pas une pro, a dit Ruth, mais ça me semble être une très bonne idée, très bien développée. Je suis admirative... Tu sais à quoi ça me fait penser ?

– Non.

– Ce nouveau feuilleton, sur CBS, *La Quatrième Dimension*...

– Le show présenté par Rod Sterling ? Ouais, je suis un fan absolu !

Elle a souri.

– Ça ne m'étonne pas... Tu devrais leur envoyer ton histoire. Je pense que ça ferait un très bon épisode.

– Vous... vous croyez ?

– Oui, je le crois sincèrement. La chute est affreuse, je persiste et signe, mais elle est excellente.

Là, c'est moi qui ai souri, et pas qu'un peu. J'avais la banane jusqu'aux oreilles ! Cette journée était en train de se classer dans mon top trois personnel : avant celle où j'avais reçu par la poste une photo dédicacée de John Wayne, et peut-être même avant ce réveillon de 1956, quand j'avais découvert mon premier vélo devant le sapin de Noël !

Chapitre 14

On a discuté de tout et de rien pendant des heures. Quand j'ai voulu aborder le sujet de son mari, Ruth s'est allumé une nouvelle clope en hochant la tête.

– Ne gâchons pas ce moment et parlons d'autre chose.

Alors j'ai parlé de mes parents, de l'histoire avec mon grand-père et elle m'a dit qu'il y avait des histoires de ce genre dans toutes les familles.

Au loin, les oiseaux de mer tournaient bas sur l'horizon. Ruth avait retiré ses lunettes noires. Un ciel voilé cachait le soleil, mais la réverbération était forte, aussi plissait-elle ses yeux noisette jusqu'à les réduire à deux fentes. Sans crier gare, elle a fouillé dans son sac et en a extirpé une paire de jumelles ainsi qu'un gros carnet. Une cordelette enroulée autour de la reliure maintenait un crayon à papier sur la couverture.

– Tu vois, moi aussi j'écris, elle a dit.

J'ai tendu la main.

– Je peux voir... enfin, lire ?

– Si tu veux, mais je ne pense pas que cela t'intéresse. Ce n'est pas de la fiction.

Elle m'a donné le carnet.

– Je prends des notes, elle a révélé.

J'ai dénoué la ficelle et ouvert le petit livre. Il y avait autant de dessins que de textes. Des croquis crayonnés avec élégance ; certains repassés à l'encre. Des croquis animaliers.

– Des oiseaux ?

Elle a opiné.

– Je me passionne pour l'ornithologie depuis que je suis gamine... Les oiseaux sont là, partout, autour de nous. On est si habitués à leur présence qu'on ne les remarque même plus, et pourtant, il y a tellement d'espèces, tellement de variétés...

J'ai feuilleté les pages et je me suis arrêté sur des dessins colorés à l'aquarelle.

– C'est très beau. Vous voyez que vous avez du talent !

– Merci, elle a distraitement répondu en réglant l'embout des jumelles.

Son écriture était penchée, comme les pins du bord de mer, et pratiquement sans ratures. Des noms défilaient sous mes yeux : balbuzard, aigrette, barge marbrée, bécasseau du ressac... Beaucoup de noms latins également. Chaque oiseau se voyait gratifié d'un petit descriptif personnalisé (habitat, nourriture, reproduction...). C'était là un travail de recension très sérieux et méticuleux.

– J'aimerais écrire un livre sur les oiseaux de Californie du Nord, un jour, m'a confié Ruth.

– Ce serait super.

Concentrée, elle jouait avec la mollette de mise au point.

– Ces goélands m'intriguent, elle a murmuré.

– C'est pas des mouettes ? j'ai fait, candide.

Elle a secoué la tête et m'a tendu les jumelles.

– Non, regarde.

J'ai regardé. J'ai vu des oiseaux blancs, avec le dessus des ailes gris cendré, et des pattes et un bec jaunes. Rien d'extraordinaire, quoi. Pour moi, c'était juste des mouettes.

Ruth a consulté son carnet en marmonnant :

– On dirait des *Larus californicus* mais je sens une légère différence avec le modèle courant. Je ne sais pas laquelle...

L'un des oiseaux flottait sans battre des ailes. Il avait trouvé un courant porteur.

– Oh, un pélican ! a crié Ruth.

– Où ça ?

Je balayais le ciel au hasard et je ne voyais rien, à part des nuages. La main de Ruth s'est posée sur la mienne.

– Attends...

Elle a guidé mon mouvement, avec beaucoup de douceur. J'étais aux anges.

– Tu le vois ?

– Non, je... Ah, ça y est !

L'animal était majestueux, avec ses larges ailes et son long bec.

– Pélican brun, a fièrement annoncé Ruth.

Le grand oiseau avait un vol puissant, alternant battements et glissades.

Comme la plupart des gosses, j'avais eu ma période « dinosaures » et durant plusieurs mois (entre sept et huit ans, je crois), je m'étais passionné pour tout ce qui touchait à la préhistoire. Quelque chose, dans l'apparence du pélican, me faisait songer à ces illustrations d'oiseaux préhistoriques que l'on trouve dans certaines encyclopédies.

– Il ressemble un peu à un ptérodactyle, j'ai commenté. Mais avec des plumes.

– David Jones, bravo ! s'est exclamée Ruth. Ils appartiennent à la même famille, en effet. Des espèces de... cousins éloignés. Enfin, très éloignés !

J'avais marqué un nouveau point.

– Wow ! j'ai glapi.

L'oiseau avait piqué vers les flots, bec à la verticale. C'était spectaculaire. Il y a eu un beau geyser d'éclaboussures et, quand il est ressorti de l'eau, le pélican tenait un poisson encore frétillant dans son bec.

– Balaise, le piaf !

Ruth m'a donné une petite tape sur la tête.

– Le piaf ? elle a gloussé. On ne parle pas comme ça d'un *Pelecanus occidentalis* !

Je lui ai rendu les jumelles.

– Merci, c'était cool.

Son regard s'est illuminé.

– Attends, j'ai une idée.

Elle a rangé les jumelles, le carnet, puis a sorti autre chose de son sac, un truc tout plat, fait de toile légère, mais dont l'armature s'est dépliée d'un coup pour former…

– Un cerf-volant !

Le chien a levé la tête, curieux.

– Avec un vent pareil, c'est le moment ou jamais, hein ? a dit Ruth.

– Sûr !

– Tu sais t'en servir ?

– Évidemment, j'ai répliqué, presque vexé.

– Alors, prends ça.

Elle m'a donné deux poignées en forme d'étrier autour desquelles deux fils étaient enroulés.

– Tu déroules, vas-y, elle a dit.

Elle mimait des petites torsions du poignet. Je me suis exécuté pendant qu'elle reculait, face à moi. Les fils se dévidaient. Elle tenait le cerf-volant à deux mains et souriait comme une môme. Un hibou était dessiné à gros traits noirs sur la toile de couleur rouge. J'aurais parié ma collection complète de *comics* que Ruth était l'auteure de ce dessin.

– Tu es prêt, David ?

J'ai hoché la tête.

Elle cherchait le bon axe. Elle s'est positionnée en pivotant dans le sens des aiguilles d'une montre. Jody se tenait à côté d'elle, la queue remuant telle une paire d'essuie-glaces.

– Attention : trois, deux, un...

Elle a lancé le cerf-volant. Il est monté comme une flèche, tache rouge sur fond de nuages gris, mais le vent n'était pas régulier. Il y avait des sautes, des à-coups. J'ai essayé de trouver un meilleur axe... et suis tombé dans une sorte de trou d'air. Le jouet a piqué du nez !

– Merde ! j'ai lâché. Enfin, zut !

Je ne voulais pas paraître grossier.

– C'est pas grave, a répliqué Ruth.

Elle a ramassé son cerf-volant, puis a fait quelques pas de côté.

– Cette fois, c'est la bonne !

Elle a jeté le cerf-volant.

– Wow ! j'ai glapi.

Il est de nouveau monté dans le ciel gris. Il se tortillait. Jody aboyait en bondissant, museau levé.

– Yeeeaaah ! a crié Ruth en sautillant, bras levés en signe de victoire.

J'ai encore dévidé du fil et le cerf-volant a pris de la hauteur. Il frétillait, comme animé d'une vie propre. Moment de grâce. J'étais penché en arrière, mais sans crainte de tomber. On aurait dit qu'un géant invisible essayait de m'arracher le cerf-volant des mains. Je souriais et grimaçais en même temps. Je tenais bon.

– Génial ! a crié Ruth.

Elle s'est collée derrière moi (oh mon Dieu, son corps pressé contre mon corps, tous deux séparés par une simple barrière de tissu !)... Les bras parallèles aux miens, elle a refermé ses mains sur les poignées. Nous dirigions maintenant le cerf-volant à deux. C'était comme une danse ; une danse parfaite ! Je l'ai laissée guider la manœuvre. Tantôt elle dévidait d'un côté, tantôt elle rembobinait. On se déplaçait à pas chassés, en totale harmonie.

– On forme une bonne équipe, hein ? j'ai risqué.

– Ouais, elle a dit en rigolant.

Le vent a emporté son rire cristallin.

Le chien courait sur la plage. Il faisait des allers-retours ventre à terre, joyeux et libre.

Ruth a enlevé son foulard. Je sentais son souffle dans mes cheveux ; les siens me fouettaient et me chatouillaient les oreilles.

J'étais heureux.

Mais, comme l'a dit un grand sage (Confucius ? mon père ? Groucho Marx ?) : « Toutes les bonnes choses ont une fin » !

Elle a rembobiné et le hibou de toile nous a rejoints, tel un animal docile rappelé par son maître.

– C'était fantastique, a dit Ruth.

– Ouais, génial, j'ai confirmé.

Et encore, « génial » ne décrivait qu'un dixième de l'exaltation que j'éprouvais.

La parenthèse enchantée s'est refermée, tout comme le cerf-volant, qui, plié en quatre, a regagné le sac en macramé.

Le ciel se couvrait de nuages de plus en plus en sombres.

Il était temps de rentrer.

On roulait depuis vingt minutes en silence. La radio nous tenait compagnie.

– Qu'est-ce que tu dirais d'un milkshake ? m'a proposé Ruth. Ça te plairait ?

– Pour sûr, j'ai acquiescé.

La parfaite conclusion d'un après-midi parfait.

Elle s'est garée sur le parking d'un petit *diner* planté le long de la nationale, puis elle a déplié la capote et remonté les vitres.

– Sage, Jody, hein ? elle a jeté à l'adresse du chien. Tu nous attends dans la voiture, on n'en a pas pour longtemps...

L'animal a répondu par un vague grognement. Il sommeillait sur la banquette arrière.

– Je n'ai pas d'argent, j'ai dit d'un air désolé.

– Pas grave, a répliqué Ruth. C'est moi qui t'invite.

L'enseigne de l'établissement avait la forme d'un donut et tournait lentement sur son axe. L'endroit paraissait tranquille.

Je ne l'ai pas remarquée sur le coup, mais une voiture que j'avais déjà vue était garée devant le restaurant : une Plymouth Fury de couleur rouge.

Chapitre 15

Le *diner* était tout ce qu'il y a de plus classique, avec ses banquettes matelassées, son juke-box qui diffusait du Sinatra et ses serveuses en tenue réglementaire rose bonbon.

On s'est installés au fond de la salle. La surface de notre table en bois verni portait des traces d'éponge toutes fraîches. Des sous-verre et des menus plastifiés étaient posés sur chaque table, de même que des pots de condiments.

– Choisis ce qui te fait plaisir, a dit Ruth.

J'ai consulté la carte, très colorée, pleine de photos d'œufs, de bacon, de saucisses, de gaufres...

L'une des serveuses s'est approchée de nous. Coiffure choucroute. Beaucoup de maquillage. Poitrine généreuse, à tel point que les boutons de son chemisier menaçaient de sauter à tout instant. Le badge épinglé sur son uniforme indiquait son prénom : Erin.

– Vous avez choisi ?

– Un milkshake au chocolat pour moi, j'ai dit.

– Un milkshake à la banane, a complété Ruth.

– Ce sera tout ?

Ruth a réfléchi.

– Je vais prendre un café. Et toi, David ?

– Un verre d'eau, j'ai répondu.

Erin nous a adressé un sourire fatigué.

– C'est parti !

Elle est revenue moins de cinq minutes plus tard avec notre commande. On a mangé en écoutant *Great Balls of Fire* de Jerry Lee Lewis.

Kiss me baby... Ooh, feels good! Kiss me baby... Ooh, feels good!

Et vas-y que je rigole et que je te fais un glissando de notes ahurissant sur le clavier. Ce mec était aussi génial que cinglé !

Hold me baby

Well, I want to love you like a lover should...

Mon milkshake était presque terminé. J'ai distraitement balayé la salle du regard. Il y avait beaucoup de tables libres. Soudain, je me suis arrêté sur un homme de profil, près de la baie vitrée, un balaise en costard-cravate. Il était éclairé en contre-jour mais je l'ai tout de suite reconnu : c'était l'un des deux types qui avaient embarqué le mari de Ruth dans la voiture rouge, par un beau dimanche d'été.

Merde ! j'ai pensé.

Est-ce qu'il nous avait suivis ?

Non, impossible. Il se trouvait déjà dans le *diner* lorsque nous nous étions installés, dix minutes plus tôt.

– Ça ne va pas ? m'a demandé Ruth. Ce n'est pas bon ?

Est-ce que je devais lui dire la vérité ?

– Si, très bon. C'est juste que je suis un peu... barbouillé.

Ruth a opiné.

– C'est vrai qu'il y a énormément de virages sur cette route. Je conduirai moins vite, si tu veux, quand on reprendra la voiture.

– Peut-être, oui.

Le parking du restaurant était visible depuis la table où nous étions. Un gros truck, un de ces camions rutilants qu'affectionnent tant les routiers, s'est garé à côté de la voiture de Ruth. Et j'ai aperçu du même coup la Plymouth Fury. Cette fois, le doute n'était plus permis.

La portière du camion s'est ouverte ; un vieil homme du genre cow-boy en est descendu. Il avait le chapeau, les bottes et la veste chaude, avec le col en peau de mouton. Il est entré dans le *diner*, non sans avoir au préalable inspecté les lieux d'un coup d'œil panoramique. Ruth était de dos par rapport à lui. Son regard s'est arrêté sur moi un quart de seconde avant de continuer jusqu'à l'homme en costume-cravate, qui lui a adressé un signe de la main.

J'ai dégluti quand le cow-boy est passé près de nous pour rejoindre le costaud. Il était maigre. Il avait la peau halée, le visage labouré par un réseau de profondes rides, mais ses yeux étaient vifs. Sa démarche ne ressemblait pas à celle d'un petit vieux. On devinait que la lenteur qu'il mettait dans ses gestes était soigneusement calculée. Il s'est assis devant la baie vitrée, de profil et en contre-jour, comme l'autre gars. La musique s'était arrêtée. Ils ont commencé à discuter à voix basse. Je n'entendais pas ce qu'ils disaient. Ils ont marqué une pause quand la serveuse est venue pour prendre leur commande. « Deux bières », j'ai cru capter. Erin repartie, la conversation a repris en sourdine. Ils parlaient tous les deux d'une voix rauque et enrouée de fumeurs. D'ailleurs, le cow-boy s'en est grillé une.

Je me sentais fébrile, tout d'un coup. Non, plus que fébrile. Mon taux d'adrénaline était monté en flèche et j'avais l'impression que mes nerfs crépitaient comme des fils électriques dénudés.

– Tu es tout pâle, a commenté Ruth.

– Je crois que j'ai mangé trop vite.

J'en avais des sueurs froides. De quoi ces deux types louches pouvaient-ils bien parler ?

Et si j'essayais de m'approcher d'eux pour en savoir plus ?

Dans les romans de la série *Les Frères Hardy*, Frank et Joe, les deux frangins détectives amateurs, trouvaient toujours des super-astuces pour espionner les méchants.

Qu'auraient-ils fait à ma place ?

Je me suis mis à cogiter, le cœur battant.

Improvise, mon vieux, improvise !

Ruth a claqué des doigts.

– Eh oh, réveil ? elle a dit avec un gentil sourire. Tu es toujours avec moi ?

– Je... oui...

Et, soudain, l'illumination !

– Je... j'ai envie d'écouter de la musique.

– Hein ?

J'ai montré le juke-box installé entre les deux hommes et nous.

– Vous auriez de la monnaie, Ruth ?

Elle m'a donné cinq cents.

– D'accord, mais tu nous passes quelque chose de joyeux, hein ?

J'ai opiné avant de prendre l'argent, puis je me suis levé. J'avais les jambes en coton. Heureusement, les deux gars ne me prêtaient pas attention. Le vieux cow-boy parlait beaucoup. L'autre écoutait, n'interrompant son interlocuteur que par de brefs acquiescements sous forme de monosyllabes du style « ouais » ou « hon ».

Puisant dans des réserves de courage insoupçonnées, je me suis approché du juke-box. Les titres des chansons et les noms des interprètes étaient marqués sur des petits rectangles cartonnés. À chaque rangée correspondaient des chiffres et des lettres. Par exemple, *Rock around the clock* de Bill Haley, c'était le H-5. J'ai fait semblant de me concentrer sur un choix difficile, le nez presque collé à la vitre de l'appareil, mais je peux vous dire que toute mon attention était focalisée sur la table occupée par le cow-boy et le mafieux. Leurs voix se précisaient.

– Tu crois qu'il a compris la leçon ? a demandé le cow-boy.

– Je crois, ouais, a répondu l'autre. On aurait dû lui casser les deux bras, pour faire bonne mesure…

Est-ce qu'ils parlaient de Mike Bannerman ? Ma gorge s'est serrée… mon doigt glissait sur la vitre, de rangée en rangée. Dans le même temps, je tendais l'oreille pour ne pas perdre une miette de la conversation qui se déroulait à cinq ou six mètres de moi.

– La prochaine fois qu'il déconne, on lui envoie Ralphie, a déclaré le vieux, qui portait un Stetson.

– C'est vrai, ce qu'on raconte sur lui ? a questionné son complice. J'ai entendu tellement de trucs sur son compte…

– Sur Ralphie ? Quoi par exemple ?

– Qu'il ne s'exprime qu'en citant des répliques de romans noirs ?

– Ouais, ça c'est vrai.

La voix de Ruth a fait voler en éclats ma bulle de concentration :

– Alors ? tu te décides ? elle m'a demandé, depuis notre table.

– Je… j'hésite, j'ai bredouillé. Y a plein de trucs sympas…

Les deux hommes m'ont regardé, comme s'ils prenaient conscience de ma présence seulement à ce moment. Cela n'a pas semblé les importuner outre-mesure car leur conversation a repris moins de trois secondes plus tard.

– Et cette histoire comme quoi il aurait passé un pacte avec un chamane indien ? a lancé mister Costard-Cravate. Y en a même qui disent qu'il résiste aux balles ? Sully m'a raconté qu'une fois il l'avait vu se prendre deux bastos dans le buffet sans pratiquement réagir !

– Sully est un poivrot...

Ils parlaient plus bas que tout à l'heure mais j'arrivais quand même à capter l'essentiel de leurs propos.

Tout à coup, l'homme en costume noir m'a fait sursauter :

– Eh, petit !

– Qui ça ? moi ?

Ma voix tremblait. Mes jambes aussi. Je ne redoutais qu'une chose : me pisser dessus...

– Si tu sais pas quoi choisir, joue *Misty* pour moi.

– *Misty* ?

– La chanson de Johnny Mathis. Tu connais pas ?

– Si... je...

Je me suis tourné vers Ruth.

– Ça vous irait, *Misty*, de Johnny Mathis ?

Elle a haussé les épaules.

– Oui, pourquoi pas.

– Merci, m'dame, a fait le cow-boy en saluant mon amie du chapeau.

Mon index et mes yeux ont de nouveau parcouru les rangées de titres.

Misty... *Misty*... Oui, là : Johnny Mathis ! M-8 !

– J'ai trouvé !

J'ai mis les cinq cents et, aussitôt, un petit bras articulé est allé chercher le 45 tours dans les entrailles du juke-box. Une fois le disque installé sur la platine, un autre bras, cette fois équipé d'un diamant, s'est délicatement posé sur les premiers microsillons. Grattements caractéristiques, puis les premières notes de piano composées par Erroll Garner ont joliment tinté à nos oreilles. La mélodie était douce et mélancolique.

Look at me...

Mister Costard-Cravate a levé le pouce :
– Merci p'tit gars, il a dit.
J'ai hoché la tête avant de regagner ma place.

I'm as helpless as a kitten up a tree

« Sans défense comme un chaton dans un arbre » ! J'avais l'impression que les paroles étaient écrites spécialement pour moi.

And I feel like I'm clingin' to a cloud

– Tu en as mis un temps à te décider ! a dit Ruth.
– C'est que... il y avait beaucoup de choix, j'ai bredouillé.
Elle m'a examiné, un peu comme le faisait ma mère quand j'étais souffrant.

– Tu ressembles à un mort-vivant…
– Merci, j'ai répliqué avec une grimace.

I can't understand
I get misty, just holding your hand

Est-ce que je devais lui parler ? Est-ce que je devais lui raconter le bout de conversation capté en douce ?

J'ai bu d'une traite mon verre d'eau glacée et j'ai dit :

– On pourrait rentrer ? C'est vrai que je me sens patraque, et puis l'heure tourne. J'ai peur que mes parents s'inquiètent, en définitive.

– Oui, bien sûr, on y va si c'est ce que tu souhaites.

Elle a payé en laissant un généreux pourboire et on s'est levés. Les deux hommes ont tourné le regard vers nous.

– La chanson ne vous plaît pas ? a demandé le mafieux.

– Pas du tout. C'est juste que le petit ne se sent pas très bien, a répondu Ruth.

« Le petit » ! Je n'aimais pas l'entendre m'appeler ainsi.

– Bonne journée à vous, m'dame, a dit le cow-boy.

Ruth l'a salué d'un signe de tête et d'un sourire poli, puis nous sommes sortis.

Ouf ! Enfin de l'air frais. Je respirais.

Jody nous a fait la fête quand on l'a rejoint dans la voiture. Je m'attendais à tout instant à voir les deux types débouler sur le parking en criant :

– Eh, m'dame, on vous a reconnue ! Vous êtes la femme de Mike Bannerman, c'est ça ?

Mais non, rien de tout ceci ne s'est produit.

Ruth a démarré et on a rejoint la circulation, fluide en ce milieu d'après-midi.

Les kilomètres défilaient sur le compteur, tout comme les pensées dans ma tête. Je ne savais vraiment pas quoi faire. J'étais certain que Ruth avait remarqué mon changement d'humeur. Elle a cependant eu la délicatesse de ne pas essayer de me tirer les vers du nez.

Au bout d'un moment, n'y tenant plus, j'ai vidé mon sac :

– Ruth... il faut que je vous dise... L'un des deux hommes qui étaient assis dans le *diner*... c'était l'un de ceux qui ont enlevé votre mari, l'autre jour.

La bouche de Ruth s'est légèrement entrouverte. Elle a donné un coup de volant un peu brusque et les pneus ont crissé, mais elle s'est vite ressaisie. Un coup de klaxon rageur nous a signalé qu'un automobiliste n'avait pas apprécié ce bref écart.

– Oui, c'est bon, ça va ! a râlé Ruth en s'adressant au rétroviseur intérieur.

Puis elle a tourné la tête vers moi :

– Tu peux me répéter ça ?

– Les deux hommes... Ils ont dit un truc du style « La prochaine fois qu'il déconne, on lui envoie Ralphie »...

– Ralphie ?

– Si j'ai bien compris, c'est un dur à cuire, voire un tueur à gages.

C'était au tour de Ruth d'avoir le teint blême et la mine effrayée.

– Tu as entendu autre chose ?

J'ai secoué la tête.

– Peut-être qu'ils ne parlaient pas de Mike ? elle a marmonné, les yeux de nouveau sur la route. Peut-être qu'ils parlaient de quelqu'un d'autre ?

– C'est possible, j'ai acquiescé.

Elle a étouffé un juron.

– Mes cigarettes sont dans la boîte à gants. Tu veux bien me les passer ?

J'ai obéi sans moufter. Ruth n'a pas dit un mot durant la demi-heure de route qui nous restait. Elle fumait tout en conduisant. Elle avait remis ses lunettes noires, même s'il n'y avait plus aucune trace de soleil dans le ciel plombé de nuages gris anthracite.

La journée parfaite se terminait sur une fausse note. Je m'en voulais. Je me disais que j'aurais dû me taire. Mike Bannerman (si toutefois il était concerné par ce que j'avais entendu) était assez grand pour se débrouiller seul, après tout ?

Ruth m'a déposé devant chez moi. Quand je suis descendu de la voiture, elle m'a lancé :

– Au revoir, David. Bien sûr, tu gardes...

– Ça pour moi, j'ai terminé avec une moue pincée.

Je commençais à avoir l'habitude.

– Je vais parler à Mike, a dit Ruth. Il faut que je tire cette affaire au clair.

J'ai opiné. J'allais me retourner et m'éloigner quand elle a ajouté :

– C’était chouette, aujourd’hui. Je n’avais pas passé un aussi bon moment depuis… depuis longtemps.

– Pour moi aussi, c’était super !

– Alors, on recommencera ?

– Je veux !

Elle m’a tendu le plat de sa main ; j’ai tapé dessus en retour.

– C’est un deal, elle a dit.

Elle souriait de nouveau. Ce sourire que j’aimais tant. Ce sourire pour lequel j’aurais été prêt à faire n’importe quoi.

Et, d’ailleurs, j’allais vraiment faire n’importe quoi !

Chapitre 16

Le lendemain matin, je suis allé frapper à la porte de Bobby Lee.

– Qu'est-ce que tu veux ? il a fait en ouvrant.

– Je peux entrer ?

– Nan.

Mon copain, d'habitude toujours souriant, toujours joyeux, tirait une tête de six pieds de long.

– Je t'ai attendu toute la journée, hier ! il a lâché. Et la cabane qu'on devait faire ensemble, hein ?

– Je sais, ouais, j'ai bredouillé, excuse-moi, mais… j'ai eu un empêchement.

– Un empêchement qui s'appelle Ruth Bannerman ?

Je n'ai rien répondu. Je me sentais bête.

– Je t'ai vu monter dans sa voiture.

– Elle m'a invité à un pique-nique, j'ai avoué. Je n'ai pas osé refuser…

Bobby Lee a secoué la tête avant de jeter :

– Est-ce que, par hasard, tu serais pas en train de déconner à plein tube, mon pote ?

– Pourquoi tu dis ça ?

– Tu sais très bien pourquoi.

– Ben non, renseigne-moi…

Il a passé la tête au-dehors, par l'entrebâillement de la porte, comme s'il voulait me faire une confidence.

– Je vois comment tu la regardes. Tu me répètes que j'ai aucune chance avec Jenny, mais toi, tu crois que tu vas arriver à quelque chose avec une femme mariée de quarante ans ? Non mais, réveille-toi, mec, c'est une adulte, et tu es encore un môme !

– Tu délires…

– Ah ouais ? vraiment ? L'autre soir, au bord de la piscine, tu la dévorais du regard, ne prétends pas le contraire…

– Elle est jolie, d'accord, mais… tu ne vas pas me dire que tu es jaloux d'elle, quand même ?

– Hier, j'ai eu ma sœur sur le dos toute la journée. Alors que j'aurais pu sortir et m'amuser ! Merci !

– Je m'excuse. Je suis désolé… Vraiment désolé.

Bobby Lee m'a fixé en silence. Il ne cillait pas.

J'ai risqué :

– Tu viens quand même jouer avec moi, aujourd'hui ?

Il a fait « non » de la tête.

– Pas aujourd'hui. J'ai prévu autre chose. Avec des amis. De VRAIS amis… Demain, peut-être.

– Je… je comprends.

– Salut.

– Salut.

Il a refermé la porte doucement, mais c'était comme prendre une gifle.

J'ai reculé de quelques pas, puis j'ai fait demi-tour, le cœur lourd.

Le père de mon copain était occupé à repeindre en blanc des piquets de clôture. Quand il m'a vu passer, la mine déconfite, il m'a demandé :

– Vous vous êtes disputés, avec Bobby Lee ?

J'ai acquiescé.

– Bah, ça lui passera, a dit monsieur Brown. Tu sais qu'il n'est pas du genre rancunier, hein ?

– Oui, je sais, m'sieur, merci.

Cet adulte, je l'aimais bien. Certes, il n'était pas parfait (en particulier vis-à-vis de sa femme) mais il nous avait à la bonne, Bobby Lee et moi. Il plaisantait avec nous et nous refilait de l'argent de poche dès qu'on le sollicitait. J'ai été très triste lorsqu'il est mort en décembre de la même année, au moment de Noël, des suites d'un accident stupide… quand j'y repense, quelle horreur : voulant faire une surprise à ses enfants, il s'est déguisé en Père Noël, avec la hotte pleine de cadeaux, le bonnet, la fausse barbe et tout, puis il a essayé de passer par la cheminée le soir du réveillon. Mauvaise idée. Très mauvaise. Il est tombé et s'est brisé la nuque. Coup du lapin. Peut-on imaginer manière plus sordide d'apprendre que le Papa Noël n'existe pas ? La petite Nelly ne s'en est jamais remise.

J'ai salué cet homme tranquille qui n'avait plus que quatre mois à vivre et je suis sorti du jardin.

Tout naturellement, mes pas m'ont porté vers le bout de la rue, chez les Bannerman. Pas de voiture sur le trottoir, et pas de chien sur la pelouse. La porte du garage était fermée. J'ai fait tinter la fée Clochette du portail. Pas de réponse.

Chou blanc sur toute la ligne !

– Génial, j'ai grogné. La matinée démarre bien.

Aller tout seul dans la forêt ? Pas question !

Je suis rentré chez moi, la mort dans l'âme. Mon père travaillait ; ma mère était partie à son club Tupperware, une réunion mensuelle où des femmes au foyer se retrouvaient pour papoter, s'échanger des recettes, sans oublier d'acheter des produits de la marque sponsor.

J'étais trop perturbé pour essayer d'écrire. Je n'aime pas les situations conflictuelles. Je n'ai jamais aimé ça. Après une dispute, je suis du genre à ruminer et à refaire le match encore et encore. J'ai essayé vainement de me plonger dans des BD, puis j'ai cherché Lone Wolf sur la bande FM, sans succès. Les murs de la maison me paraissaient de plus en plus oppressants. Je sentais que, si je restais ici, j'allais broyer du noir toute la journée.

J'ai sorti mon vélo du garage puis je l'ai enfourché.

J'avais besoin de changer d'air. Et vite !

J'ai suivi la route, les poteaux des lignes téléphoniques, et j'ai pédalé comme un fou à travers champs... jusqu'au moment où la ville est apparue.

À l'époque, Mansford était une bourgade semblable à tant d'autres aux États-Unis. Ni trop grande ni trop petite (la pancarte de bienvenue indiquait 15 201 âmes). Outre les bâtiments d'habitation (pour la plupart en briques rouges), la rue principale, baptisée, quelle originalité, Main Street, comprenait un drugstore, une banque, un bar-restaurant, une laverie, un magasin « chasse et pêche » (très prisé dans la région !) et un commissariat.

J'ai freiné en arrivant à la hauteur de ce dernier. Un escalier de pierre menait à une double porte battante surmontée de la bannière étoilée. La voiture noire et blanche du shérif Foster était garée devant le trottoir, gyrophare éteint. J'ai hésité, tiraillé. J'avais besoin de parler à quelqu'un, de préférence un adulte. Ben Foster était un homme ventripotent d'une cinquantaine d'années. Il avait fait la guerre, comme Mike Bannerman. Il n'avait pas servi dans la même unité, d'accord, mais ça créait quand même des liens. Mike et le shérif discutaient souvent ensemble, pendant les fêtes du week-end ou les réunions paroissiales. Quiconque avait été se battre en première ligne appartenait à une même confrérie, une fraternité de cœur. Foster serait-il enclin à enquêter sur un « frère d'armes » ? Pas sûr.

Il y avait une boîte aux lettres directement incrustée dans le mur du commissariat, à côté de la porte.

Et si j'y déposais une lettre anonyme ? Un message qui dénoncerait les agissements de Mike Bannerman, ses activités illégales et tout le reste ?

Sauf que je n'avais aucune preuve concrète pour étayer mes dires. Qu'est-ce qui hisserait mon petit mot au-dessus de la liste des ragots qui circulent immanquablement dans n'importe quelle ville de province ?

J'ai tourné la tête et j'ai aperçu, de l'autre côté de la rue, le camion blanc du glacier. Mister Délices m'a vu, lui aussi, et m'a adressé un signe de la main. J'y ai répondu sans enthousiasme. Il aurait fallu beaucoup plus qu'une glace pour que je retrouve ma bonne humeur, ce jour-là.

Mon regard s'est arrêté sur le magasin d'armes et de matériel de pêche. Le vieux Peabody venait de pousser la porte du pied. Il sortait de la boutique, les bras encombrés de cartons.

J'ai traversé la chaussée après m'être assuré qu'aucune voiture n'arrivait dans un sens ou dans l'autre, puis j'ai posé mon vélo de guingois contre un lampadaire.

– Je peux vous aider, m'sieur ?

– Oh oh, mais c'est notre petit Faulkner local ! a plaisanté Peabody.

Il avait troqué son uniforme de la police montée pour une salopette crasseuse et, sur sa tête, une casquette de baseball avait remplacé le chapeau.

– Je peux vous aider ? j'ai répété.

Il a opiné du chef et s'est baissé.

– Ouais, tiens, prends ça.

J'ai attrapé le carton du dessus. Il était rempli de boîtes de munitions.

– Ça va, p'tit ? C'est pas trop lourd ?

– Ça va.

– Je ne suis pas garé loin.

Je l'ai suivi jusqu'à son pick-up, à une dizaine de mètres de là. J'ai déposé le carton à côté d'un pack de bières, dans l'espace ouvert, à l'arrière. Peabody a fait de même.

– Merci, mon garçon, il a dit.

Je l'ai vu fouiller dans ses poches. J'ai compris ce qu'il s'apprêtait à faire et j'ai levé la main en signe de refus :

– Non, c'est bon, merci, m'sieur. Je vous assure.

– Tu es sûr ? Tu n'es pas avec ton copain Booba ? il s'est étonné. Vous faites la paire, pourtant, tous les deux !

– Bobby Lee, j'ai corrigé.

Puis, après une grimace, j'ai avoué :

– On a eu une petite dispute.

– Ah... (Il a sorti ses clopes de la poche ventrale de la salopette.) Bon, ça arrive même aux meilleurs potes... Si votre amitié est solide, vous vous rabibocherez.

– Sans doute.

Il a allumé sa clope, puis m'a considéré d'un œil évaluateur.

– Je vais tirer quelques canettes dans la forêt. Ça te dirait de t'entraîner avec moi ?

– Tirer ? Au pistolet ?

– Ouais, bien sûr ! Pas au lance-pierre !

– Euh… ouais, pourquoi pas ? Mais, je vous préviens, je n'ai jamais utilisé une arme à feu.

– Ben c'est l'occasion, hein ?

– D'accord…

– Parfait, va chercher ton vélo et on le mettra à l'arrière, avec mes courses.

J'ai jeté un œil au pick-up : des boîtes de conserve dans des sacs en papier brun, des outils de bricolage, sans parler des bières et munitions… Il y avait tout juste la place pour mon vélo.

– Allez, dépêche-toi, a jeté le vieux.

Aussitôt dit, aussitôt fait.

Je me suis installé dans la camionnette, côté passager, et j'ai claqué la portière. Mon moral remontait. Peabody a mis le contact et le pot d'échappement a crachoté une brève pétarade.

– Faut que je le fasse réparer, mais ça coûte la peau du c… enfin, ça coûte cher, il a commenté.

Il conduisait en fumant, la clope au bec, sans lâcher le volant et le levier de vitesse. J'avais envie de lui parler du wendigo, de Ruth, de Mike Bannerman, de ses copains mafieux, mais je n'osais pas.

Un panneau indiquait « Vous quittez Mansford, conduisez prudemment ». Au lieu de tourner à l'embranchement menant vers mon lotissement, Peabody a continué tout droit.

– On va où, exactement ? j'ai demandé.

– Un coin un peu spécial, a dit le conducteur en prenant un air mystérieux.

La route montait ensuite entre deux falaises, puis le pick-up a bifurqué et s'est engagé dans la forêt. La piste, ou plutôt le simulacre de piste, était en mauvais état. Sans cesse sollicités par les bosses et les nids-de-poule, les amortisseurs grinçaient et crissaient. Nos fesses jouaient au tapecul sur les sièges. De temps en temps, des pommes de pin craquaient sous les pneus. Au-dessus du véhicule, le ciel mangé de verdure se réduisait à une zébrure, une cicatrice bleutée. Bientôt, il n'y a plus eu de piste du tout. Rien qu'un tapis d'herbes élastiques. Le vieux slalomait entre les troncs, sûr de lui. Il avait fini sa clope. Il l'a écrasée dans le cendrier débordant de mégots qui se trouvait sous la radio.

On a descendu une pente et, maintenant, c'était entre les rochers qu'il fallait louvoyer.

– Nous y voilà, a annoncé mon conducteur.

Des ruines. Des ruines noircies, charbonneuses. Il s'agissait d'une série de bâtiments, cubes rectangulaires de taille variable, accolés les uns aux autres et construits en dur, à l'image du sol de béton.

Peabody s'est arrêté. Le bruit du moteur a cessé en un tour de clé.

– C'est quoi, cet endroit ? j'ai demandé.

– L'ancienne centrale électrique, a répondu l'ermite d'une voix sans timbre. Elle a été ravagée par un incendie en 52.

On est sortis du véhicule. Peabody a fourré les boîtes de munitions dans un sac qu'il a ensuite mis sur son dos. Il a glissé un antique pistolet, sans doute un colt, dans une poche intérieure de sa salopette. Cette arme paraissait au moins dater de la guerre de Sécession.

– Suis-moi, il a dit.

Chapitre 17

On a contourné le bâtiment principal, ou du moins ce qu'il en restait. J'entendais un bruit continu, sorte de murmure qui se précisait de seconde en seconde. On est parvenus au bout d'une plateforme en béton qui dominait le lit d'une rivière encaissée. Sur notre droite, trente mètres plus loin, un barrage dont les vannes étaient ouvertes. L'eau s'écoulait en trois cascades distinctes. Et puis, face à nous :

– Les rapides, a commenté Peabody, bras levé, comme s'il me présentait quelqu'un.

Le torrent bouillonnant d'écume rugissait.

– On venait pêcher la truite par ici, avec mon frangin, quand on était mômes, a-t-il ajouté. C'était il y a longtemps, bien sûr. Avant que des hommes aient l'idée de construire une centrale au bord de cette rivière.

Une échelle menait à la berge, en contrebas, bétonnée elle aussi. Des tiges de métal sortaient du sol par endroits, toutes rouillées, toutes tordues. L'échelle était dans le même état que ces tiges torsadées et, en plus, elle branlait.

– Fais attention, a conseillé Peabody en passant le premier. Vas-y doucement.

J'ai descendu à sa suite les quelques barreaux qui nous séparaient du sol. Mes gestes étaient lents, précautionneux. J'ai été bien content de poser enfin le pied sur le béton lézardé.

Peabody a ramassé un carton rempli de boîtes de conserve, de bouteilles et de canettes vides, et il l'a mis contre le muret qui marquait la limite avec un terre-plein.

– Reste où tu es, il m'a dit.

Je me trouvais une quinzaine de mètres en retrait, à côté de ce qui avait été sans doute autrefois un transformateur. Des anciens pylônes de lignes à haute tension se dressaient encore çà et là, mais la plupart gisaient par terre, renversés, pareils à de grands arbres abattus.

Peabody a aligné une demi-douzaine de bouteilles et de canettes sur le petit mur, puis il est revenu vers moi et il a chargé le revolver.

– Toujours laisser la première alvéole vide, il a lâché. Un accident est vite arrivé.

Il m'a collé la crosse du flingue dans la paume.

– Pour un premier essai, tiens-le à deux mains. Le recul est violent, tu vas voir.

J'ai obéi. J'ai levé les bras et fermé un œil. Je n'entendais plus le grondement de l'eau en colère. Je n'entendais plus les corbeaux qui volaient au-dessus de nous en croassant de leur voix éraillée. J'étais totalement concentré sur ma cible : la première canette de la rangée en partant de la gauche.

– Écarte un peu plus les jambes, m'a conseillé Peabody.

Là encore, j'ai obéi. Je lui faisais confiance.

Il s'est mis derrière moi, s'est penché. Son menton arrivait au niveau de mon épaule. Il a baissé un peu mes bras pour corriger ma visée.

– Voilà, c'est mieux... Quand tu veux...

BAM !

Je m'attendais à un choc rude mais pas à ce point. Wow ! J'ai bien cru que le vieux colt m'avait explosé dans les mains ! La détonation a fait taire les corbeaux. Des volutes de fumée sortaient du canon. J'avais les bras tremblants et le cœur battant. J'ai grimacé, car ma cible était toujours bien en place sur le muret.

– C'est pas grave, c'est normal, a dit Peabody. Recommence.

Je me suis remis en position.

– Bloque ta respiration à mi-course.

– Quand j'inspire ou quand j'expire ?

– Peu importe. Quand tu te sens le mieux. Tu dois avoir un peu d'air dans les poumons mais pas trop. Et ne sois pas crispé. Si tu te crispes, tu vas te mettre à trembler, et on ne veut pas de ça, n'est-ce pas ?

– Ouais.

– N'attends pas trop, sinon tes muscles vont fatiguer et, là aussi, tu vas trembler.

Il est vrai que le flingue commençait à peser lourd, au bout de mes bras maigrichons.

J'ai appuyé sur la détente.

L'impact a arraché des morceaux de béton, dix centimètres sous la canette de Coca.

– C'est mieux, m'a félicité Peabody. La même chose, mais plus haut.

J'ai hoché la tête. Le recul m'avait moins pris par surprise, la deuxième fois.

– Vas-y, petit. Ne réfléchis pas.

J'ai braqué le revolver, bras tendus.

– L'arme est un prolongement de toi-même ; tu ne fais qu'un avec elle.

J'ai bloqué ma respiration et j'ai tiré.

La canette a bondi d'un mètre en tournoyant follement sur elle-même.

Peabody m'a gratifié d'une série de tapes sur l'épaule.

– Voilàààà ! il a fait.

Je souriais. J'étais un vrai petit cow-boy. Je me voyais déjà en successeur de John Wayne, et l'odeur âcre de la poudre me paraissait délicieuse.

J'ai tendu le flingue à l'ermite, crosse en avant, et le canon était tout chaud dans ma main.

– Et vous ?

J'étais curieux de voir comment il se débrouillait. Il a enlevé les douilles noircies et remis trois balles dans le barillet.

– Pousse-toi, p'tit.

Je me suis écarté. Il s'est frotté le nez, a reniflé, craché par terre, puis il a levé le bras bien droit, parallèle au sol.

Les cinq détonations se sont enchaînées, pratiquement sans pause. Je dirais une par seconde. À chaque coup de feu, les cibles volaient en l'air ou en éclats. Un sans-faute ! Peabody a soufflé sur le bout de son canon, la démonstration terminée, et moi j'ai applaudi. J'étais vraiment impressionné.

– Vous êtes fort, j'ai dit.

Il a haussé les épaules en vidant le barillet avec méthode.

– Tout est une question d'entraînement, il a fait.

Les douilles tintaient de manière musicale quand elles rebondissaient sur le béton.

– C'est comme pour tout, a repris Peabody. La conduite automobile, la musique... les filles ! (Il m'a adressé un clin d'œil.) Tu vois ce que je veux dire ?

– Je... je crois, oui ?

– T'es déjà sorti avec une fille ?

J'ai secoué la tête.

– Mais t'es amoureux, hein ? Ne dis pas le contraire, tu as l'œil qui frise, ha ha ! C'est un détail qui ne trompe pas.

Je n'ai rien répondu.

– Elle s'appelle comment ?

J'ai regardé mes baskets.

– Allez, tu peux bien me le dire...

– Ruth, j'ai expulsé dans un souffle ténu.

– Hein ?

– Elle s'appelle Ruth, j'ai répété avec davantage d'assurance.

Et cette fois je regardais le vieux les yeux dans les yeux. Il n'a rien dit pendant deux ou trois secondes, indéchiffrable, avant de lâcher :

– Joli prénom.

On s'est encore entraînés pendant une heure ou deux. Je faisais des progrès. Je me sentais... mec ! Cela vous paraît sûrement idiot, puéril ou macho, mais c'était la pure vérité. J'en avais presque oublié ma déconvenue du début de la matinée. Peabody s'était mis à boire de la bière, mais sa précision au tir ne semblait pas s'en trouver affectée. Carton plein à chaque fois.

– J'ai la dalle, il a déclaré au bout d'un moment. Ça te dirait, des saucisses grillées ?

– Ah ouais !

– Très bien. Tu prépares un feu ; je reviens, d'accord ?

Pendant que Peabody retournait à son pick-up, j'ai fait un cercle de gros cailloux sur le béton, puis je l'ai rempli de brindilles sèches et de branchages. Le bois, ce n'était pas ce qui manquait dans les parages.

– Joli, a commenté l'ermite en contemplant mon ouvrage.

Il revenait avec un sac chargé de victuailles : saucisses, chips, fromage, soda... Il m'a confié son briquet chromé et j'ai mis le feu aux brindilles. Même pas besoin de papier journal ; ça a flambé du premier coup.

Côté alcool, Peabody était passé à la vitesse supérieure : le whisky Jim Beam.

Bon sang, est-ce qu'il sera encore en état de conduire, au retour ? j'ai songé.

Je n'avais pas envie de me manger un tronc d'arbre, d'autant que, sauf erreur de ma part, il n'y avait pas de ceintures de sécurité dans le pick-up.

Mes inquiétudes se sont dissipées quand on a attaqué nos premières brochettes de saucisses cuites au feu de bois. J'avais à présent tellement faim que je ne pensais plus à rien d'autre !

– C'est bon, j'ai dit.

C'était brûlant. Du jus graisseux me dégoulinait sur le menton, les doigts, mais Dieu que ça faisait du bien.

Peabody avait apporté des pots de ketchup et de moutarde. On trempait nos morceaux de saucisse dedans, comme des mouillettes dans un œuf à la coque. Un régal. Les chips aussi étaient bonnes, salées, croquantes, mais ça donnait soif ! J'ai ouvert une canette de soda qui a émis un « pssshhit » libérateur et je l'ai vidée quasiment d'un trait.

Le repas terminé, Peabody s'est frotté le ventre avant de s'étirer et de bâiller à s'en décrocher la mâchoire.

– Je ferais bien une sieste !

Je me suis essuyé la bouche du revers de la main. Une fois de plus, j'hésitais, tournant et retournant les mots dans ma tête, à la recherche de la meilleure façon d'aborder les sujets qui me tracassaient.

– Je peux vous demander un conseil ? j'ai risqué.

– À propos de cette fille, là ? Ruth, c'est ça ?

Il m'a fait un nouveau clin d'œil égrillard.

– Elle a quel âge ?

– Elle est… légèrement plus vieille que moi.

Mes joues avaient pris la teinte de la terre cuite. La proximité du feu de bois n'y était pas étrangère, mais, quand même, j'avais la peau drôlement ocre et sèche, tout d'un coup ! Peabody a secoué la tête.

– Les filles ! Elles sont formidables, hein ? Seulement, quel sac de nœuds !

Il a rigolé tout seul. Il s'est allumé une clope ; une roulée, pour une fois.

– C'est juste une amie, j'ai grommelé.

– Ouais, ouais, à d'autres...

Je me tortillais sur les fesses. Le béton m'a paru brusquement très dur, inconfortable. Je me suis lancé :

– Est-ce qu'on peut rendre service aux gens contre leur gré ?

– C'est-à-dire ? a fait le vieux en recrachant un rond de fumée.

– Cette amie, là, elle a besoin d'aide... mais elle ne veut pas qu'on l'aide.

– Pourquoi ?

– Elle dit qu'elle peut se débrouiller toute seule.

– Tu connais ses parents ?

– Hum, non, pas vraiment... je sais que si je préviens quelqu'un de sa situation, elle va m'en vouloir. Peut-être même qu'elle ne me pardonnera jamais.

Peabody s'est abîmé dans la contemplation du torrent. Le grondement de l'eau accompagnait notre conversation, au même titre que les craquements du feu.

– Ta copine, il a jeté au bout d'un long moment. Tu penses qu'elle est en danger ?

– C'est possible, oui.

– Tu ne peux pas parler à une assistante sociale ? À l'un de ses professeurs ?

– Elle n'est pas dans ma classe… Elle n'est même pas dans mon école, à vrai dire.

Peabody a bu une gorgée de whisky avant de lâcher :

– C'est délicat.

– Ouais, je ne sais vraiment pas quoi faire…

Il a reniflé, s'est raclé la gorge.

– Je pense que tu devrais quand même prévenir une autorité compétente, il a dit. Tant pis si elle t'en veut. Tu imagines, si jamais il lui arrivait quelque chose ? Après, tu te maudirais toute ta vie…

– Et si elle ne veut plus me voir ?

Il a haussé les épaules, fataliste.

– Sur le moment, peut-être qu'elle sera en colère. Mais, avec le temps, elle te pardonnera. Elle comprendra que tu as fait ça pour son bien…

Il m'a regardé avec intensité :

– Tu veux que j'aille voir ses parents ? Que j'en parle avec eux d'adulte à adulte ?

– Je… non… en tout cas, pas pour le moment… Mais merci pour la proposition. Je la note. Et, si jamais j'ai besoin de vous…

– Tu sais que tu peux compter sur moi, mon gars, il a terminé.

Ses mots m'ont réchauffé le cœur. Je me sentais moins seul.

Inspirant un bon coup, j'ai risqué :

– Il y a autre chose.

– Vas-y.

Je me suis gratté le sourcil. J'hésitais encore. Je me suis lancé :

– Vous vous souvenez de l'autre jour, quand vous nous avez parlé du wendigo, à Bobby Lee et à moi ?

– Oui.

– Ben, depuis, ça me travaille... je... j'arrête pas d'y repenser...

Je n'osais pas lui dire que j'avais rencontré la créature. Quelque chose m'en empêchait. Les mots de la petite Nelly, sans doute.

« Un secret entre initiés... »

– Vous pourriez m'en dire plus ? j'ai demandé.

Les sourcils broussailleux du vieil homme se sont soulevés.

– T'es du genre curieux, hein, mon gars ?

– Ouais, j'ai reconnu.

L'ermite a lentement opiné du menton, le regard cette fois-ci perdu dans la contemplation des flammes. Il a jeté sa cigarette roulée dans le feu. Il restait silencieux, et moi j'attendais sans rien dire.

– Il y a bien une histoire, il a fait, pensif. Une triste histoire. (Il a montré les bâtiments carbonisés, derrière nous.) Un fait divers en rapport avec la centrale électrique, justement.

– Hein ?

– C'est pas très joli, je te préviens, a marmonné le vieux. Tu es certain que tu veux l'entendre ?

– Bien sûr !

Chapitre 18

L'ermite s'est allumé une nouvelle cigarette. Le tabac, cet « ami » fidèle, lui avait jauni les doigts. Et les dents.

– C'est une histoire qui court dans la région depuis six ou sept ans. À l'époque ça a fait la une des gazettes locales...

Il s'est mis à jouer avec le feu, sans se lever. Il tournait et retournait les branches en flammes avec un long bâton. Il ne me regardait plus.

– Le héros malheureux de ce drame, car c'est un drame terrible, tu vas voir... son héros malheureux, donc, s'appelait Tom Doniphon.

J'ai bu une gorgée de soda. Je ne sais pas si le vieil homme faisait durer le plaisir à dessein, mais il en mettait du temps à la démarrer, son histoire.

– Doniphon était marié à une femme, une très belle femme prénommée Vera, dont il était très amoureux. Il adorait son épouse. Lui, il n'était pas vilain, mais je dirais, sans être méchant, qu'il avait un physique passe-partout. Quant à Vera... (Il a sifflé avec un air de connaisseur.) Alors, là, c'était autre chose. Une vraie beauté. Et quand Doniphon la regardait, on pouvait lire une espèce d'émerveillement étonné dans ses yeux, comme s'il se disait « C'est moi qui ai décroché une fille pareille ? ». Tu vois ce que je veux dire ?

– Je crois, oui.

Je songeais à Bobby Lee et à son « inaccessible étoile », Jenny Malone.

– Au début, tout allait bien, a repris Peabody après avoir toussé dans son poing. Doniphon et sa femme ont été l'une des premières familles à emménager dans ton lotissement. On était au début des années cinquante...

– Ils n'avaient pas d'enfants ?

– Si si, deux gosses en bas âge. Un garçon et une fille. J'ai oublié leurs prénoms, mais peu importe... Doniphon travaillait au *Forest Service*, une agence du département de l'agriculture. Je le voyais souvent se balader dans les bois, faire des prélèvements, des relevés, ce genre de choses. Parfois, il venait discuter dans ma cabane et on buvait un coup... En théorie, il n'avait pas le droit de boire durant son service, et au début, il était raisonnable. Il s'en tenait au café. Et puis, quand on est devenus plus intimes, il s'est laissé aller. Je sortais ma bouteille de Jim Beam quand je le voyais arriver. Il avait une bonne descente.

Peabody a levé la bouteille de whisky, l'air de dire « À ta santé », et il s'en est envoyé une lampée.

– Un jour où on avait bu un peu plus que d'habitude, il s'est confié. C'est lui qui m'a parlé de l'homme-caribou pour la première fois. Il prétendait l'avoir rencontré dans une clairière… Il m'a parlé d'un autel en pierre, quelque chose qui, d'après lui, remontait sans doute à Mathusalem… J'ai cherché cet autel et cette clairière pendant des années. Je ne les ai jamais trouvés.

Je n'ai rien dit. J'attendais la suite. Cette fois, l'auditeur ferré, c'était moi !

– Pour être honnête, à l'époque, je n'ai pas tellement prêté attention à son récit, a poursuivi Peabody en tirant sur sa cigarette. Dans chaque région un peu boisée, il y a des légendes comme celle-là… Quand ce n'est pas le wendigo qui hante la forêt, c'est Bigfoot, cette espèce d'homme préhistorique géant qui serait restait bloqué au stade du Néandertal. Presque un homme-singe, aux dires de certains ! Il y a toujours des témoignages, ici ou là. Parfois même des photos… souvent truquées, bien sûr, des clichés tapageurs que l'on retrouve en première page des publications de quatre sous.

J'ai hoché la tête. Je voyais à quel type de journaux à sensation il faisait allusion. Depuis quelque temps, la grande mode, c'était les soucoupes volantes. Il y avait eu l'affaire Roswell, à la fin des années quarante, puis des dizaines d'autres histoires similaires avaient suivi. On ne comptait plus les photos granuleuses, floues, d'appareils bizarres flottant dans le ciel, leur silhouette évoquant une assiette à soupe retournée !

Le vieil homme a continué :

– Puis, une autre fois, Doniphon s'est vraiment confié. Sur des choses plus privées, je veux dire. Il m'a parlé à cœur ouvert. On était devenus de bons copains, je crois... Il m'a raconté ses problèmes de couple. Ça n'allait plus très bien entre lui et sa femme... Vera voyait quelqu'un... Elle avait un amant, apparemment, un type qui travaillait à la centrale électrique, un certain Stoddard. Un gars avec une bonne situation, sous-directeur, si je ne dis pas de bêtises. Bonne paye. Et puis beau gosse. Toujours bien habillé. C'est sûr que mon pauvre Doniphon ne jouait pas dans la même catégorie. Lui, il était plutôt du style bûcheron et bonnet en laine sur la tête. Normal. Quand on travaille dans la forêt... Pour couronner le tout, Stoddard était bien fichu ; physique de sportif, quoi. Il jouait au tennis. C'est là-bas que Vera l'avait rencontré, sur un court, le week-end... Je crois que l'attraction a été immédiate entre eux deux. C'est chimique, il paraît. Rien de magique ou de romantique là-dedans ; tout ça, c'est du blabla pour les poètes et les auteurs de romans à l'eau de rose. On sécrète des trucs, sans même s'en rendre compte... Et ça colle ou pas avec la personne d'en face. (Il a rigolé.) On croit choisir l'être aimé mais en fait on ne choisit rien du tout.

J'ai réfléchi et j'ai fait la grimace. Résumer ce que j'éprouvais pour Ruth à une simple réaction chimique ? J'avais du mal à y croire.

– T'as pas l'air convaincu ? m'a lancé le vieux.

– Je ne sais pas. Je crois que c'est… plus compliqué.

Il a haussé les épaules, comme pour me rétorquer « Pense ce que tu veux, mon gars, pas grave ».

J'ai questionné :

– Comment votre ami a-t-il découvert le pot aux roses ? Il a trouvé un mot doux ou autre chose ?

– Vera s'est confiée à lui. Je pense que ça partait d'une louable intention, le couplet « On se dit tout, on se cache rien »… mais c'était une fausse bonne idée.

– Hein ? Elle lui a dit qu'elle couchait avec un autre homme ?

– Non, juste qu'elle était attirée. Troublée. Mais ça a suffi pour mettre le pauvre Doniphon dans tous ses états. Il en a perdu l'appétit et le sommeil. Ça le torturait jour et nuit. La jalousie, il n'y a rien de pire pour un homme. Cette saloperie rongeait le cœur de mon ami ; elle le dévorait de l'intérieur, comme un cancer… je veux dire, ça l'avait vraiment changé, même physiquement. Il avait maigri. Ses traits étaient devenus plus aigus, émaciés. Et puis il s'est mis à boire beaucoup. Je devais prévoir deux bouteilles et non plus une seule quand il passait me rendre une petite visite.

Peabody s'est humecté le pouce et l'index de la langue, puis il a écrasé le bout fumant de son mégot avec ses doigts. Il y a eu un léger grésillement mais il n'a pas cillé. Son regard était parti loin, quelque part dans le passé.

– Ce qui devait se produire s'est produit. Vera et Stoddard sont passés à la vitesse supérieure, mais, en même temps, Vera ne voulait pas quitter son mari. Elle ne voulait pas lui briser le cœur davantage. Et puis surtout, je crois qu'elle avait peur de faire voler sa famille en éclats. Qu'auraient pensé les voisins ? Qui aurait eu la garde des enfants ? C'était elle la « méchante », aux yeux de la société... alors, elle a ménagé la chèvre et le chou pendant un bout de temps. Et, comme il l'aimait, Doniphon a tout accepté, tout encaissé... Ce genre de choses arrive, pas vrai ? C'est triste mais c'est comme ça, c'est la vie...

J'ai acquiescé. Je pensais à la famille de Bobby Lee, où les rôles étaient inversés. Dans ce cas-là, c'était madame qui supportait les écarts de monsieur.

– Des pensées criminelles ont commencé à macérer dans le cerveau de mon copain. Il voulait se débarrasser de son rival, de ce Stoddard, mais, lui, il avait peur de finir en taule. Il ne savait pas comment faire... Alors il a passé un marché avec le wendigo.

– Comment ça ?

– L'homme à la tête de caribou lui a assuré qu'il pouvait régler le problème. Je ne sais pas ce qu'il a demandé à Doniphon en échange, mais, à en croire mon pote, un pacte a été scellé, une nuit de pleine lune, dans la fameuse clairière...

– Et ensuite ?

J'avais du mal à respirer, tout d'un coup, comme si un nœud de cravate invisible se resserrait sur ma gorge. Doniphon avait brisé le « secret entre initiés », ce pacte implicite évoqué par Nelly Brown ?

– Deux jours plus tard, un incendie s'est déclaré dans la forêt, a révélé Peabody. Le feu était attisé par un mauvais vent, un vent du sud.

– El Diablo ?

– Ouais, El Diablo en personne... Le diable s'en est donné à cœur joie, cette fois-là. Les employés de la centrale étaient pris au piège, car le feu leur avait coupé toute retraite possible. Ils avaient le choix entre essayer de traverser le torrent à la nage ou alors se réfugier dans les bâtiments. Ils ont opté pour la deuxième solution. Les murs étaient épais. Ils pensaient que ça les protégerait...

J'ai dégluti. Mon regard s'est posé sur les restes noircis de la centrale. Je devinais la suite. Je redoutais de l'entendre, et, en même temps, j'en mourais d'envie.

– À l'intérieur des bâtiments, la température a commencé à monter, à monter, jusqu'à devenir intenable.

J'ai réfléchi avant de questionner :

– Ils ne pouvaient pas... je ne sais pas, moi, fermer les vannes du barrage pour réduire le courant et tenter de traverser la rivière à la nage ?

– Ils ont essayé, tu penses bien. Panne du système de commande hydraulique, selon toute vraisemblance. La loi de Murphy, tu connais ? La loi de l'emmerdement maximum. Quand tout marche de travers, TOUT marche vraiment de travers... Ou peut-être que d'autres forces étaient à l'œuvre. D'autres puissances... qui sait ?

– Comment ça ?

Regard énigmatique du vieil homme. Il a continué :

– Ils ont attendu, terrés dans leur refuge, que le vent se calme ou se mette à souffler dans une autre direction. Ils ont dû prier… peine perdue… ils sont tous morts. Treize techniciens et membres du personnel administratif.

Peabody a pris une longue inspiration. Son regard hanté brillait d'une lueur morbide.

– J'ai participé au déblaiement. L'odeur de grillé montait de partout. Il a fallu désincruster les corps du sol en béton. Soudés, qu'ils étaient ! Par la chaleur ! Et il fallait agir avec d'infinies précautions, sinon les cadavres se cassaient comme des bouts de bois calcinés avant qu'on ait pu les glisser dans les sacs mortuaires. Et même après que le zip avait été refermé, l'odeur de chair caramélisée persistait dans l'air. Stoddard faisait partie des treize victimes. Le wendigo avait honoré sa part du marché.

– Et comment votre ami a réagi ?

– Mal, tu penses bien. Il se sentait responsable du carnage. Il s'est suicidé peu de temps après : pendaison. C'est moi qui l'ai trouvé dans la forêt, se balançant au bout d'une solide branche. J'm'en souviendrai toute ma vie… Il a laissé une note où il disait qu'il ne voulait pas tous ces morts, qu'il ne pouvait pas vivre avec ce poids sur la conscience… Vera a déménagé avec les enfants. Je crois qu'elle habite quelque part du côté de Cleveland. Elle a refait sa vie. Les jolies femmes demeurent rarement seules.

Je suis resté silencieux. Je réfléchissais. Le vœu de Doniphon avait été exaucé… bien au-delà de ses espérances. Est-ce que ça avait mal tourné à ce point parce qu'il s'était montré trop bavard ? Un nœud de bois a éclaté dans le feu et m'a fait sursauter.

– Je t'avais prévenu que ce n'était pas une histoire très marrante, hein ? a lancé Peabody, avec un sourire macabre.

J'ai passé ma langue sur mes lèvres sèches.

– Vous m'aviez dit ne pas savoir si le wendigo était gentil ou méchant, l'autre jour, j'ai risqué.

– Écoute, je ne le connais pas. Mais en tout cas, une chose est sûre : c'est pas lui qui s'est mis en tête de tuer un gus, au départ... Quand on joue avec le feu, il arrive parfois le pire...

Le regard du vieil homme a plongé dans le mien, comme s'il cherchait à entrer dans les soubassements de mon âme.

– Dis-moi, petit, tu n'aurais pas passé un marché avec le wendigo, par hasard ?

– Moi ? Je... non, bien sûr que non, j'ai bafouillé.

Mon cœur jouait du bongo. J'ai dégluti bruyamment et Peabody a hoché la tête :

– Tant mieux.

Une pause, puis, de nouveau :

– Tant mieux...

Il s'est levé.

– Parfois, on ne maîtrise pas les conséquences de nos actes, il a dit.

Je me suis levé à mon tour. J'avais du mal à ne pas regarder les ruines de la centrale.

– C'est bizarre, tout de même, j'ai dit.

– Quoi...

– Le hasard.

– Mais encore ?

– C'est bizarre que vous ayez justement choisi cet endroit pour l'entraînement au tir...

Le vieux a haussé les épaules.

– On peut voir la vie sous deux angles différents. On peut imaginer que rien n'est écrit, que notre existence est le fruit du chaos, ou du hasard, appelle ça comme tu veux... Ou alors, on peut croire qu'il existe des forces qui nous dépassent, et qui jouent avec nous comme avec des pions sur un échiquier... Auquel cas, la notion de hasard n'aurait plus aucun sens.

– Vous croyez qu'on n'est pas maîtres de notre... destinée ?

Je pensais aux sermons à la messe, le dimanche.

– Alors, le libre arbitre, j'ai continué, le Bien, le Mal, tout ça... C'est du bidon ?

Peabody a commencé à ranger ses affaires.

– Qu'est-ce que j'en sais, moi ? Je ne suis qu'un drôle de type qui habite dans une cabane au fond des bois.

– Vous devez bien avoir un avis ?

Il a piétiné du talon de ses bottes les restes de notre feu pour en éteindre les dernières braises.

– Tu veux connaître le fond de ma pensée ? Eh bien, je crois qu'à l'heure du choix, chacun est libre...

Il a marqué une pause avant de finir :

– Seulement, on n'a pas toujours le choix !

Peabody m'a ramené à l'embranchement qui conduisait à notre lotissement. J'ai repris mon vélo et je l'ai remercié pour la séance de tir, les saucisses et le reste.

– Rappelle-toi, il a dit. Si toi ou ton amie Ruth avez besoin d'aide, tu sais où me trouver.

– Je m'en souviendrai, j'ai acquiescé.

On s'est salués. Il est reparti de son côté, avec son vieux pick-up pétaradant, et moi du mien. Direction : les Arpents Verts.

Arrivé devant chez moi, j'ai continué à pédaler et je n'ai ralenti qu'en parvenant au bout de la rue.

La voiture de Mike Bannerman n'était pas garée sur le trottoir. En revanche, il y avait la décapotable. Et Jody dans le jardin ! C'était bon signe. Peut-être que Ruth allait m'offrir un jus de fruits ?

J'ai posé mon vélo sur la barrière, sans même l'attacher. C'était une époque où l'on pouvait se permettre ça, tout comme on pouvait se permettre de sortir de chez soi sans fermer la porte à double tour. On faisait semblant de vivre dans une grande bulle d'insouciance généralisée.

J'ai franchi le portillon, sans appréhension pour une fois. Attaché à son piquet, Jody s'était dressé à mon approche. Il trépignait et il aboyait, mais son excitation n'avait rien d'agressif.

– Salut, mon beau !

Le berger allemand s'est roulé sur l'herbe. J'ai plié un genou au sol et caressé son poitrail poilu. Je n'avais plus peur du tout.

– Beau chien, oui, beau chien !

Il m'a léché la main. Désormais, c'était le grand amour entre nous.

– Je viens voir ta maîtresse, j'ai dit.

La porte de la maison s'est ouverte à cet instant, et Ruth est apparue sur le seuil, en peignoir éponge couleur crème. Je m'attendais à un « Bonjour David », à un sourire, mais elle avait la mine défaite.

Et elle portait des lunettes de soleil.

Merde !

Je me suis relevé, électrisé. Je savais très bien ce que les lunettes signifiaient.

Il a recommencé... Ce salaud a recommencé ! j'ai pensé.

J'ai délaissé le chien pour m'approcher de la maison. Ruth restait sous l'ombre protectrice du porche.

– David, je crois que tu ferais mieux de partir.

J'ai examiné son visage. L'hématome qui lui cernait l'œil gauche de noir, façon raton laveur, était bien visible.

– Qu'est-ce qui s'est passé ? j'ai demandé, mon cœur battant dans ma gorge autant que dans ma poitrine.

– J'ai raconté à Mike l'après-midi qu'on a passé ensemble ; ça ne lui a pas beaucoup plu. Il ne veut plus qu'on se voie.

J'ai avalé ma salive.

– Vous lui avez parlé des deux hommes, dans le *diner* ?

Elle a acquiescé.

– Il les connaît, oui. Ils organisent un trafic...

– Un trafic de quoi ? Drogue ?

– Non... (Elle hésitait à parler.) Enfin, si... (Elle a pris une grande inspiration.) Drogue douce... (Elle a commencé à se ronger l'ongle du pouce.) Ils passent des cargaisons de cigarettes de contrebande, à la frontière avec le Canada.

– Je vois... Et Mike, dans tout ça ?

– Ces « amis » lui confient de l'argent qui n'a pas encore été blanchi... Des sacs entiers de billets de banque... Ou des mallettes... Mike les planque pendant quelque temps avant qu'ils récupèrent l'argent.

– Chez vous ?

– Non, il enterre le fric dans la forêt... Une fois, il a pioché dans un des sacs pour rembourser des dettes de jeu et ses petits copains n'ont pas apprécié.

– L'épisode du bras ?

– Oui.

J'ai hoché la tête. Beaucoup de choses s'éclaircissaient.

– Il faut que tu partes, David, a repris Ruth. Si jamais Mike apprend que tu es revenu me voir... je ne sais pas de quoi il est capable...

– Il vous a frappée parce qu'on a passé l'après-midi ensemble ? C'est... c'est dégueulasse !

J'ai serré les poings. Une colère profonde, aussi bouillonnante que le torrent de la centrale, montait en moi. Je haïssais ce type.

Ruth m'a caressé la joue. Un geste furtif mais plein de tendresse.

– Il faut que tu t'en ailles.

– Je ne veux pas, j'ai dit.

– Il le faut quand même.

– Je veux vous protéger.

– Ne sois pas ridicule. Mike est très fort. Même avec un bras en moins, il te casserait comme une brindille.

J'ai grimacé, contrarié. Non, plus que ça : ulcéré !

– Alors laissez-moi au moins prévenir la police.

– David, reste en dehors de ça. Je te le demande pour la dernière fois.

– Et tout va s'arranger, comme dans un conte de fées ? Vous vivrez heureux et vous aurez beaucoup d'enfants ?

– Je ne peux pas avoir d'enfant, elle m'a rétorqué sèchement.

J'ai encaissé la réplique de plein fouet. Je me sentais bête, maintenant.

– Je... je m'excuse.

– Tu n'as pas à t'excuser, ce n'est pas de ta faute. C'est la vie, c'est tout.

J'ai baissé les yeux.

– Je vais vous laisser, alors ?

– Je crois que c'est préférable, en effet.

– On ne se reverra pas ?

– Pas pour l'instant.

J'ai opiné.

– Je... bon, d'accord... (J'ai relevé le menton, les larmes aux yeux.) Mais promettez-moi de faire attention à vous.

– Je te le promets. Au revoir, David.

– Au revoir, Ruth.

Elle a refermé la porte.

C'était la deuxième porte que l'on me fermait au nez, ce jour-là, et celle-ci faisait encore plus mal que la première. J'ai battu en retraite, au propre comme au figuré, sans prêter attention aux aboiements affectueux de Jody. Je n'entendais plus rien. J'avais de l'étoupe dans les oreilles, un étau autour du cœur et des semelles de plomb.

Chapitre 19

Le soir, à table, j'ai déployé des efforts incommensurables pour faire bonne figure. Les aliments n'avaient pas de goût. J'aurais pu tout aussi bien manger une tourte au sable. J'ai pris sur moi. J'ai fini mon assiette. Je voulais éviter tout interrogatoire. J'étais perdu dans ma caverne intérieure, spéléologue de mes propres angoisses. Le babillage de mes parents (de ma mère, surtout) glissait sur moi sans pénétrer mon esprit. Je mâchouillais ma nourriture en fixant l'écran noir et blanc qui diffusait des publicités pour fer à repasser, aspirateur, autocuiseur, machine à laver...

– Eh !

C'était la voix de papa. Il m'a jeté un regard accusateur.

– Ta mère te demande si tu veux encore de la tourte.

– Non, je... non, merci. Je crois que je vais monter dans ma chambre... Si vous êtes d'accord, bien sûr.

Mon père a haussé les épaules. Ma mère a bougé la tête, de manière à me dire « Allez, vas-y ». Je me suis levé et je suis sorti de la salle à manger. Ils n'ont pas attendu que j'aie atteint le premier étage pour parler de moi.

– Je suis sûre qu'il couve quelque chose, disait ma mère.

– Ouais, ça s'appelle l'adolescence, a grommelé mon père. On n'est pas sortis de l'auberge...

J'ai refermé la porte de ma chambre avant de me jeter sur mon lit et de m'enfouir la tête sous l'oreiller.

Avoir de l'imagination est un pouvoir, mais c'est aussi une malédiction. Quand vous êtes d'un naturel inquiet, ça mouline vite.

Allongé sur le ventre, j'ai fermé les yeux et vu la scène comme si j'y étais, sous forme de scénario de film :

SÉQUENCE « je sais pas combien » /
INT-JOUR / LA CUISINE

Je suis en train de prendre mon petit déjeuner, et ma mère verse du lait dans le bol que j'ai déjà rempli de cornflakes. La radio joue une musique triste, avec des violons.

MAMAN (l'air de rien)

Tu as entendu l'ambulance, cette nuit ?

MOI

Hein ? Quoi ?

MAMAN

L'ambulance, vers 1 heure du matin. Il y a eu un accident chez les Bannerman.

(Mon cœur se glace, à l'image de celui du wendigo.)

MAMAN

Madame Bannerman a fait une mauvaise chute. Ils l'ont emmenée aux urgences.

Je quitte la cuisine, pratiquement en courant.

MAMAN

David ? Qu'est-ce qui t'arrive ?

SÉQUENCE SUIVANTE / INT-JOUR / HÔPITAL

Elle est là, dans sa chambre d'un blanc immaculé. Elle respire grâce à des tubes. Elle a le visage de toutes les couleurs (vert, bleu, violacé) et ses jolis traits si fins sont à présent gonflés, déformés. Son beau visage me fait penser à de la pâte à modeler qu'on aurait confiée à un gamin malhabile.

Le médecin présent dans la pièce ressemble à Ernest Bornigne, l'acteur de série B. Il joue avec son stéthoscope. Il a l'air d'un médecin comme moi j'ai l'air d'un champion olympique de lutte gréco-romaine.

LE MÉDECIN

Traumatisme cérébral. Son crâne a heurté une table basse en tombant.

J'apprends que son mari a été arrêté. Il est maintenant entendu par la police. Peut-être qu'il sera inculpé pour « coups et blessures », peut-être pas. En tout cas, une chose est sûre : il est trop tard.

Je me traite de tous les noms en mon for intérieur. Je n'ai rien fait. Je n'ai prévenu personne. J'ai trop attendu et le pire est advenu. Comment me pardonner une telle lâcheté ? Comment me regarder à nouveau dans le miroir, le matin, sans avoir envie de me cracher à la figure ?

J'ai sorti ma tête de l'oreiller et j'ai dit tout seul, à voix haute :

– Non, ça n'arrivera pas. J'en fais le serment.

Cette nuit-là, j'ai attendu que la maison soit endormie, puis j'ai revêtu mes habits et je suis descendu au rez-de-chaussée à pas de loup. J'ai ouvert la porte et, toujours sans bruit, j'ai inspecté la partie du garage convertie en atelier, l'établi de bricoleur ainsi que les outils accrochés au mur par de gros clous. J'ai trouvé sans mal ce que je cherchais : la lampe torche. Je l'ai secouée ; il y avait bien une pile à l'intérieur.

Je suis sorti. La lune voguait, pleine et entière, dans un ciel piqueté d'étoiles. Je n'avais pas besoin de la lampe, pour l'instant, mais je savais que les choses changeraient dès la frontière avec la forêt franchie.

J'étais déterminé. Je n'avais pas peur, enfin, pas trop… Les battements de mon cœur étaient réguliers.

J'ai quitté la route pour fouler l'herbe fraîche. Je me suis avancé vers la barrière des arbres qui bruissaient de murmures feuillus, comme si les pins et les chênes séculaires chuchotaient à mon approche.

J'ai allumé la lampe. Son faisceau jaunâtre a troué la nuit. Je me suis mis à quatre pattes et j'ai cherché l'un des passages secrets que Bobby Lee et moi avions coutume d'emprunter. Je l'ai trouvé. Toujours à quatre pattes, je m'y suis engouffré, avec la curieuse sensation d'être Alice en train d'entrer dans le terrier du lapin pressé. Un autre lapin m'attendait, j'en étais persuadé, quelque part dans la forêt, en compagnie d'une créature largement aussi singulière que le chapelier fou.

Quand le passage s'est élargi, je me suis relevé. Mes cheveux frôlaient par moments une voûte composée de branchages mais, au moins, je pouvais avancer debout.

J'ai froncé les sourcils. Je ne reconnaissais plus ce chemin. Peut-être que je m'étais trompé ? Ou alors c'était la nuit qui conférait une nouvelle apparence au tunnel de végétation ?

J'aurais dû emporter une boussole, j'ai pensé.

Mais il était un peu tard pour s'en inquiéter.

Deux voies identiques s'ouvraient devant moi, deux sentes grossières taillées dans la toison de la forêt.

Lors de notre première rencontre, Peabody avait dit quelque chose du style :

« Vient un moment, dans la vie d'un homme, où deux chemins se présentent… »

Sauf que je n'avais pas du tout l'impression d'être un homme. Du moins, pas encore.

J'ai pris le chemin de gauche, au hasard, à l'instinct.

Et j'ai continué de marcher dans la nuit. Je tenais fermement le manche de la torche au creux de ma main. Je sentais son poids. Il était tangible et me rassurait. Son faisceau repoussait toujours un peu plus loin les poches d'opacité.

J'ai regardé la montre à mon poignet. 1 h 30 du matin. Pas un souffle d'air dans les bois, et très peu de bruits (ceux que je provoquais mis à part, évidemment). J'avais l'impression d'être épié, écouté par d'invisibles présences.

Soudain, j'ai entendu des battements d'ailes, au-dessus de ma tête. J'ai levé les yeux mais je n'ai rien vu. Le « flap-flapflap » s'est éloigné.

J'avançais au cœur des ténèbres et j'ai pensé : personne ne sait que je suis là. Si je venais à me perdre, je suis sûr qu'on ne me retrouverait jamais. J'ai buté sur une racine traîtresse. C'était comme si l'arbre avait essayé de me faire un croche-pied. J'ai néanmoins vaillamment poursuivi mon exploration. Mon courage et mon obstination ont été récompensés puisque, une ou deux minutes plus tard, je suis arrivé dans la fameuse clairière du wendigo !

Rien n'avait bougé. Tout était identique à mon souvenir : l'autel festonné de lierre, la bulle d'énergie transparente au centre de laquelle se trouvait l'homme-caribou, les saisons qui défilaient en accéléré...

Sans oublier le lapin !

– Salut, mec, il a fait, toujours aussi familier.

Il se tenait au même endroit, à l'écart de la bulle. Il mâchouillait quelque chose. Une carotte ? Non, on aurait plutôt dit... un chewing-gum !

– Ça gaze ? Tu as trouvé facilement la clairière ?

– Oui, enfin, je crois, j'ai répondu, timide.

– Ça m'étonne pas. Seuls ceux ont reçu une invitation personnelle du wendigo découvrent le bon chemin.

J'ai éteint la torche. Le dôme produisait sa propre luminosité, comme en plein jour, et je voulais économiser ma pile.

– Toujours pas de clopes ? m'a demandé Panpan.

– Toujours pas.

– Tu crains.

Le wendigo a orienté son museau blanc ivoire vers moi avant de grogner une question gutturale.

– Il demande si tu as réfléchi, a traduit le lapin. Si tu sais ce que tu veux, maintenant ?

– Je veux aider Ruth Bannerman, j'ai déclaré solennellement.

Puis j'ai précisé :

– Je veux la protéger.

Panpan a encore hoché la tête :

– Ouais, ça se tient. Ça me paraît jouable.

Puis, avec quelque chose qui ressemblait à un sourire, même si sa morphologie n'était pas très adaptée pour ça, il a ajouté :

– Ruth Bannerman... sacrée pépée, hein ?

– Je... je ne sais pas... Je suppose, oui.

– Ouais, ouais, à d'autres. Elle te plaît, hein, c'est ça ?

– C'est mon amie, c'est tout.

J'avais répondu quelque chose de similaire à Peabody, le jour même.

Le petit animal m'a fait un clin d'œil :

– Bien sûr ! et moi je suis l'archevêque de Canterbury... Bon, note bien, c'est pas mes carottes, hein ? Je m'en tape, dans le fond !

Il s'est tourné vers le wendigo et s'est mis à lui parler dans un dialecte indéfinissable, composé de grognements et de couinements ponctués de claquements de langue. Le wendigo a bramé en retour, de sa manière si caractéristique.

– Le boss est d'accord, a dit Panpan. Mais d'abord tu dois nous donner quelque chose.

– Hein ? Euh, pardon, je veux dire... quoi ?

– Un peu de ton sang.

– C'est obligé ?

Le lapin a pris une profonde inspiration, et sa petite cage thoracique s'est gonflée.

– Écoute gamin, un pacte est un pacte. Et de toute façon, c'est pas moi qui fixe les règles... Alors, tu es OK ?

J'ai hésité.

– Quelle quantité de sang ?

– Quelques gouttes, presque rien, c'est symbolique.

Est-ce qu'on pouvait faire confiance à un lapin qui s'exprimait comme un voyou dans un film de gangsters ?

J'ai lentement opiné, pas très sûr de moi.

– Ça gaze, a fait Panpan.

Il s'est tourné vers l'homme-caribou.

– Hé, patron, vous pouvez couper le jus ?

Pouf ! le dôme a disparu.

– Merci, a dit Panpan.

Il a sautillé jusqu'au wendigo, qui lui a tendu l'un de ses longs bras squelettiques. La main s'est dépliée en éventail et Panpan a arraché l'une des griffes-stalactites. J'avoue que j'ai sursauté quand ça a fait « crac » !

– Super, a gloussé Panpan.

Il s'est éloigné d'une démarche dandinante en tenant la griffe au creux de ses petites pattes avant. En deux ou trois bonds, il est revenu au sommet de l'autel mangé par les plantes grimpantes. Il m'attendait. Il n'avait pas lâché la stalactite.

– Viens, gamin, il m'a dit.

Mes pieds refusaient de bouger. C'était comme si je prenais racine.

– Allez, a insisté Panpan. On va pas y passer la nuit.

J'ai avancé, un pas après l'autre. Je me suis arrêté juste devant l'autel.

– Donne ta main.

J'ai obéi.

Chapitre 20

– Retourne ta mimine, a dit le lapin.

Je devinais que le wendigo me regardait. Je pouvais sentir ses orbites creuses posées sur moi. J'anticipais sans peine ce qui allait venir et ça ne m'emballait pas trop. J'ai néanmoins obéi encore une fois.

– Aïe !

La pointe de glace a tracé un sillon rouge dans ma paume, et les premières gouttes sont tombées. C'est alors que j'ai remarqué les rigoles creusées dans la pierre. Mon sang les a empruntées, dessinant des motifs cabalistiques sur l'autel.

J'ai pensé très fort : je veux que Mike Bannerman arrête de taper sa femme, d'une manière ou d'une autre !

– C'est bien, a dit le lapin. T'es courageux. T'es un chef.

Peut-être, mais ça faisait rudement mal. Quelques gouttes ? Tu parles ! Il m'avait salement entaillé, le petit salopard !

– Eh, tu vas pas tomber dans les pommes, hein ?

J'ai secoué la tête, mâchoires soudées.

– Bon, c'est cool, môme. T'as pas un mouchoir ?

J'ai fouillé dans mes poches. Miracle, j'en avais un. Je l'ai enroulé autour de ma blessure et j'ai serré très fort. Aussitôt, le tissu s'est imbibé de rouge sombre. J'ai grimacé.

Le wendigo a bramé dans la nuit, et j'ai cru percevoir une note de triomphe dans sa voix d'outre-tombe.

– Le patron t'appelle, a dit Panpan. Tu le suis, et tout se passera bien, a déclaré le lapin. Quant à moi, mon rôle s'arrête ici. Ciao, mec, et bonne chance avec ta pépée...

– J'ai encore une ou deux questions ! j'ai lancé.

– Du genre ?

– Si je parle de tout ça à quelqu'un, ça va dérailler, n'est-ce pas ? Le vœu va se retourner contre moi ou alors il va prendre des proportions désastreuses ?

– Qui t'a raconté un truc pareil ?

– Nelly... Nelly Brown.

Le lapin a éclaté de rire :

– Et tu crois une gamine, toi ? (Il a secoué la tête.) C'est pas comme ça que ça marche, mec... Tu peux parler de moi et du boss à qui tu veux. De toute façon, personne te croirait, hein ?

J'ai tenté de reformuler mes doutes à haute voix :

– Ce n'est pas parce qu'on a rompu le secret qu'il y a toutes ces conséquences terribles, comme les treize morts dans la centrale électrique ? Vous êtes sûr ?

– Le patron met le souhait en chantier, et basta. La maison décline toute responsabilité par rapport à la suite. Bon, c'est pas tout ça mais l'heure tourne et j'ai une copine qui m'attend. Une chaude lapine, si tu vois ce que je veux dire !

Il m'a fait un clin d'œil, puis il a sauté dans l'herbe et disparu en trois bonds au milieu des fourrés.

Je me retrouvais tout seul avec l'homme-caribou.

Ce n'était guère rassurant.

– Et maintenant ? j'ai risqué.

Le wendigo m'a fait signe de le suivre et s'est mis en branle.

J'ai cédé, une fois de plus. Ce n'était pas moi qui avais les cartes en main.

J'ai rallumé ma torche. Je ne voyais que le dos de mon guide. Son épine dorsale, ou plutôt SES épines ondulaient au rythme de la marche. Cette crête hérissée de piquants m'évoquait celle d'un stégosaure. Branches et buissons s'écartaient de nouveau à son approche, comme s'il était précédé d'une espèce de champ de force. Pourtant, je ne distinguais plus aucun bouclier d'énergie. Le bourdonnement omniprésent provenait des gros moustiques nocturnes (des phalènes ?) qui tournaient autour de nous. Agacé, j'ai essayé d'écraser l'une de ces bestioles horripilantes mais elle a évité ma main sans problème.

La trajectoire du wendigo était rectiligne. Il marchait droit devant lui et moi je le suivais. J'ai regardé ma montre. 2 heures du mat' passées... J'avais soif. Je me suis maudit intérieurement : pourquoi je n'avais pas emporté une gourde ? Décidément, on trouvait mieux, dans le genre aventurier !

Je clignais des yeux. Mes sens se délitaient. Mettre un pied devant l'autre est une action répétitive, presque hypnotique, et je sentais que, bercé par mes propres pas, je n'étais pas très loin de m'endormir. Des toiles d'araignées m'ont chatouillé le visage. Ce contact filandreux n'était pas très agréable mais, au moins, il a eu le mérite de me tirer de ma torpeur. Je me suis giflé.

Allez, concentre-toi...

Le wendigo s'est arrêté auprès des vestiges d'un grand conifère qui avait été autrefois terrassé par la foudre. Le tronc était fendu, éventré, éclaté de l'intérieur. J'avais déjà remarqué cet arbre lors de mes virées avec Bobby Lee. C'était un bon point de repère.

Le wendigo a désigné le sol de l'une de ses griffes-stalactites. J'ai noté que celle qui avait servi à m'entailler la main avait déjà repoussé. Peabody n'avait-il pas déclaré un truc du genre « Ses blessures cicatrisent toutes seules » ?

– Je dois creuser, c'est ça ?

La tête squelettique a opiné.

– Mais... je n'ai pas de pelle.

L'homme-caribou a grogné une réponse incompréhensible, mais ça ressemblait plutôt à une injonction.

Je me suis mis à genoux et, ensuite, j'ai posé ma lampe de façon à bien éclairer la scène. J'ai déblayé le tapis de feuilles et de brindilles, puis j'ai commencé à gratter le sol, comme un animal, avec mes mains, avec mes ongles. Heureusement, je n'ai pas eu à aller très profond. J'ai senti une matière plastifiée. Le rond de lumière de la torche bavait sur une bâche de couleur bleue !

Le wendigo a bramé dans la nuit. Je ne savais pas trop s'il me félicitait ou me pressait de m'activer davantage.

J'ai sorti la bâche et je l'ai dépliée. Elle contenait une mallette !

Deux clics, sur les côtés. Le couvercle s'est ouvert d'un coup.

– Wow ! j'ai lâché, le souffle court et la sueur aux tempes.

De l'argent : des centaines de billets de banque réunis en liasses ! Je n'avais jamais vu autant de fric de ma vie...

J'ai demandé au wendigo :

– C'est l'argent de la contrebande, c'est ça ? Celui que Mike Bannerman doit cacher dans la forêt, pour le compte de ses... employeurs ?

La créature a éructé une réponse. J'avais beau ne pas maîtriser sa langue, le caractère approbateur du grognement ne pouvait pas m'échapper.

J'ai caressé le pactole d'un air rêveur et j'ai songé :

Bon, OK, et maintenant ?

J'allais poser une nouvelle question à mon guide lorsque j'ai réalisé que ce dernier avait disparu. Volatilisé. Pfffiut ! J'ai refermé la mallette et je me suis levé en regardant partout autour de moi. J'étais de nouveau seul dans la nuit.

Et seul face à un choix.

Qu'est-ce que j'allais faire de tout ce fric ?

Je pouvais le remettre à sa place.

Je pouvais en garder un peu pour moi...

Je pouvais carrément emporter la mallette à la maison et la cacher dans ma chambre ?

Hum, non, trop dangereux, j'ai pensé. Inutile de mêler mes parents à tout ça...

Ou alors je pouvais l'enterrer ailleurs !

Dans tous les cas, une chose était sûre : le mari de Ruth allait avoir des problèmes par ma faute.

Qu'il arrête de la frapper... *d'une manière ou d'une autre*, j'avais pensé au moment du vœu.

Le wendigo ne m'avait pas emmené ici par hasard. C'était sans doute la meilleure manière possible de protéger la femme que j'aimais.

« Tu sais ce que ça signifie pour Mike Bannerman, hein ? m'a soufflé une petite voix. Ses potes mafieux ne lui feront pas de cadeau, cette fois... »

– Qu'il se démerde, j'ai répondu à voix haute. Il n'avait qu'à pas tremper dans ces histoires avec ces gens-là, pour commencer !

J'ai repensé à la conversation du *diner*.

« La prochaine fois, on lui envoie Ralphie ! »

J'ai hésité.

Je me sentais VRAIMENT seul, tout d'un coup.

« Un jour, il va finir par la tuer, m'a soufflé une nouvelle voix, plus aiguë, plus nasillarde que la précédente. Rappelle-toi la scène, dans l'hôpital. Le visage en pâte à modeler. Un jour, il la cognera plus fort que d'habitude, et ce sera fini. C'est comme ça que se termine ce genre d'histoires... »

Si la protection était de l'amour, je me sentais prêt à en déverser des tonnes.

« Tu as treize ans, a riposté la première voix. Tu n'es ni juge ni juré, et encore moins un bourreau ! »

Sûr, cette voix-là était dans le vrai. Impossible de se mentir, je *savais* au fond de moi qu'elle était dans le vrai.

– Fait chier ! j'ai aboyé.

Ignorant l'accélération frénétique des battements de mon cœur, je suis parti avec la mallette.

Si je réfléchissais trop, j'allais renoncer, et je ne voulais pas renoncer. L'expédition dans la nuit, le wendigo, la blessure... je n'avais pas fait tout ça pour rien !

Je marchais d'un pas volontaire, presque rageur. Pourtant, j'étais épuisé, physiquement et nerveusement ! Je peux même dire que je marchais avec une sorte de colère froide, de rage mal contenue. Mais je ne progressais pas au hasard, oh non : je savais où j'allais...

– La sablière !

Elle se trouvait cinq ou six cents mètres après l'arbre foudroyé, si je ne me trompais pas. C'était le site idéal. Facile à creuser. Facile à retrouver.

Je n'avais plus le wendigo pour écarter la végétation devant moi, aussi je me prenais tous les buissons épineux et les branches dans la figure. Ces dernières me fouettaient la face de leurs petites extrémités griffues. Tentatives d'intimidation mesquines. D'une main je me protégeais le visage tant bien que mal ; de l'autre je tenais la torche qui faisait barrage entre les ténèbres et moi. Il en fallait davantage pour me décourager. J'étais animé par une volonté dont jamais je ne me serais cru capable. J'avançais sans ralentir, front bas, bouche fermée et yeux plissés, comme exposé à un puissant vent contraire. Mes narines s'évasaient quand j'inspirais de l'air. La nature sauvage pouvait bien poser tous les obstacles qu'elle voulait sur mon chemin, elle ne m'effrayait pas.

Et tout d'un coup, la forêt a cédé. Elle semblait me dire : « C'est bon, tu as gagné, j'abandonne. »

J'ai débouché pratiquement sans transition dans la grande clairière au centre laquelle se trouvait cette cuvette que l'on surnommait la « sablière ». La pleine lune éclairait la scène d'un halo laiteux.

J'étais essoufflé et je transpirais.

Tu te reposeras plus tard, mon pote !

Je me suis mis à creuser. J'expédiais des panaches de sable derrière moi avec la régularité d'une pelleteuse mécanique. J'avais les muscles endoloris. Mes bras me faisaient un mal de chien.

« Et si tu mets du sable dans ta blessure, hein ? »

Ça, c'était la petite voix numéro 1. La raisonnable.

– Rien à péter, j'ai craché.

Décidément, cette nuit-là, la voix de la raison n'obtiendrait pas gain de cause.

Quand j'ai eu fini, je me suis redressé, haletant et fourbu.

J'ai jeté la mallette dans le trou.

J'avais l'impression d'être un pirate, dans l'une de ces histoires du style *L'Île au trésor*.

– Long JONES Silver, j'ai soufflé.

Et j'ai rigolé tout seul, d'un rire presque hystérique. Je crois bien que mes nerfs craquaient.

J'ai rebouché le trou, d'abord avec les pieds, puis avec les mains pour terminer le travail.

J'étais rincé. J'étais mort.

Et il fallait encore que je rentre chez moi.

Contre toute attente, le trajet du retour n'a pas été le moment le plus difficile. D'ailleurs, je m'en souviens à peine. Je me suis laissé porter par les vents de la nuit, un souffle froid, une haleine de mort. Je marchais à la lisière de ma conscience, cette fragile membrane entre le rêve et la réalité. L'adrénaline avait cessé de me fouetter les sangs. Le plus dur était derrière moi. Je crois que la forêt était contente de se débarrasser de ma petite personne. Elle l'avait fait tout comme l'épiderme expulse une épine pour cicatriser.

J'ai retrouvé mon monde, le monde des hommes. J'ai retrouvé ma maison.

Je titubais de fatigue mais il me fallait encore régler deux ou trois choses. J'ai remis la lampe en place. J'ai retiré mes fringues dégueulasses, toutes terreuses, et je les ai fourrées dans le tambour de la machine à laver. Quand j'ai allumé le néon de salle de bains, sa lumière vive m'a agressé les rétines aussi violemment qu'une poignée de sable jetée dans les yeux. J'ai enlevé mon bandage de fortune. La blessure n'était pas jolie jolie. Je l'ai nettoyée comme j'ai pu. Je ne pensais pas que des points de suture seraient nécessaires mais c'était limite. J'ai mis un pansement propre sur la plaie, puis je me suis jeté sur mon lit. Je n'avais plus la force de penser. Je n'avais plus la force de rien du tout. Je me suis endormi presque aussitôt.

Chapitre 21

J'ai du mal à me souvenir avec précision des jours qui ont suivi. Ils se succédaient, semblables les uns aux autres, englués dans une mélasse morne et grise. Le ciel se chargeait de nuages. L'air était lourd, saturé d'électricité. La radio annonçait des orages pour le week-end.

Je me suis réconcilié avec Bobby Lee, évidemment. Il est venu me chercher pour jouer dès le lendemain de ma folle équipée nocturne.

– Amis ? il a jeté.

Il a tendu le plat de sa main pour que je tape dessus, mais j'avais encore trop mal, avec ma blessure.

– Qu'est-ce que tu t'es fait ? il a questionné en voyant le pansement.

– C'est rien, j'ai éludé.

Je n'avais pas envie de lui parler du wendigo et de tout le reste, même si le lapin m'avait donné une sorte de feu vert officiel. En me confiant, j'aurais eu l'impression d'exposer au grand jour une partie de ma conscience dont je n'étais pas fier du tout ; la partie la plus noire, comme quelque chose qui poursuit dans l'ombre son lent travail de putréfaction ! Parce que oui, au fond de moi, je savais confusément que j'avais mal agi...

On a entamé la construction de notre cabane. On sciait, on clouait (j'avais effectué une razzia dans l'atelier de mon père) mais, en ce qui me concernait, le cœur n'y était plus. Mes pensées vagabondaient constamment...

Quelles allaient être les conséquences de mes actes ? Les « jeux étaient faits », pour reprendre l'expression des croupiers. La roulette du destin tournait. Sur quelle case allait-elle s'arrêter ?

J'étais distrait au point que je me suis tapé sur les doigts.

– Mais qu'est-ce que tu fiches ? s'est énervé mon pote. Tu le fais exprès ou quoi ?

Au bout de quelques jours, j'avais tellement de pansements et de coupures que ma blessure à la paume passait complètement inaperçue.

Je ne revenais à la réalité que lorsque j'entendais un bruit suspect provenant du cœur de la forêt : hululement bizarre, craquement ou autre. Alors j'interrompais mes coups de marteau et je scrutais les buissons, prêt à voir surgir à tout instant un homme à tête de caribou ou un lapin iconoclaste. Mais rien de tel ne se produisait. Mes deux « copains » magiques semblaient bel et bien appartenir au monde de la nuit.

Quand je n'étais pas avec Bobby, je jouais à l'espion, planqué dans ma cachette préférée : le grand arbre en face de chez les Bannerman. J'observais à la jumelle les fenêtres de la maison. Rien de suspect, à première vue. Mike Bannerman avait retrouvé l'usage de son bras esquinté. En fin de journée, après son travail, il faisait du jardinage ou ponçait les marches du porche. Il a également changé le treillis de la moustiquaire, sur la porte de devant, et décapé le portique rouillé de la balancelle. Il s'activait. Savait-il que l'argent dont il avait la responsabilité n'était plus là où il devait se trouver ? Je ne le crois pas. Il semblait fébrile, mais pas paniqué. De temps en temps, je voyais que Ruth et lui se disputaient, dans le salon. Ils se criaient dessus et, placé pile entre eux, Jody sautait sur place et aboyait, pareil à un arbitre qui cherche à séparer deux boxeurs. Dieu soit loué, Mike n'en est jamais venu aux mains durant ces scènes-là. Si jamais il était devenu violent, je ne sais pas ce que j'aurais fait. Je les regardais, la sueur aux tempes, en priant le ciel pour que la situation ne dégénère pas. Je ne me voyais pas courir jusqu'à la porte, sonner et mettre mon poing dans la figure du héros médaillé. De toute façon, mon poing n'aurait atteint que sa poitrine, et encore… « Même avec un bras en moins, il te casserait comme une brindille », avait dit Ruth, et je la croyais volontiers. Je pensais à elle tout le temps, du réveil au coucher. J'avais besoin d'elle comme un drogué de sa dose. L'observer à la dérobée était un bien pauvre succédané.

Le premier signe d'un changement notoire a eu lieu durant l'un de ces après-midis déprimants où une pluie battante vous condamne à rester cloîtré à la maison. Bobby Lee m'avait rejoint dans ma chambre. On lisait des BD, on dessinait. On écoutait des 45 tours sur mon électrophone ou bien alors la radio. J'étais parvenu à trouver la fréquence de Lone Wolf. Notre animateur fétiche s'était lancé dans la lecture du courrier de ses fans (on pouvait lui adresser nos lettres à une boîte postale anonyme qui changeait tout le temps). Cynique et pince-sans-rire, le « loup solitaire » se livrait à un véritable jeu de massacre ; à croire que, masos, les auditeurs lui écrivaient pour le plaisir de se faire atomiser en direct :

– *Cher Lone Wolf, j'adore ta voix. Elle est trop sensuelle. Trop cool. Trop chou. Comment tu es physiquement ?* Linda Kowalsky, Tarzana, Californie. Linda, t'as quel âge ? Reviens me voir quand on t'aura enlevé ton appareil dentaire... *Salut Wolfie. Il y a cette fille au bahut, qui est super jolie. Est-ce que je dois l'inviter au bal de fin d'année ou pas ? Et si oui, comment m'y prendre pour qu'elle accepte de s'y rendre avec moi ? PS : j'ai un léger surpoids !* Henry H. Jenkins, San Bernardino, Texas. Je ne vois qu'une solution, Henry : tu te pointes chez elle avec un flingue et tu lui dis « Mignonne, tu vas venir avec moi à ce bal à la con, sinon je te bute, je bute tes parents, ton chien, et je fous le feu à ta maison ». Là, il y a peut-être une chance qu'elle accepte. Tiens-moi au courant, et bonne chance... *Monsieur, j'ai écouté plusieurs fois vos programmes débilitants, et je dois vous dire que je suis outré par la manière dont vous parlez de la famille, de Dieu, notre Seigneur Tout-Puissant, mais aussi et surtout de notre président Dwight Eisenhower. Ce dernier a été démocratiquement élu par le peuple américain, que cela vous plaise ou non, et il a servi son pays sans faillir durant la dernière Guerre mondiale. Où étiez-vous, monsieur le Loup Solitaire, durant cette période, hein ? Sûrement pas au front, avec les hommes, les vrais !* Philip Simpson Jones, Bangor, Maine. Cher Philip, je vais te répondre très simplement, j'étais chez toi, à Bangor, dans le bel État du Maine, et je m'occupais de ta bourgeoise...

Bobby Lee se pliait en deux sur ma moquette :

– Ouais, bien envoyé, ha ha !

C'était grossier, c'était provocant et ça nous donnait l'impression d'être des rebelles. En temps normal, j'aurais rigolé, moi aussi... Mais ce jour-là, j'avais déjà du mal à esquisser un sourire. Je me suis forcé, un peu crispé. Je ne prenais plus plaisir à rien. Je me sentais tendu comme une corde à piano.

Une fois le dernier correspondant humilié, Lone Wolf a lancé :

– Bon, allez les p'tits loups, ça suffit pour aujourd'hui les conneries. Place à la musique, la vraie, pas ces merdes du style Ricky Nelson ou Frankie Avalon, hein ? Moi, je vous parle de la seule musique qui vaille, celle qui vous remue les tripes et vous hérisse les poils ! Mesdames et messieurs, Chuck Berry dans *Johnny B. Goode* !

L'intro à la guitare. Imparable. Irrésistible. Bobby Lee a sauté sur mon matelas et, mimant avec son poing un micro imaginaire, il s'est mis à brailler :

– *Down goes the sun, sitting, ducking on guitar*

Up comes the moon, twinkle, twinkle little star

One and one is two, hitching two, to make it four

Je claquais des doigts pour l'accompagner. Et maintenant il ondulait du bassin, pareil à un Elvis de pacotille.

– *Johnny, get your guitar, let's go, go, go, oh baby*

Il a jeté le micro qui n'existait pas et s'est emparé d'une guitare tout aussi invisible. Ses doigts couraient dans le vide avec une admirable dextérité. Il est tombé à genoux en grimaçant, en transe, possédé par la musique. Il mettait le paquet !

Le morceau était sur le point de se terminer quand j'ai entendu le bruit, une sorte de « vromvromvrom » qui se mélangeait au staccato des gouttes d'eau, dehors, et aux derniers accords de Chuck Berry et sa guitare électrique.

Je suis allé jusqu'à la fenêtre. Nez collé à la vitre mitraillée de pluie, j'ai vu la moto qui remontait la rue principale du lotissement. Une Triumph Thunderbird 6T, celle du film avec Marlon Brando, *L'Équipée sauvage*. Le pilote de la moto portait la même casquette que Brando, le modèle en toile, avec la visière noire. Est-ce qu'il avait un cuir, un perfecto ? Ça, je ne pouvais pas le dire pour le moment. Un large poncho kaki recouvrait ses épaules et tout le haut de son corps. Je ne voyais pas son visage (il était de trois quarts dos par rapport à moi) mais, en revanche, je pouvais apercevoir ses bottes montantes qui dépassaient du jean à l'ourlet apparent.

Ralphie, j'ai songé, le cœur battant à tout rompre.

J'étais sûr que c'était lui : ce type dont les deux malfrats avaient parlé.

La moto roulait au ralenti et son moteur vrombissait sourdement. Bras tendus vers les poignées du guidon, le fameux Ralphie (si toutefois c'était bien lui mais, honnêtement, je n'en doutais guère), le fameux Ralphie, donc, semblait indifférent à l'averse. Seule sa tête bougeait. Elle allait d'un côté à l'autre de la rue, examinant les maisons avec froideur et méthode. Ce mec ne se pressait pas, et cette lenteur le rendait encore plus effrayant.

Bobby Lee est venu se poster à côté de moi.

– Qui c'est celui-là ? il a jeté.

– Je ne sais pas, j'ai péniblement articulé.

– Jamais vu dans le coin. C'est un voyou, tu crois ?

– Je ne sais pas, j'ai répété, la bouche de plus en plus pâteuse.

– En tout cas, il a une dégaine de voyou, comme dans le film, là, tu vois lequel je veux dire ?

Mon pote était le moins cinéphile de nous deux. Dès qu'il s'agissait de trouver le nom d'un acteur ou d'un réalisateur, il s'en remettait à moi. Idem pour les titres de films.

– *L'Équipée sauvage*, j'ai complété. Ouais, je sais.

Le motard a marqué une pause, au bout de la rue, devant chez les Bannerman, et mes boyaux se sont tordus à la manière d'un linge qu'on essore. La voiture de Mike n'était pas là. J'ai regardé ma montre. 15 h 30. Il travaillait encore à la scierie, à cette heure-là.

Bobby Lee m'a donné un coup de coude :

– Eh, ça va ? Tu tires une tronche pas possible...

Je n'ai rien répondu. Mon cœur cognait dans ma tête plus fort que la pluie battante. Une sueur glacée a poissé le col de ma chemise.

Il va sortir un pistolet, ou un fusil à canon scié, et il va tirer sur la baraque, n'importe comment, au hasard... Il va cribler de balles la façade. Quand les secours arriveront, on sortira le corps sans vie de Ruth dans un sac mortuaire... Et le responsable, ce sera moi et moi seul !

Je me suis mordu la lèvre inférieure presque jusqu'au sang. Cette pensée m'était insupportable.

D'un seul coup, la moto a fait demi-tour, rugi et pris de la vitesse. Deux secondes plus tard, le mystérieux pilote et son véhicule disparaissaient au coin de la rue. Les pans de son poncho volaient derrière lui, pareils à des ailes kaki ou une cape de super-héros.

Je me suis détendu. Un peu.

– Eh ? C'est bon, relax, il est parti, a fait Bobby Lee.

J'ai expiré l'air jusqu'ici bloqué dans mes poumons.

– Tu le connais ? a repris mon pote.

J'ai secoué la tête.

– Ah bon ? Parce qu'on dirait qu'il te fiche une trouille bleue.

– J'aime pas les motards, j'ai marmonné.

– Faut pas croire tout ce qu'on raconte sur eux dans les journaux... Tiens, l'autre jour, en ville, j'en ai vu un qui aidait une vieille dame à traverser la rue... D'ailleurs, je crois bien que c'était le même gars. Enfin, il avait la même moto, en tout cas.

Loin de me rassurer, ces paroles m'ont de nouveau glacé l'échine.

Il rôdait donc dans les parages depuis plusieurs jours ?

Je n'aimais pas ça du tout.

« Faudrait savoir ce que tu veux, a sifflé la petite voix numéro 2 dans mon cerveau, la voix plus vicelarde. C'est toi qui as déclenché tout ce pataquès, je te rappelle... »

Inutile de me le rappeler, je ne m'en souvenais que trop bien.

– T'es pas marrant, en ce moment, a soupiré mon meilleur ami. Tu rigoles plus. T'as l'air tout... tout stressé... Tu veux que je te dise ? Ben, ça craint !

J'ai opiné.

– Ouais... Excuse-moi. Je sais pas si c'est à cause du temps pourri ou de la fin des vacances qui se profile... Mais je suis pas dans mon assiette, t'as raison. Et puis, il y a cette histoire avec mon papi Jones qui tourne au vinaigre. Ça me tracasse...

– Au moins, tes parents à toi ne se gueulent pas dessus tous les soirs. C'est pas marrant non plus, je t'assure !

– Je veux bien te croire…

Soudain, le regard de mon ami s'est illuminé. Il pouvait passer de la morosité glauque à la joie extrême en une seconde. Encore un de ses traits de caractère que j'aimais bien.

– Il est quelle heure ? il a demandé.

Nouveau coup d'œil à ma montre.

– 15 h 40, pourquoi ?

– C'est pas bientôt l'heure de *Bonanza* ?

– Yep !

Bonanza était notre série de western préférée. Ça racontait l'histoire d'un cow-boy incarné par Lorne Greene qui gérait un grand ranch, le Ponderosa, avec ses trois fils. Bien sûr, il leur arrivait tout un tas de péripéties à base de voleurs de bétail, d'Indiens en maraude ou de hors-la-loi divers et variés… on ne ratait pas un épisode.

– Allons-y ! j'ai fait.

Et on a dévalé l'escalier en chantant à tue-tête la musique du générique.

– Pam padabampadabampadadadadaba-baaaaam !

Peut-être qu'avec un peu de chance *Bonanza* m'aiderait à me changer les idées et à oublier mes angoisses pendant quarante minutes (enfin, une heure, si on comptait les coupures publicitaires) ?

Chapitre 22

Le soir, à table, mes parents discutaient de tout et de rien, et je mastiquais ma nourriture pendant que la télé diffusait ses réclames débiles :

« Grâce à mon déodorant nouvelle formule, je n'ai plus peur de rien ! »

Je traçais des sillons, du bout de ma fourchette, dans la purée qui accompagnait la traditionnelle tourte à la viande.

« Et les frites sont si croustillantes, si légères... »

Mon père s'est mis à parler de papi Jones. Le futur procès, les frais d'avocat... Pour lui, cette histoire d'héritage virait à l'obsession.

« Dis-moi, Margot, comment fais-tu pour que tes gâteaux soient toujours aussi appétissants ? »

Les pubs allaient céder la place à un feuilleton débile, avec des dialogues vides de sens et des rires préfabriqués, quand la sonnerie de notre porte a égrené son carillon dans l'air du soir.

– Tiens ? a fait ma mère. Qui ça peut être à cette heure-là ?

Elle s'est essuyé la bouche, laissant au passage une marque de rouge à lèvres sur la serviette (maman était coquette et apprêtée de 8 heures du matin à 22 heures, comme toute épouse digne de ce nom), puis elle s'est levée pour aller dans le couloir. Mon père continuait d'enfourner sa nourriture, l'air maussade. On entendait des voix féminines qui conversaient depuis le seuil de la maison.

Maman est revenue dans la salle à manger quelques secondes plus tard. Elle paraissait troublée.

– C'est Ruth Bannerman, elle a dit.

La bouchée de purée que je venais d'avaler est restée coincée dans ma gorge.

– Pourquoi tu ne la fais pas entrer ? a lancé mon père.

– Elle ne veut pas.

Une pause, puis :

– Elle veut parler à David.

Le visage de ma mère avait pivoté vers moi. J'ai bu un peu d'eau pour faire descendre ma purée.

Mon père a froncé les sourcils.

– Pourquoi elle veut lui parler ?

– Elle n'a pas voulu me le dire. Elle prétend que c'est personnel...

Mon père m'a regardé, soupçonneux :

– David ?

– Je... je ne sais pas ce qu'elle a, j'ai bredouillé.

Je me sentais mal. Très mal.

– Eh bien, vas-y.

J'ai dénoué la serviette passée à mon cou et je me suis levé. En frôlant ma mère, je n'ai pas osé soutenir son regard. Une voisine de quarante ans venait me trouver en milieu de soirée pour m'entretenir d'un sujet mystérieux. Et personnel. Il y avait de quoi être intrigué.

Ruth se trouvait toujours à l'extérieur, sous le porche de l'entrée. Elle portait une robe de coton à gros pois blancs sur fond noir. Elle avait les cheveux plus courts que d'habitude. On aurait dit Jackie Kennedy.

– Vous êtes allée chez le coiffeur ? j'ai stupidement demandé.

Elle ne souriait pas. Ses traits étaient figés par un masque dur, inquiet. Elle s'est penchée pour me confier à mi-voix :

– Tu te souviens de ce dont je t'ai parlé ? L'argent de la contrebande... Les mallettes enterrées en forêt...

– Je... euh, oui...

– L'argent a disparu.

– Hein ? Quoi ?

– Mike ne trouve plus l'argent. Ce qui signifie que quelqu'un a découvert sa cachette habituelle et a déterré la mallette...

– Oh... et... c'est très grave ?

– Bien entendu que c'est très grave ! Deux gars de l'organisation sont passés au travail de Mike, aujourd'hui... Ils lui ont posé plein de questions. Ils étaient très... énervés.

Je me suis raclé la gorge.

– Qu'est-ce que j'ai à voir avec cette histoire ? j'ai lancé d'un air faussement innocent.

Ma voix sonnait atrocement faux.

– Le jour où je t'ai trouvé sur le trottoir, quand tu es tombé de l'arbre, tu t'en souviens ? Ce jour où tu t'es écorché les genoux...

– Oui.

– Tu avais bien des jumelles, avec toi, n'est-ce pas ?

– C'est possible...

Je n'aimais pas du tout la tournure prise par cette conversation.

– Je me suis dit, pure hypothèse : peut-être que David était en train de regarder chez nous, quand cette branche a craqué...

J'ai fait mine de protester mais mon amie m'a arrêté d'un geste.

– Peut-être que ce n'était ni la première ni la dernière fois qu'il jouait à ce petit jeu-là...

J'étais prêt à jurer que « non, pas du tout, jamais de la vie ». Les yeux de Ruth, son visage dur m'en ont dissuadé.

– Pure hypothèse, toujours, elle a poursuivi. Imaginons que tu es caché non loin de la maison, perché sur un arbre ou ailleurs. Tu vois mon mari sortir de chez nous avec une mallette. Tu le vois entrer dans la forêt... Tu le suis, sans faire de bruit, comme quand tu joues aux Indiens avec ton copain Billy Joe.

Je n'ai pas corrigé. Mes lèvres étaient closes.

– Tu vois Mike enterrer l'argent… Tu attends son départ puis, tout danger écarté, tu récupères la mallette et… et… tu en fais quoi, après, d'ailleurs ?

– Aucune idée.

Ruth m'a pris par les épaules :

– David, c'est très important, je t'assure… Si tu sais quelque chose, tu dois me le dire.

– Je ne sais rien.

– Toute cette histoire pourrait très mal finir.

– Je ne sais rien, je vous le promets, Ruth.

Dans quel sac de purin étais-je allé me fourrer ? Qu'est-ce qui m'était passé par la tête ?

J'avais la trouille. J'avais honte. Je me suis senti devenir tout… Je crois bien que je suis passé par toutes les couleurs de l'arc-en-ciel.

Ruth a lentement hoché la tête.

– Bon… Je te fais confiance… Mais si jamais tu as vent de quelque chose en rapport avec notre histoire, tu viendras me le dire, hein ?

– Oui, oui, je viendrai.

J'ai opiné avec trop d'empressement pour que cela paraisse naturel.

Ruth m'a lâché les épaules et s'est reculée.

– Excuse-moi auprès de tes parents pour le dérangement, elle a dit.

Puis elle a fait demi-tour et elle est partie.

J'ai refermé la porte. J'avais le dos trempé de sueur. Je me sentais incapable de bouger.

– Alors ? a fait mon père depuis la salle à manger. Qu'est-ce qu'elle voulait, Ruth Bannerman ?

Réfléchis ! j'ai ordonné à mon cerveau toujours si prompt à inventer des histoires...

– Qu'est-ce qu'elle voulait ? a répété papa.

Je suis revenu à la table du dîner. Lentement, très lentement.

– Pourquoi elle vient sonner chez nous à 20 heures passées ? a questionné mon père.

Maman ne disait rien, mais elle avait l'air aussi intriguée et perplexe que papa.

– C'est à cause de son chien, j'ai improvisé.

– Hein ?

– À cause de Jody, son berger allemand.

– Et alors, quoi, son berger allemand ?

– Il s'est enfui. Il est parti dans la forêt.

Ça y est, je tenais le bon bout. J'ai brodé :

– Et comme Ruth, enfin, madame Bannerman, sait que Bobby Lee et moi, on joue souvent dans la forêt... Eh bien, elle voulait me demander si, des fois, par hasard, on n'aurait pas vu son chien, aujourd'hui...

Le front de mon père s'est plissé.

– Mais... il a plu toute la journée. Vous n'êtes pas allés dans la forêt, non ?

– C'est ce que je lui ai dit.

Maman a secoué la tête :

– C'est terrible de perdre un animal... Je me souviens, quand j'avais ton âge, mon chat Church s'est enfui… On ne l'a jamais retrouvé. Pfffff, ça m'avait brisé le cœur…

Mon père a terminé son assiette en grommelant :

– Elle est bizarre, cette femme…

– Sydney ! a fait ma mère, sur ce ton offusqué qu'elle aimait prendre, de temps en temps. Pourquoi tu dis ça ?

– Je ne sais pas… Elle se donne des grands airs.

– Allons, ne raconte pas n'importe quoi, c'est une très gentille personne. Et elle a un très gentil mari.

« Qui lui tape dessus quand il est en colère ! » j'ai failli ajouter.

Maman m'observait avec cette acuité propre à toutes les mères poules du monde.

– C'est décidé, demain, je t'emmène chez le médecin, Dave.

– Mais pourquoi ? j'ai hoqueté.

– Tu as trop mauvaise mine. Je pense que tu manques de fer… (Elle s'est tournée vers mon père.) Sydney, tu ne crois pas que le petit a une carence en fer ?

Mon père a haussé les sourcils, l'air de dire « Qu'est-ce que j'en sais, moi ? ». J'ai couiné :

– Ça veut dire qu'on va me faire des piqûres ?

– Au moins une, a répondu ma mère.

– Ah non, non, pas question !

J'avais horreur des piqûres.

– Je ne crois pas t'avoir demandé ton avis, David Jones, a rétorqué maman.

Quand elle m'appelait par mon prénom ET mon nom de famille, c'était signe qu'il ne fallait pas trop la ramener, aussi j'ai piqué du nez dans mon assiette.

– Tu ne peux pas l'emmener chez le toubib demain, est brusquement intervenu mon père.

– Et pourquoi ça ?

– C'est le jour de notre déjeuner. Le déjeuner annuel des associés. J'ai dit à Jenkins et aux autres que tu m'accompagnais...

Chaque année, la boîte de mon paternel organisait une sortie dans l'un des restaurants les plus chic de Seattle. Les épouses, maquillées et habillées sur leur trente-et-un, étaient les bienvenues à ce rituel d'autocongratulations.

– Oh, a fait ma mère.

Elle savait qu'elle ne pouvait pas se défiler.

– Et moi, je peux rester à la maison ? j'ai risqué. C'est vrai que je ne me sens pas très en forme, ces temps-ci...

– D'accord, d'accord, s'est inclinée maman.

Elle s'est levée et a commencé à débarrasser la table.

– Mais après-demain, tu n'y coupes pas, Dave : visite chez le docteur !

Je suis resté coi. J'avais conscience que ce n'était pas le moment de jouer les rebelles.

Je n'ai pas pu trouver le sommeil avant 4 heures du matin. Au début, assis sur mon lit, je regardais la petite aiguille de mon réveil qui tournait avec une régularité saccadée. Puis j'ai essayé de lire, planqué sous mes draps, éclairant les pages de mon illustré avec une lampe de poche. Impossible de me concentrer. Écouter un disque ou la radio était bien sûr hors de question, même avec le son très bas. Maman avait le sommeil lourd, mais mon père aurait été réveillé tout de suite.

Je suis allé jusqu'à la fenêtre de ma chambre. Le wendigo n'avait pas cogné à ma vitre mais peut-être qu'il était là, dans la rue, comme l'autre nuit ? J'ai jeté un œil, prudent. Je n'ai rien vu. Rien du tout, à part la chaussée déserte éclairée par les cônes de lumière sortant des lampadaires, l'alignement des pavillons au crépi immaculé. Une nuit calme, sans étoiles et sans lune.

J'ai ouvert la fenêtre. J'ai regardé vers le bout de la rue, sur la droite.

Et mon cœur a cessé de battre.

Un homme fumait une cigarette devant chez les Bannerman. Le bout incandescent rougeoyait à chaque inspiration. Ralphie (si c'était lui) ne cherchait pas à se cacher. Il était bien visible, sa silhouette se découpant nettement sous un lampadaire. Sa moto était garée à côté de lui, marchepied calé contre le trottoir. Il regardait la maison de Ruth, dont toutes les fenêtres étaient éteintes.

Depuis combien de temps se trouvait-il là ? J'étais éveillé depuis des heures et je n'avais pas entendu le bruit de sa bécane.

Peut-être que j'avais dormi un peu, sans m'en rendre compte ?

Expédiée d'une pichenette, la cigarette a décrit une arabesque rouge orangé avant de rebondir sur le bitume.

L'homme est remonté sur son engin et il a mis les gaz, mais en douceur. La moto ronronnait en produisant un bruit feutré, presque soyeux. Il a fait demi-tour. Il revenait vers l'entrée du lotissement. Il roulait au ralenti, phares éteints. J'ai refermé ma fenêtre et je me suis reculé précipitamment. La peur me glaçait l'échine. Mes mains étaient moites ; je les ai frottées sur mon pantalon de pyjama. Je suis monté sur mon matelas. J'apercevais une partie de la rue par la fenêtre. J'ai vu passer, ou plutôt glisser, la silhouette du motard. Son corps et son engin étaient de profil, mais j'aurais juré que sa tête regardait dans ma direction. Je me suis collé au mur, la gorge nouée et la sueur aux tempes, comme un fusillé attendant la salve de détonations. L'homme et la moto ont quitté mon champ de vision après une ou deux secondes (qui m'ont paru durer une ou deux heures).

Je suis resté un long moment ainsi, immobile, crispé de la tête aux pieds. Peu à peu, les battements de mon cœur ont ralenti et mes muscles, aussi durs que le marbre, se sont détendus. Je suis descendu du lit, j'ai marché jusqu'à la fenêtre. Je l'ai ouverte tout doucement. Je redoutais de voir le motard sur le côté, immobile, tourné vers moi. La lumière de son phare exploserait dans les ténèbres, m'aveuglant, et je resterais là, paralysé, pareil à un animal imprudemment aventuré sur la route.

Mais il n'y avait plus personne dans la rue. Et personne non plus sous l'arche en fer forgé s'ouvrant sur la route.

Le prédateur nocturne était parti.

Chapitre 23

C'est le soleil qui m'a tiré des bras de Morphée, bien plus que le gazouillis des oiseaux. J'ai jeté un regard encroûté de sommeil vers mon réveille-matin : il était 10 h 30. Je me suis débarbouillé avant de descendre à la cuisine. Je n'arrêtais pas de penser au motard. Maintenant que le jour s'était levé, les images de la nuit dernière prenaient une dimension fantasmagorique. L'homme à la moto ressemblait à un spectre. Il se déplaçait sans bruit, ou presque, tel un fantôme. Une aura de malfaisance flottait dans son sillage.

Et si mon imagination me jouait des tours, hein ? Et si je commençais à franchement perdre les pédales ? Après le wendigo et son pote le lapin qui parlait, un spectre ? Pourquoi pas une momie ou le monstre de Frankenstein pendant que j'y étais ?

Arrête, je me suis morigéné. Tu sais très bien ce que tu as vu. Tu sais très bien que tu n'as pas rêvé. Il y a un homme en moto qui rôde dans le coin, et, comme par hasard, il ressemble sacrément au tueur décrit par les deux types du *diner* !

Ma décision était prise. Je devais avertir Ruth du danger.

J'ai bu du lait frais, directement à la bouteille, tête penchée en arrière. Une tourte à la framboise toute prête reposait au four, mais je n'avais pas faim. Mon regard est tombé sur un mot rédigé par ma chère maman :

Chou, si (je dis bien SI) jamais tu te sens assez en forme pour sortir, est-ce que tu peux acheter les choses suivantes au drugstore : détergent vaisselle, café, sucre ? Bisou. Maman.

PS : je te laisse deux dollars en plus, si tu veux prendre l'un de tes magazines !

Un billet et quelques pièces se trouvaient à côté du mot. Je les ai empochés.

Je suis sorti et j'ai marché jusque chez les Bannerman. Aucune voiture devant la maison. Aucun aboiement de chien quand j'ai pénétré dans le jardin. J'ai frappé à la porte, puis attendu, le cœur battant.

J'ai dû me rendre assez vite à l'évidence : il n'y avait personne.

J'ai filé aussi sec chez Bobby Lee.

Là encore, j'ai frappé à une porte close ; là encore, j'ai attendu.

J'allais faire volte-face quand la porte s'est ouverte, et je me suis retrouvé face à Nelly.

– Salut, j'ai dit. Je viens voir Bobby Lee.

– Il est malade.

– Qu'est-ce qu'il a ?

– Indigestion, ou je sais pas quoi… En tout cas, il a vomi une partie de la nuit. Maman l'a emmené chez le médecin.

En vérité, mon meilleur ami était victime d'une crise d'appendicite. Il serait opéré dans la journée, mais tout ça, évidemment, je ne l'ai appris que plus tard.

– Bon, j'ai soupiré, déçu et un peu inquiet aussi, quand même.

La gamine me regardait avec ses yeux d'un bleu ardent.

– Tu as revu l'homme-caribou, depuis la dernière fois ? elle m'a demandé d'une voix absolument neutre, sans inflexion, une voix de robot presque aussi flippante que son regard.

– Ouais, je l'ai revu, j'ai prudemment acquiescé.

– Et le lapin ?

– Revu aussi.

– Il est trop drôle, hein ?

– Si on veut…

– Il me fait trop rire !

Sa froideur détachée avait laissé place à l'excitation. La curiosité enfantine brillait dans ses yeux presque turquoise.

– Il m'a demandé si je voulais faire un vœu, j'ai avoué du bout des lèvres.

– En échange de quoi ?

J'ai levé la main, tel un témoin appelé à la barre qui s'apprête à prêter serment sur la Bible. La gamine a vu mon pansement. Elle a souri avant de lever la main à son tour. Elle avait le même pansement collé sur sa paume entaillée.

– Bienvenue au club, elle a rigolé. Tu as demandé quoi, toi ? On peut tout se dire, entre initiés, pas vrai ?

– Je préfère garder ça... pour moi.

Elle a hoché la tête.

– Ouais, je crois que tu as raison.

Un moment de réflexion, puis :

– Ça a marché, ton vœu ? Ça, tu peux bien me le dire...

– Je ne sais pas, j'ai répondu. Pas encore.

La petite fille a de nouveau opiné :

– Pareil pour moi. J'attends. J'ai trop hâte... Seulement je n'aurai pas la réponse avant Noël...

Je n'en ai jamais reparlé avec Nelly, mais je pense qu'elle avait demandé un truc du style « J'aimerais rencontrer le père Noël ». Pauvre gamine. Voilà ce qui arrivait, quand on passait des pactes avec des créatures bizarres, la nuit, au fond de la forêt. Cela revenait à jouer avec le feu, Peabody m'avait bien prévenu. Cela revenait à déclencher des forces qui nous dépassaient.

J'ai commencé à reculer. Je sentais un malaise gonfler au creux de ma poitrine.

Nelly a agité la main.

– Au revoir.

– Ouais, c'est ça, salut...

– Si jamais tu revois l'homme-caribou et le lapin avant moi, tu leur transmettras le bonjour de Nelly Brown ?

– Promis.

Elle a refermé la porte. Cette gamine me donnait froid dans le dos.

Je ne voulais pas rester tout seul. J'ai pris mon vélo et j'ai filé en ville.

Bon, tu arrêtes de déconner et tu préviens les flics, je me répétais en pédalant.

Preuves ou pas preuves, je devais soulager ma conscience de ce poids terrible.

J'ai parqué mon vélo devant le poste de police et j'ai gravi les quelques marches menant à l'entrée presque en courant.

Minnie Dandridge, la secrétaire, était à l'accueil, derrière son guichet, en train de taper un courrier administratif.

– Bonjour, j'ai dit. Je voudrais voir le shérif Foster.

Minnie a levé le nez de sa machine à écrire. Tout en longueur, l'appendice était chaussé d'épaisses lunettes à monture fantaisie.

– C'est à quel sujet ?

– C'est personnel.

– Le shérif n'est pas ici.

– Ah. Il est où ? j'ai risqué.

– Je ne suis pas autorisée à en parler. Je peux prendre une commission, peut-être ?

J'ai essayé de réfléchir à toute vitesse. Je n'allais quand même pas dire : « Ouais, pas de souci. Alors voilà, j'ai volé du fric à des mafieux et je crois que ces derniers ont l'intention de buter l'un de mes voisins en guise de représailles. Ah oui, j'oubliais : il y a ce tueur sosie de Marlon Brando qui traîne dans mon lotissement, la nuit, avec sa moto ! »

– Je... je repasserai.

Minnie Dandridge a haussé les sourcils avant de replonger dans sa paperasse.

Je suis sorti du bâtiment, énervé, déçu.

C'est quoi, déjà, la loi de l'« emmerdement maximum » ? La loi de Murphy, c'est ça ?

En descendant le petit escalier de pierre, j'ai senti les pièces qui rebondissaient dans ma poche et j'ai pensé : Ah oui, les courses pour maman !

J'ai traversé la rue et je suis entré dans le drugstore.

Un air frais m'a accueilli à l'intérieur du magasin. La climatisation n'était pas encore la norme dans tout le pays, et ce froid artificiel me surprenait toujours un peu. Une musique d'ambiance, réorchestrée pour être la plus inoffensive possible, planait au-dessus des rayonnages. J'ai reconnu une version instrumentale de la fameuse chanson *Do not forsake me, oh my darlin'*, la chanson du western *Le Train sifflera trois fois*. Il n'y avait pas grand-monde dans les allées. Une grosse dame, un petit vieux avec un déambulateur...

J'ai fait un tour dans le secteur des produits de première nécessité : café, sucre... J'ai également trouvé le liquide vaisselle sans problème.

En revenant vers les caisses, je me suis arrêté au petit tourniquet sur lequel les illustrés et les romans de gare étaient exposés. Couleurs criardes, trames aux points épais comme des balles de ping-pong, papier de mauvaise qualité, odeur de l'encre fraîche... j'adorais ça ! Il y en avait pour tous les goûts : western, énigmes policières, épouvante, récits de guerre... Mon moral est remonté d'un cran quand j'ai vu le dernier numéro de la série *Ramelle*, par Gordon Lachance.

– Génial ! j'ai lâché.

J'ai pris le bouquin. J'avais tous les *Ramelle* chez moi, dix-huit tomes, au total ! Ces romans racontaient les aventures d'une escouade de marines engagés dans la reconquête pour le moins laborieuse d'une petite ville française (Ramelle, d'où le titre), en 44. La bourgade était tenue par les nazis, et les Américains n'en finissaient pas de la reprendre, rue par rue, maison par maison. Parfois, un des valeureux soldats de l'oncle Sam avait une aventure avec une Française. Ces dernières n'étaient pas farouches, c'est le moins qu'on puisse dire. Les intermèdes érotiques venaient pimenter l'histoire, entre deux batailles contre les Boches !

En couverture du *Ramelle* n° 19, sous-titré *Le Carrefour du danger*, on voyait le lieutenant Bixby, un grand bel homme blond vêtu de son uniforme kaki, en train de traverser une rue à toutes jambes, poursuivi par les éruptions en rafales de petits geysers de poussière. Je pouvais presque entendre le crépitement des mitrailleuses ennemies, ainsi que le cliquetis de la cartouchière qui rebondissait sur le torse musclé du héros. J'ai retourné le bouquin. Une annonce claironnait : « Ne manquez pas les prochaines aventures du lieutenant Bixby et du major Smith dans *Mission spéciale pour paras* ! »

– *Ramelle*, c'est bien, mais il y a encore mieux, a fait une voix d'adulte, tout près de moi.

Je n'avais pas vu l'homme en cuir noir se glisser à mon côté. C'était comme s'il venait de se matérialiser magiquement devant le présentoir. J'ai sursauté, faisant presque un bond sur place !

Le motard m'a souri. Il jouait avec une allumette coincée entre ses dents. Ses lèvres étaient charnues, sensuelles. Il avait un grain de beauté sur la joue, au même endroit que Marilyn Monroe. Sa peau était lisse, sans un poil de barbe, glabre et rose, semblable à celle d'un bébé. Des lunettes de soleil cachaient son regard.

– La série des *Détective Dean*, par Carson McCarson, tu connais ?

J'ai hoché la tête, le cœur battant. Je connaissais. La série racontait les aventures d'un détective privé, Dean Brannigan, qui vivait en Louisiane, à la Nouvelle-Orléans. Il était toujours habillé chic, en blanc, un œillet rouge à la boutonnière, et il se baladait avec un bébé alligator tenu en laisse. L'alligator s'appelait Stumpy.

– Ça, c'est de la grande littérature, a poursuivi le motard.

Je ne savais pas trop s'il était sérieux ou ironique. Je n'étais pas critique littéraire au *New York Times*, mais, même à treize ans, j'arrivais à faire la différence entre une série B et un grand classique. Honnêtement, il y avait peu de chance que les *Détective Dean* soient un jour étudiés en classe.

– Celui-là est génial, a dit Ralphie en m'agitant sous le nez *Mystères dans le bayou*. Je les connais tous par cœur.

Apparemment, il était sérieux.

J'avais envie de m'enfuir en courant mais l'adulte a posé une main gantée de peau (sans doute du daim) sur mon épaule.

– Les thrillers, y a que ça de vrai. Et les films noirs ? Tu aimes les films noirs ?

De nouveau, j'ai fait « oui » de la tête. J'étais incapable d'articuler le moindre son.

– Un bon film noir, c'est épatant, il a repris. Un monsieur tout le monde, embringué dans une histoire qui le dépasse... une machination infernale... des récits frappés sous le sceau de la fatalité ! Existe-t-il quelque chose de meilleur ?

– Je... je sais pas, j'ai balbutié d'une voix faiblarde.

Il a fléchi les genoux pour descendre le visage à ma hauteur, et le cuir de ses vêtements a crissé.

– Tu habites dans ce lotissement, là, les Arpents Verts, hein, c'est ça ?

Il avait une haleine mentholée. Je n'ai rien dit. Il a dû prendre mon silence pour une réponse affirmative car il m'a ensuite demandé :

– Tu connais l'un de tes voisins, un certain Mike Bannerman ?

Cette fois, j'ai secoué la tête énergiquement.

– Non ? Tu es sûr ?

J'ai trouvé la force de lâcher :

– Je dois y aller. Excusez-moi, m'sieur...

Demi-tour, droite ! J'ai reposé le n° 19 de *Ramelle*. Même chose pour le café, le sucre et le liquide vaisselle. J'ai tout largué en bloc, au tournant suivant, et je suis sorti du magasin sans passer par la caisse. Les portes coulissantes se sont ouvertes à mon approche. Après le froid de la clim, la chaleur du dehors m'a fait l'effet de rentrer dans un mur mou et tiède. Choc thermique. J'ai cherché mon vélo du regard, paniqué. J'ai sauté sur la selle et je me suis mis à pédaler à toute berzingue, la frousse aux trousses.

Chapitre 24

J'ai posé mon vélo contre le mur du garage et je suis entré dans la maison par la porte qui donnait sur la cuisine. Mon cœur battait toujours aussi vite. J'ai ouvert un tiroir, j'ai pris un grand couteau à découper la viande, puis je suis monté m'enfermer dans ma chambre.

Là, je me suis assis devant la fenêtre et j'ai attendu, l'arme blanche posée sur les cuisses. Je redoutais de voir le motard apparaître d'une seconde à l'autre.

Il va s'arrêter devant la maison, il va descendre de sa bécane et venir sonner à la porte... ding dong... eh, ça ferait une bonne histoire de suspense, non ? avec un titre comme *Devine qui vient flinguer ce soir* !

Quand vous êtes un écrivain né, tout ce qui vous arrive (je dis bien TOUT) est potentiellement recyclable en histoires. Le pire comme le meilleur (surtout le pire, d'ailleurs). Rien ne se crée, rien ne se perd...

Par moment, je tremblais. Ma main serrait le manche du couteau.

Une heure a passé, puis deux, et je n'ai vu personne dehors, à part monsieur Busey, qui rentrait chez lui au volant de son vieux tas de boue.

Le ciel se couvrait petit à petit.

La rue était d'un calme mortel.

La fatigue réclamait son dû. Mes paupières lourdes étaient en train de se fermer lentement quand j'ai entendu une voiture : la Chrysler de Ruth Bannerman ! Je me suis réveillé d'un coup.

Cette fois, parle-lui. Ne te dégonfle pas !

J'ai dévalé l'escalier, remis le couteau à son emplacement (je n'avais pas envie qu'elle me prenne pour un psychopathe) et je suis sorti en cavalant comme un dératé.

Quand je suis arrivé au bout de la rue, tout essoufflé, Ruth déchargeait le coffre de la voiture en compagnie d'un Jody en proie à une joyeuse excitation. Elle avait les bras encombrés de grands sacs en papier brun, et le chien lui tournait autour, la queue frétillante.

– Je vais vous aider, j'ai fait.

– David ?

– Et j'ai des choses à vous dire.

Des choses pas faciles, j'ai ajouté pour moi-même.

– D'accord...

J'ai tendu deux bras. Elle m'a donné l'un des sacs.

– Viens, entre.

Je l'ai suivie dans la maison. On a déposé les courses dans la cuisine, mais, avant même de les déballer, elle m'a demandé :

– Que se passe-t-il ?

– Vous aviez vu juste.

– À quel sujet ?

– Au sujet de l'argent.

J'ai un peu menti. Pas sur toute la ligne, juste ce qu'il fallait. J'ai raconté que j'avais suivi son mari dans la forêt, puis que j'avais déterré le fric avant de le planquer ailleurs, en sûreté. Parler du lapin et de l'homme-caribou ne me semblait pas, disons, opportun.

J'ai terminé mon récit en évoquant Ralphie, le mystérieux motard.

– Il est en ville... il pose des questions sur Mike...

Ruth s'est laissée tomber sur une chaise. Elle avait pris dix ans en dix secondes.

– Pourquoi tu as fait tout ça ? elle a lâché, catastrophée. Est-ce que tu as perdu la tête ?

– Je... je ne sais pas... Je cherchais un moyen de vous protéger de Mike, j'ai balbutié.

Elle a secoué la tête en gémissant :

– Oh mon Dieu...

Une pause, puis :

– Tu sais dans quel merdier tu nous as mis ?

– Je... je commence à en avoir une petite idée.

J'ai baissé les yeux. Jody nous avait rejoints dans la cuisine. La truffe implorante, il attendait qu'on remplisse sa gamelle mais, pour l'heure, sa maîtresse ne lui prêtait aucune attention.

Ruth m'a forcé à relever le visage en glissant son index replié sous mon menton.

– Dis-moi la vérité, David, tu n'as rien pris dans cette mallette ? Tu n'as pas touché à l'argent ?

– Je n'y ai pas touché, j'ai confirmé sans la moindre hésitation.

Ruth a hoché la tête tout en réfléchissant.

– Bon, elle a dit, le regard dans le vide, comme si elle parlait toute seule. Dans ce cas, on peut encore s'en sortir. On récupère la mallette, on redonne le fric à ce type, ce motard, et on prie le ciel pour que cette histoire s'arrête là.

– On ne devrait pas plutôt prévenir la police ?

– Non. D'abord, retrouver l'argent. Tu l'as enterré où ?

– Dans la sablière.

– Où ça ?

– Un endroit où on va jouer souvent, avec Bobby Lee. C'est dans la forêt. Pas loin de chez le vieux Peabody.

– Je ne connais pas. Tu peux m'y emmener ?

J'ai opiné.

– Très bien. Alors ne perdons pas une seconde. Donne à manger à Jody pendant que je vais chercher quelque chose.

J'ai versé des croquettes dans la gamelle du chien, qui m'a remercié d'un petit « wouf » avant d'attaquer voracement son repas. Ruth est revenue une minute plus tard. Elle avait chaussé des bottes en caoutchouc et s'était équipée d'une pelle.

– Allons-y, elle a dit.

On est sortis dans son jardin, on a enjambé la clôture du fond et on s'est engouffrés dans la forêt, côté à côte, marchant d'un même pas.

La lumière ambiante s'amenuisait. De dorée, elle est rapidement devenue grise, d'autant que de gros nuages sombres, gorgés de futures pluies d'orage, dérivaient au-dessus du sous-bois.

On n'y voyait pas grand-chose mais je m'orientais sans trop de problèmes. Je connaissais la forêt. J'ai rapidement retrouvé l'arbre foudroyé ; à partir de là, il fallait bifurquer. J'ai indiqué d'un geste plein d'assurance la direction à Ruth. Elle se servait de sa pelle comme d'une machette et nous frayait un chemin parmi les ronces et les broussailles à grand renfort de moulinets. Des auréoles humides s'élargissaient dans son dos et sous les manches de son tee-shirt. Aucun de nous ne parlait. Les mots semblaient superflus.

On est parvenus à la sablière vingt bonnes minutes plus tard.

– C'est là, au fond de la cuvette, j'ai dit.

Ruth a creusé sans tarder et, au bout de cinq pelletées, elle a touché au but. On s'est agenouillés et je l'ai aidée à sortir la mallette du sable.

– Comment ça s'ouvre, ce truc ? elle a pesté.

Apparemment, le sable s'était immiscé dans le mécanisme d'ouverture et l'avait grippé.

Elle s'est relevée en jetant :

– Bon, peu importe. Si tu me garantis que tu n'as pas touché à l'argent, c'est le principal.

– Je vous le promets, j'ai confirmé.

– OK, tiens, prends ça.

Elle m'a remis la pelle et a gardé la précieuse mallette.

– Je suis paumée, elle a avoué. Tu sais comment revenir chez moi à partir d'ici ?

– Oui, j'ai acquiescé.

On s'est remis en route. J'ai regardé ma montre : 16 h 05... Et pourtant il faisait aussi sombre qu'à la tombée du jour.

– Hâtons-nous sinon on va se prendre la flotte, ou même pire, la foudre, a dit Ruth.

J'étais bien d'accord. Les insectes volaient bas, en nuages compacts, comme s'ils pressentaient l'imminence de l'orage. On a accéléré la cadence et, cette fois, c'était moi qui me chargeais du débroussaillage. Je me suis mis à transpirer à mon tour. L'air de la fin d'après-midi avait beau être moite et lourd, je me sentais quand même plus léger qu'à l'aller. Nous avions l'argent. Les mafieux pourraient bientôt remettre la main sur leur foutu fric. Je pensais que tout allait s'arranger, que tout allait rentrer dans l'ordre.

Si seulement...

Il n'était pas loin de 16 h 30 quand on a aperçu les premiers pavillons, tapis derrière le rideau vert de la végétation. On a longé les clôtures (celle des Brown, entretenue avec soin, vernie et tout, celle des Mulligan, avec la jolie piscine à l'arrière-plan, celle de la dame en noir, décrépite...) avant de nous arrêter au niveau de chez Ruth, côté jardin. J'allais enjamber les piquets de bois quand mon amie m'a stoppé en murmurant :

– Attends...

J'ai froncé les sourcils.

– Qu'est-ce qu'il y a ?

– Les aboiements de Jody. Ils ne sont pas comme d'habitude.

J'ai tendu l'oreille.

– Quelque chose ne va pas, elle a repris entre ses dents serrées.

J'entendais l'animal. Il poussait des jappements secs et répétitifs. Je ne voyais pas trop la différence, mais j'ai fait confiance à Ruth. C'était son chien, après tout ; elle le connaissait mieux que moi.

– Il est dans le garage, non ? j'ai risqué.

Elle a fait « oui » de la tête. Maintenant, j'entendais aussi des éclats de voix. Une dispute, à ce qu'il semblait. J'ai reconnu la voix du mari de Ruth. Elle aussi, apparemment, puisqu'elle a murmuré :

– Mike...

Le chien a couiné. Un couinement déchirant, du genre « kaï kaï », et puis plus rien.

– Jody, a gémi Ruth.

Mon rythme cardiaque s'est accéléré. J'ai resserré ma prise à deux mains sur le manche de la pelle. Je la tenais à présent comme une hache.

Soudain, la porte arrière du garage s'est ouverte et Mike Bannerman a foncé dans le jardin tête baissée, pareil à un joueur de foot américain qui tenterait une percée à travers les lignes adverses. Il nous a aperçus. Ses yeux se sont écarquillés et la surprise l'a stoppé net dans sa course.

– Qu'est-ce que... il a commencé.

Deux détonations ont interrompu sa question. J'ai vu sa chemise de bûcheron se déchirer à deux endroits différents (la poitrine et l'épaule), traversée par des projectiles. Sang et tissu ont giclé. Ruth s'est mise à hurler. Mike est tombé à genoux sans cesser de nous regarder, une expression d'étonnement douloureux tatouée sur la figure. Ruth était sur le point de lui porter secours mais, cette fois, c'est moi qui l'ai arrêtée. Le motard (cuir noir, lunettes noires...) venait d'apparaître au niveau de la porte du garage, un pistolet encore fumant à la main. C'était une arme automatique. Un Mauser, de l'armée allemande ! On en voyait souvent des semblables en couverture de mes romans de guerre préférés !

Mike a basculé en avant, pour finir face contre terre, dans l'herbe de son jardin. Ralphie portait ses lunettes de soleil mais je savais qu'il nous avait repérés, Ruth et moi. Je le sentais au plus profond de mon être. D'ailleurs, le tueur a marché droit sur nous, pistolet braqué. On était tous les deux paralysés. Un coup de feu a claqué, et j'ai senti la balle me frôler l'oreille en émettant un « bzzzz » d'insecte excité. Ralphie continuait d'avancer. L'image même de la puissance en mouvement. Froide, inaltérable, invincible.

J'ai entendu un rugissement et, sur le coup, j'ai cru que c'était Jody qui revenait à la vie pour nous porter secours. Puis j'ai vu Mike Bannerman se redresser et bondir sur son ennemi. Celui-ci venait juste de le dépasser. Il n'a pas eu le temps de se retourner. Mike l'a étreint par-derrière en lui serrant les bras le long du corps comme dans un étau. Même grièvement blessé, le mari de Ruth avait encore une force de taureau.

– Fuyez ! il nous a crié. Fuyez !

Ruth hésitait, mais pas moi. Je lui ai attrapé le poignet.

– Venez !

Elle a résisté un peu. J'ai insisté. Quand un nouveau coup de feu a claqué en faisant sauter en l'air une motte de terre, elle s'est enfin laissée faire. On a commencé à courir dans le sous-bois, courir pour sauver notre peau. Derrière nous, les bruits de lutte s'estompaient. Puis il y a eu encore deux détonations, saluées par un ultime cri. C'était celui de Mike Bannerman.

Chapitre 25

Au début, on a fui au hasard. J'étais tellement paniqué que je ne savais pas du tout où on allait. On s'est contentés de détaler comme une paire de lapins terrifiés, les pieds brûlants, le cœur fou. Le but du jeu était de mettre le plus de distance possible entre le tueur et nous. Il fallait sauter par-dessus les souches, les fondrières, et comme d'habitude, j'avais l'impression que la végétation prenait un malin plaisir à nous ralentir.

Quand on a dépassé l'arbre foudroyé, j'ai enfin pu me repérer un peu mieux.

Ruth s'est arrêtée, appuyée contre un tronc. Elle était hors d'haleine, presque pliée en deux. Elle pleurait, les joues toutes mouillées de larmes. Elle n'avait pas lâché la mallette.

– Je n'en peux plus, elle a soufflé.

– On doit repartir, j'ai dit. Il est derrière nous.

– Repartir pour aller où ?

J'ai réfléchi.

La cabane de Peabody n'était pas si loin. Un quart d'heure en marchant ? Peut-être moins. Assurément moins, si on se remettait à courir.

– Je connais quelqu'un qui habite dans le coin et qui pourra nous aider.

– Je suis à bout.

– Juste un dernier effort, je vous en supplie. Mon ami saura quoi faire, lui.

Du moins, je l'espérais.

À cet instant, sur la cime d'un arbre, un oiseau a poussé un cri. Je ne crois pas qu'il s'agissait d'un corbeau, car ce cri était plus strident que rauque. Il sonnait comme un avertissement, un signal d'alarme. J'ai levé la tête mais je n'ai pas vu l'oiseau. Juste le dais compact des feuillages. J'ai entendu les premiers grondements du tonnerre, sourd roulement de tambour caracolant au-dessus des frondaisons. J'imaginais le ciel se résumant à un couvercle gris foncé.

On est repartis. Par moments, fatigue oblige, notre course devenait erratique. Ruth s'arrêtait régulièrement pour reprendre son souffle. J'étais certes plus jeune, doté de facultés de récupération plus rapides, mais j'avais la sensation que ma poitrine s'était transformée en forge de Vulcain. J'encourageais Ruth quand je la voyais sur le point de s'effondrer :

– On y est presque !

On devait continuer, coûte que coûte ! Notre survie en dépendait.

On a débouché sur un chemin caillouteux. C'était celui que Peabody empruntait avec son pick-up quand il allait faire ses courses !

– On n'est vraiment pas loin, j'ai assuré. Promis, juré !

On a remonté le sentier et, au bout de cinq minutes, on a aperçu la carrosserie rouge de la camionnette, le champ de girouettes… et la cabane.

Soulagement. Quelque chose s'est relâché en moi ; j'en aurais presque pleuré.

– Vous voyez, j'ai dit. Je ne vous avais pas menti.

On a franchi les derniers mètres qui nous séparaient de cet îlot de paix d'une démarche trébuchante. On ressemblait à certains de ces marathoniens qui terminent l'épreuve plus morts que vifs.

Au même moment, Peabody est sorti de chez lui en sifflotant. Il avait revêtu son uniforme de la police montée et ses bottes étaient brillantes, astiquées comme pour la parade. Il fumait une cigarette. Son front s'est strié de rides supplémentaires lorsqu'il nous a vus.

– David ?

– Il est derrière nous, j'ai lâché, affolé.

– Qui ça, « il » ?

– Le motard.

– Venez, entrez, vous allez m'expliquer ça…

– Il est armé, il veut nous tuer, est intervenue Ruth. Nous devons prendre votre véhicule, aller en ville, prévenir la p…

– Nous n'irons nulle part avant que vous m'ayez expliqué de quoi il retourne.

Son ton autoritaire nous a fait l'effet d'une baffe. Il a complété :

– Et pour ce qui est des armes, ne vous inquiétez pas, j'ai de quoi le recevoir, votre copain.

Il a jeté sa clope par terre et dégainé son six-coups. Je savais qu'il ne fanfaronnait pas. Ruth regardait le vieux et son antique colt d'un air dubitatif.

– Il sait s'en servir, j'ai dit.

Il nous a fait entrer. On s'est écroulés sur le canapé-lit. L'intérieur de la cabane n'avait pas changé d'un iota depuis ma dernière visite. Toujours les mêmes trophées aux murs (le sanglier, l'espadon... le marlin, pardon) et toujours les mêmes boîtes de Tabasco sur les étagères bien remplies. Une bouilloire était posée sur le réchaud à gaz. Elle s'est mise à siffler.

– Vous voulez du thé ? nous a demandé Peabody.

J'ai secoué la tête. J'avais l'impression d'avoir déjà vécu cette scène.

– De l'eau, a dit Ruth. Je veux juste de l'eau.

L'ermite lui a donné une gourde, qu'elle m'a passée après avoir bu plusieurs gorgées. Je l'ai imitée. L'eau fraîche me faisait l'effet d'une cascade bienfaisante.

– Racontez-moi tout, nous a encouragés notre hôte.

Je ne savais pas par où commencer.

– Cet homme. Ce motard. Il a tué le mari de Ruth...

Peabody avait retiré la bouilloire du feu. Il était en train de verser l'eau brûlante dans une tasse avec un sachet de thé quand il m'a lancé un regard étonné du style « C'est elle, ta fameuse Ruth ? ».

– Il en a après l'argent, j'ai continué.

– Quel argent ?

– Celui qui se trouve ici, a répondu Ruth en montrant la mallette, l'une de ses mains toujours refermée sur la poignée.

– Et il y en a pour cher, là-dedans ?

– Très cher.

Peabody s'est gratté le menton. Il a jaugé Ruth du regard :

– Votre mari avait piqué de l'argent ?

– Non... il était chargé de le cacher. Mais il y a eu des... complications.

Elle s'est remise à pleurer, a essuyé deux larmes du dos de la main.

Tout ça, c'est à cause de moi, ai-je pensé.

Je fixais le sol en terre battue. J'avais envie de m'enfoncer la tête dedans, façon autruche.

Peabody a donné un mouchoir à Ruth, puis il a soufflé sur le liquide, bu un coup et questionné :

– Il vient d'où ce fric, exactement ?

– Contrebande, j'ai répondu après avoir inspiré un bon coup. Trafic de cigarettes.

– Qu'est-ce que tu viens fiche dans cette histoire, gamin ?

– C'est... c'est moi qui ai déterré l'argent.

Peabody m'a considéré d'un œil étonné, sourcil levé :

– Dis donc, mon p'tit Dave, t'es pas un peu jeune pour te fourrer dans des emmerdements pareils ?

Je n'ai pas eu à répondre, car un bruit bizarre, un bruit composé de dizaines de grincements simultanés, l'a fait à ma place. Ça provenait de l'extérieur.

Les girouettes, j'ai songé.

Puis, tout de suite après :

El Diablo !

Peabody a reposé sa tasse de thé et m'a confié son colt.

– N'oublie pas notre leçon de l'autre jour, hein ?

J'ai accepté l'arme. Elle était soudain très lourde dans mes mains.

– Il se passe quoi, au juste ? a demandé Ruth d'une voix angoissée. Pourquoi on ne part pas ? Pourquoi on ne prend pas votre véhicule ?

– Il est là, a simplement répondu le vieillard.

Il a décroché son fusil de chasse du mur et déchiré l'emballage d'une boîte de munitions.

– Il est là ? a répété Ruth. Comment ça ? Comment vous pouvez en être aussi sûr ?

– Je sais quand un prédateur vient rôder autour de ma cabane. Je le sens.

Il s'est mis à charger le fusil, une balle après l'autre. Ses gestes étaient méthodiques, nullement précipités. S'il avait peur, il le cachait bien. Pour ma part, j'étais terrifié. Ruth semblait aussi effrayée que moi. Elle jetait des coups d'œil dans tous les sens, pareille à un petit animal aux abois.

À l'extérieur, les bruits de la nature avaient cessé. Nous étions enfermés dans une bulle de silence. On a sursauté d'autant plus fort quand une voix masculine, suave, avec un accent un peu traînant, proche de celui des gens du Sud, a lancé :

– *Sortez un par un, les mains en l'air, et il ne vous sera fait aucun mal !* cria le capitaine de police Rogers aux forbans tapis dans leur trou à rats ! Carson McCarson, *Détective Dean contre le Ku Klux Klan* !

Peabody m'a regardé d'un air ahuri.

– Ça veut dire quoi, ça ?

Je me suis remémoré la conversation dans le *diner*.

– Il aime bien citer des romans policiers. Des thrillers de Carson McCarson.

L'ermite a secoué la tête en bougonnant :

– N'importe quoi...

Peabody a arraché des bouts de torchis colmatant les espaces entre certains des rondins. Les trous ainsi obtenus étaient assez grands pour qu'on y glisse le canon d'une arme. Il y a glissé un œil. Ne pouvant pas regarder partout à la fois, il allait d'un mur à l'autre en marmonnant.

Dehors, les bruits de la nature avaient repris leur symphonie. Souffle du vent, bruissement des branches, cris des oiseaux... Le tonnerre grondait toujours mais il n'y avait pas encore de déchaînement dans l'air. Pas d'éclairs. Pas de pluie torrentielle typique d'une fin de saison. C'était comme si l'orage retenait ses coups, à la manière d'un boxeur qui se réserve pour le round fatidique.

Peabody a donné un fusil à canons sciés à Ruth. L'arme ressemblait à celle de Josh Randall dans *Au nom de la loi*, ce feuilleton où Steve McQueen incarnait un chasseur de primes impitoyable.

– Vous saurez vous en servir ? a questionné le vieux.

– Je crois, oui, a répondu Ruth.

– Ce n'est pas compliqué. Avec ça, vous arrosez en éventail tout ce qui se trouve devant vous. Il n'y a même pas besoin de viser.

Peabody nous a indiqué un mur à chacun. J'étais assigné à la paroi du fond. J'ai regardé dehors par une des embrasures. Je n'ai rien vu, à part les buissons qui bougeaient, agités par des bourrasques sporadiques.

– Bon allez, trêve de plaisanteries ! a crié Ralphie. Je veux le fric, c'est tout. Vous me donnez la mallette, je m'en vais, et on n'en parle plus... Qu'est-ce que vous en dites, m'sieurs-dames ?

C'était sa vraie voix. Pas une imitation ni une citation.

Ruth avait laissé la mallette sur le canapé-lit. On s'est tous retournés vers cette dernière, comme si nos yeux étaient aimantés.

– Et si on faisait ce qu'il demande ? j'ai risqué.

– Tu m'as bien dit que vous l'avez vu commettre un meurtre ? a demandé Peabody.

– Oui.

– Il a vu que vous l'avez vu ?

– Oui.

L'ermite a secoué la tête :

– Alors il ne vous laissera pas la vie sauve. Il ne prendra pas le risque de laisser des témoins gênants derrière lui... Et, maintenant, ça vaut pour moi aussi.

– Désolé de vous avoir entraîné là-dedans, j'ai dit.

– Pas grave, a répondu le vieux avec un sourire de fripouille qui se voulait rassurant.

Sauf que j'étais tout sauf rassuré. Je me maudissais intérieurement. Mon vœu tournait au vinaigre. C'était l'histoire de la centrale électrique qui se répétait. Un homme et un chien étaient morts. Par ma faute. Combien de victimes allait-il encore falloir pour que tout s'arrête ?

Il était bien temps pour les remords ! J'aurais dû me méfier, me montrer plus prudent, mais, à treize ans, je ne connaissais pas encore l'histoire de Faust et de Méphistophélès !

Peabody s'est tourné en direction de l'unique porte de la cabane et il a crié, fort :

– Nous sommes trois, là-dedans, m'sieur, et armés jusqu'aux dents ! Et, vous, vous êtes tout seul, sauf erreur de ma part ! Donc je vous conseille de laisser tomber...

Pas de réponse. Cui-cui d'oiseaux. Roulement de tonnerre.

– Trois... comme les trois petits cochons ? a ricané Ralphie après cinq ou six secondes de silence. Ha ha ha !

Il s'est mis à chanter :

– Qui craint le grand méchant loup ? C'est pas nous, c'est pas nous !

Il rigolait tout seul, puis il a poussé un long hurlement :

– Ahhooouuuu ! Ahhooouu-hooooouuuuu !

– Il est complètement marteau ! s'est exclamé Peabody.

– Possible, j'ai grincé.

L'ermite regardait par le trou de serrure. Le cri d'animal sauvage semblait se déplacer, alors il a bougé en fonction, collant ses yeux sur une embrasure latérale.

– Vu !

Il a glissé le canon dans la fente et tiré.

Le hurlement s'est arrêté d'un coup.

– Vous l'avez eu ? a lancé Ruth.

– Je ne sais pas...

Accalmie funèbre. Pour nous, c'était bon signe. Soudain, le cri a repris :

– Aaaaahhhhoooooouuuu ! Ha ha ha ha ! Bien tenté, mais... raté !

Deuxième coup de feu de Peabody, qui m'a dit :

– Dave, s'il nous contourne, il va venir de ton côté. Prépare-toi !

Je me suis préparé. J'ai regardé par le trou, entre deux gros rondins... J'ai vu une ombre passer, silhouette floue noyée dans la végétation. J'ai tiré. Et couiné :

– Aïïe !

J'avais oublié la puissance du recul.

Coup d'œil à l'extérieur. J'avais touché... un sapin ! Je voyais son écorce toute déchiquetée.

– Je crois qu'il est de mon côté, a fait Ruth, et je sentais son cœur battre jusque dans sa voix paniquée.

– Abattez-le ! j'ai hurlé.

Ba-aam ! J'ai entendu comme une averse de grêlons juste après le double coup de feu. Peabody nous avait prévenus : la chevrotine arrosait large !

– Vous l'avez touché ? j'ai demandé, la voix toute vibrante, comme mes tympans.

– Je ne sais pas, a fait Ruth.

Peabody lui a pris l'arme des mains. Il l'a pliée en deux, canons vers le sol, pour en extraire la paire de cartouches usagées, puis il a remplacé ces dernières par deux nouvelles munitions, toutes belles, toutes neuves.

– Vous vous en sortez très bien, il a dit à Ruth en lui rendant l'arme.

Un vent d'espoir s'est mis à souffler dans ma poitrine. Peut-être qu'elle l'avait tué ? Ou au moins salement amoché ?

J'ai déchanté cinq secondes après, quand le tueur a crié :

– *Il avait fait son choix. Il avait scellé son destin. L'aventure se terminerait là, dans cette forêt profonde, à la terre riche et grasse. Dean ferma les yeux et recommanda son âme au Tout-Puissant !* Carson McCarson, *J'aurai ta peau, tapette* !

Il n'y avait aucune trace de douleur dans sa voix. Juste de la folie.

– Ça vient de devant, a marmonné Peabody.

Il revenu à la porte du logis et a rivé son œil au trou de serrure.

– Merde, il a commenté, laconique.

– Quoi ? j'ai questionné, le cœur au bord des lèvres.

– Il monte dans mon pick-up...

Bruit de l'allumage, puis vrombissement du moteur.

– Et je laisse toujours la clé sur le contact, a terminé le vieil homme, avec une note fataliste. Ben oui, quoi : personne ne me rend jamais visite en temps normal...

Il s'est retourné vers nous, et, pour la première fois, j'ai décelé de la peur dans ses yeux.

– Reculez ! il a ordonné. Collez-vous au fond de la cabane !

Je m'y trouvais déjà. Ruth m'a rejoint, sans lâcher son fusil des mains.

– Si je n'arrive pas à le descendre, prenez vos cliques et vos claques et décampez, a conseillé Peabody. Ne cherchez pas à l'avoir. C'est un client trop gros pour vous !

Il a ouvert la porte et s'est posté sur le seuil, en position de tir, jambes bien écartées. Le pick-up fonçait sur lui. Blam ! J'ai aperçu le pare-brise qui s'étoilait.

– J't'emmerde ! a braillé le vieil homme.

Blam ! Cette fois, j'ai cru voir du sang moucheter la vitre. Mon ami avait-il touché sa cible ?

– J't'emmerde, connard ! il a hurlé dans un ultime défi.

Le véhicule grossissait, grossissait, pareil au bruit du moteur.

Peabody a reculé, claqué la porte au nez du grand méchant loup, comme si ce geste pouvait nous prémunir de son souffle dévastateur, puis tout le devant de la cabane a volé en éclats, défoncé comme par un bulldozer !

Chapitre 26

J'ai péniblement ouvert un œil, puis deux. Un rondin m'avait cogné à la tête et je saignais du cuir chevelu. Ruth se trouvait à côté de moi, intacte, pour autant que je puisse en juger. Nous étions tous les deux dos au mur, au propre comme au figuré. La paroi du fond avait tenu le choc, mais c'était bien le seul endroit épargné. Le reste de la cabane évoquait certains de ces clichés qui montrent une grange ou une ferme après le passage d'une tornade. Des débris partout. Des meubles éparpillés. Le grand méchant loup avait mis le paquet.

Pour l'heure, notre ennemi se trouvait toujours dans le véhicule. Ce dernier était à l'arrêt, même si le moteur continuait de tourner. Le choc avait déformé la calandre et de la fumée sortait du capot. La tête de Ralphie reposait contre le pare-brise étoilé. Visiblement, le tueur n'avait pas mis sa ceinture et, bien sûr, en ce temps-là, les airbags n'existaient pas ! Je voyais le dessus de sa casquette grise, ses épaules (la droite était tachée de sang). Son buste devait appuyer sur le klaxon car celui-ci émettait sa plainte en continu, véritable corne de brume.

Ruth a essuyé le sang sur mon front avec le mouchoir de Peabody.

– Tu es blessé ? elle m'a demandé.

– Rien de grave, j'ai dit.

Je cherchais mon ami des yeux. Je me suis levé, le cœur battant la chamade. Le canapé-lit se trouvait pile entre nous et le véhicule. Peut-être que le vieil homme était allongé de l'autre côté du meuble. J'ai regardé. Je n'ai rien vu. J'avais la tête qui tournait.

– Ici, a fait une voix faiblarde, sur ma gauche.

J'ai pivoté. Peabody s'était jeté de côté après avoir reculé, juste avant l'impact fatal.

– Oh merde, j'ai gémi.

L'ermite était assis dos à un rondin. Quelque chose de long et pointu l'avait transpercé de part en part, au niveau de l'abdomen.

Le rostre de son foutu marlin !

Je me suis précipité ; Ruth aussi. On s'est agenouillés chacun d'un côté du blessé. Il haletait. Ses deux mains serraient la pointe osseuse qui sortait juste sous son thorax. Le rouge de son sang se mélangeait à celui de sa belle veste d'uniforme. Il souffrait visiblement beaucoup... Sa carabine gisait à côté de lui, tordue comme un bretzel.

– Tirez-vous, il nous a dit dans un souffle douloureux.

– Pas question de partir sans vous, j'ai répliqué. On ne vous laisse pas ici.

Il s'est raclé la gorge, a cligné des yeux.

– Discute pas, p'tit...

Chaque mot lui coûtait un effort considérable. Il a toussé et craché du sang.

– Accrochez-vous, a supplié Ruth.

Pour ma part, je ne pouvais plus parler. J'avais la gorge nouée et les yeux pleins de larmes. J'aimais ce vieux. Je voulais qu'il me raconte encore des histoires, qu'il m'apprenne encore à tirer sur des boîtes de conserve... Je ne voulais pas qu'il parte. Pas maintenant. Pas comme ça. Pas par ma faute.

Peabody a trouvé la force de lever une main pour caresser mes cheveux taillés en brosse.

– T'es un bon gars, il a dit.

Il a frissonné une dernière fois.

Et puis il est mort.

Je voulais crier ma tristesse mais je crois que je n'avais plus d'air dans la poitrine. Juste un grand trou noir.

La plainte du klaxon a faibli au moment même où le vieillard exhalait son dernier souffle. Ralphie se redressait, le buste bien droit. Comme si l'énergie vitale échappée de l'ermite venait d'être aspirée dans le corps de notre adversaire. Celui-ci a fait pivoter vers nous une tête qu'on aurait pu croire montée sur un roulement à billes, tant le mouvement était fluide. Il portait toujours sa casquette grise et ses lunettes noires. Il souriait.

J'ai senti une bouffée de rage transformer mes neurones en tisons ardents.

– Enfoiré, j'ai craché.

J'ai levé le colt à deux mains, comme mon ami me l'avait appris. J'ai pressé la détente.

Clic !

« Clic ? »

Enrayé !

Bordel de merde ! Sans doute ne fallait-il pas trop en demander à une antiquité pareille !

La portière côté conducteur avait l'air coincée. Ralphie a forcé, forcé... avant de la défoncer carrément, d'un coup de pied !

Ruth et moi, on a reculé. J'ai jeté le revolver désormais inutile pour ramasser la mallette pleine de fric, autrement dit notre « assurance vie » !

Ruth avait encore le fusil à canons sciés dans les mains, et il était chargé.

– N'avancez pas ! elle a crié au motard.

Cri qui n'a guère semblé l'impressionner.

Il a fait deux pas vers nous, d'une démarche froide de robot.

Ka-boom !!!

Double détonation. Ralphie a décollé du sol, la poitrine criblée d'impacts. La chevrotine avait déchiqueté le cuir de son blouson et le tissu de son tee-shirt à de multiples endroits. Il est tombé sur les fesses, raide, paumes au sol.

– Ouille, il a lâché, mais sans une once de douleur dans la voix.

Ça sonnait plutôt comme un sarcasme.

Une phrase entendue dans le *diner* m'est revenue en mémoire :

« Sully m'a raconté qu'une fois il l'avait vu se prendre deux bastos dans le buffet sans pratiquement réagir ! »

On s'est regardés, Ruth et moi, et, sans même se concerter, on s'est mis à courir. Sortir de la cabane n'était pas compliqué : après le traitement de choc que Ralphie lui avait administré, elle était ouverte aux quatre vents.

Cette fois, il pleuvait. Et pas une petite averse. Le bon gros déluge de mousson accompagné d'éclairs !

Il faisait sombre. On courait sans ralentir, malgré l'obscurité, malgré la pluie. Des masses de feuillage noir se précipitaient à notre rencontre. Mon cœur battait à m'en faire mal.

Je me disais : une seconde d'inattention, et... crac ! On va finir empalés sur une branche pointue, comme Peabody avec le rostre !

L'épuisement était en partie responsable des larmes salées qui coulaient sur mes joues. En partie seulement. Je pensais au vieil homme et je me répétais : C'est ma faute ! C'est ma faute !

De temps en temps, une lumière blanche inondait la forêt, semblable à un flash d'appareil photo géant, et un craquement de fin du monde se répercutait au-dessus de nos têtes quelques secondes plus tard. Les intervalles entre flash aveuglant et tonnerre assourdissant me paraissaient de plus en plus rapprochés.

– Tu sais où on va ? m'a demandé Ruth sans s'arrêter de courir.

– Non, j'ai haleté.

Je fuyais au hasard, complètement paniqué. Le sang remplissait ma tête à l'en faire exploser. J'avais la certitude que l'homme au cuir noir (mais était-ce bien un homme ?) était sur nos traces.

« Il paraît qu'il a passé un pacte avec un chamane... »

C'était ce que j'avais entendu, deux ou trois semaines (deux ou trois siècles ?) plus tôt.

L'eau martelait mon crâne et mes épaules. Je percevais à peine ma respiration hachée, noyée entre les grondements du tonnerre.

En revanche, j'ai très nettement entendu le cri du wendigo. Ce mélange de barrissement animal et de hurlement humain, je l'aurais reconnu entre mille.

Je me suis figé.

– Qu'est-ce qui se passe ? a jeté Ruth.

– Taisez-vous.

Je tendais l'oreille.

Nouveau cri, longue plainte funèbre, à la modulation si singulière.

Ouais, j'ai songé. C'est là-bas que ça doit se terminer. Logique...

– C'est quoi, ça ? a questionné Ruth.

Cette fois, elle avait entendu, elle aussi.

Rauque, profond, le cri s'est propagé dans la forêt comme une secousse sismique.

Il aurait fallu que je retombe par miracle sur l'arbre foudroyé, ou alors sur la sablière, pour parvenir à m'orienter correctement. Pour le moment, je n'avais aucune idée de l'endroit où je me trouvais. J'ai fermé les yeux, indifférent à la pluie, au tonnerre, et même à la voix de Ruth qui me demandait encore quelque chose (quoi ? aucune idée). J'essayais de trouver l'origine du son, mais plutôt que de projeter mes sens vers l'extérieur, je fouillais en moi.

La clairière était en moi, et nulle part ailleurs. Elle était comme le diamant de glace enchâssé dans la poitrine de l'homme-caribou.

Je me suis concentré, paupières closes. Les battements de mon cœur se sont ralentis. Ils se calmaient, presque apaisés. J'étais en transe, ou pas loin.

J'ai laissé la clairière m'appeler.

– Par là, j'ai dit, en ouvrant les yeux.

Je montrais les ténèbres, sur notre gauche. Le changement de cap était radical, mais, cette fois, je sentais de manière confuse que j'avais trouvé ce que je cherchais.

Ruth n'a pas contesté ma décision. Il y avait sans doute quelque chose d'impératif dans ma voix. Une urgence. Une assurance dont jamais je ne me serais cru capable. Je n'avais évidemment rien d'un adulte, mais je n'étais plus le garçon de treize ans insouciant qui jouait au cow-boy dans la forêt. Je me trouvais quelque part entre deux âges, dans ce *no man's land* étrange, une zone frontière floue où tout est encore possible.

On a repris un trot douloureux. Je serrais la poignée de la mallette à m'en blanchir les articulations. Les éclairs découpaient notre course en une succession d'images stroboscopiques.

« Viens ! »

C'était comme si le wendigo parlait dans ma tête, s'exprimant d'une voix sourde, mais une voix humaine, sans âge.

« Viens à moi… »

La peur et la fatigue se sont effacées, reléguées à l'arrière-plan de ma conscience. En dépit des irrégularités du terrain, en dépit des gifles liquides dont la tempête nous gratifiait, j'avais trouvé une espèce de rythme de croisière. Mode « pilote automatique ». Souffle régulé. Mes mouvements se répétaient, irréversibles. J'étais persuadé que j'aurais pu courir ainsi encore pendant des heures. S'il l'avait fallu, j'aurais même pu courir jusqu'à l'autre bout du pays…

Je n'ai pas eu à aller aussi loin. J'ai écarté une branche, et la clairière était là, devant moi. Je n'étais même pas surpris.

En revanche, Ruth a poussé un cri :

– Ah !

Elle était à bout de souffle. Et honnêtement, je pense qu'elle a frôlé la crise cardiaque.

– C'est quoi, ça ? elle a éructé. Est-ce que tu vois ce que je vois ?!

J'ai hoché la tête. Je voyais l'homme-caribou, debout sous sa bulle de protection. Les gouttes d'eau s'écrasaient sur le dôme transparent en crépitant comme au contact d'une poêle à frire, en faisant « psshh, psshh, psshh » ; ça grésillait non-stop ! Le lapin était là, lui aussi. Assis sur ses pattes arrière, le reste du corps bien droit, il se protégeait de l'averse grâce au chapeau d'un gros champignon qu'il tenait par le pied, à la manière d'un manche de parapluie.

Ruth a tenté de reculer. Je lui ai attrapé le bras.

– On reste ici, j'ai dit.

– Hein ?

– On ne bouge pas.

Elle a montré la bulle du doigt.

– Tu veux rester avec cet... avec ce monstre ?

– Ce n'est pas un monstre, j'ai rétorqué.

– Ben dis donc, elle est pas très polie, ta copine, a raillé le lapin.

Nouveau sursaut de Ruth. Ses yeux étaient écarquillés de peur, derrière le rideau de ses cheveux dégoulinants, mèches plaquées sur le front par la pluie. Elle ressemblait à une démente échappée d'un asile.

– Il... le lapin... il a parlé ?

– Je sais... j'ai acquiescé.

– Bon, toi tu fumes pas, mais la jolie môme, là, peut-être qu'elle a des clopes ? a lancé le petit animal.

Ruth a secoué la tête, en répondant d'une voix très, très lointaine, et dénuée d'inflexions :

– Pas sur moi.

Elle m'a regardé.

– Je suis en train de discuter avec un lapin...

Elle était en état de choc, un peu comme ce soir où je l'avais croisée, errant toute nue dans la rue, KO debout.

– Je sais, c'est bizarre, j'ai acquiescé. On met un peu de temps à s'y habituer.

J'ai entendu des branches se briser et mes cheveux se sont dressés sur ma tête. Les craquements secs venaient de derrière nous. Je n'avais même pas besoin de me retourner pour deviner qui était l'auteur de ces bruits.

– Venez !

J'ai quasiment poussé Ruth dans la clairière.

– J'ai encore un vœu à faire, j'ai dit au lapin.

– Ah non, a répondu le petit animal. C'est privé, les vœux. Là, y a trop de monde !

– Mais... il va nous tuer ! j'ai protesté.

Le lapin a haussé les épaules :

– J'y peux que dalle. Désolé, amigo.

– Vous devez nous aider, j'ai supplié.

Le wendigo a soudain hurlé à la manière d'un loup qui hurle à la lune, mais un loup croisé avec un cervidé, ou bien un ours. Ruth a reculé d'un pas, terrorisée. Elle respirait fort, et ses yeux paniqués allaient de moi à l'homme-caribou.

– Un vœu ? Quel vœu ? elle a questionné. Je n'y comprends rien.

Une voix a récité haut et fort :

– *Je suis le Vent du sud, qui a jadis rasé Ninive. Je suis le Destructeur, et, à Jéricho, les trompettes de l'Apocalypse jouaient en chœur avec moi. Je suis l'ange de la mort...* Carson McCarson, *La Croisière des damnés* !

Il devait presque crier pour se faire entendre par-dessus les bruits conjugués du tonnerre et de la pluie.

Clap clap clap !

Le lapin applaudissait. Il avait lâché son champignon-parapluie.

– Ah, y a pas à dire, ça en jette.

Un coup de feu a claqué et le petit animal a fait un bond sur place, quasiment une pirouette. Cela aurait été presque comique, dans le genre burlesque, s'il n'y avait pas eu tout ce sang.

– Ta gueule, a craché Ralphie.

Et cette réplique-là, elle était de lui.

Chapitre 27

Ralphie est sorti de l'obscurité. Les verres opaques des lunettes cachaient toujours ses yeux. Sa casquette grise était enfoncée à mi-front. Il marchait d'un pas raide, un bras le long du corps. De l'autre, il tenait son pistolet. Une fumerolle s'échappait du canon.

Le lapin a été secoué par deux ou trois spasmes, puis il s'est immobilisé.

Le wendigo a rugi comme jamais je ne l'avais entendu rugir, un truc de folie furieuse qui a bien failli réduire en miettes les osselets de mes tympans. Avec Ruth, on s'est bouché les oreilles à deux mains, mais le cri continuait de résonner sans fin dans nos têtes. L'homme-caribou avait perdu son seul compagnon, son meilleur ami. C'était une authentique détresse que je percevais derrière sa voix d'outre-tombe.

– Toi aussi, ta gueule, a grogné Ralphie.

La présence de cette créature surnaturelle au milieu de la clairière n'avait pas l'air de l'étonner beaucoup. Après tout, dans le genre surnaturel, il n'était pas mal non plus. Le devant de son tee-shirt avait été réduit en charpie par la décharge de chevrotines. Du sang giclait de la blessure, mais la grimace qui lui barrait le bas du visage ne ressemblait en rien à un rictus de souffrance. C'était plutôt une sorte de sourire mauvais.

Il a tourné son flingue vers le wendigo et vidé un chargeur entier.

Durant un instant, j'ai espéré que la surface transparente du dôme allait stopper les balles, comme une espèce de bouclier protecteur, un champ de force digne d'une série B de science-fiction, mais ça n'a pas été le cas.

Le buste de l'homme-caribou s'est constellé d'impacts à mesure que les projectiles trouaient sa peau sèche. Il ne saignait pas. En revanche, l'éclat brillant du cristal qui lui servait de cœur a faibli.

Ralphie a jeté le Mauser déchargé par terre, puis tendu une main gantée vers moi :

– La mallette, il a dit.

Je n'ai pas bougé.

– La mallette, a répété le tueur.

Le wendigo s'est mis à respirer fort et à grogner. Le cristal niché dans sa poitrine brillait de nouveau à plein régime. Ses plaies se cicatrisaient. Les balles du Mauser sont ressorties de son buste, de ses bras malingres, retirées par des pinces invisibles, avant de retomber à ses pieds. Les feuilles mortes jaunissaient, se tordaient, se recroquevillaient. J'ai plissé les narines. Cette odeur de choses en décomposition mêlée à celle de l'humus... ça venait de la bulle magique. Et ça puait. Dieu que ça puait ! Je distinguais un grouillement de pourriture sous le tapis de végétation. Les saisons défilaient toujours à l'intérieur du dôme, cycle de la nature accompli en accéléré : verdure de l'été, teintes fauves de l'automne, et même le linceul blanc de l'hiver... Pendant quelque secondes, le spectacle a ressemblé à ces boules à neige qu'on trouve dans les boutiques de souvenirs !

L'assassin s'est avancé vers Ruth et moi. Bien qu'il n'ait plus d'arme et que son torse ait été déchiqueté, je n'avais aucun doute quant à ses capacités de nuisance encore intactes. Je l'imaginais très bien nous tuer à mains nues, l'un après l'autre. Une torsion du cou, et ce serait fini.

J'aurais dû être terrifié, au lieu de quoi j'ai senti un calme étrange s'insinuer en moi, comme tout à l'heure, pendant notre sprint sous la pluie diluvienne. Ce n'était plus du sang qui coulait dans mes veines, mais de la mélasse froide. Je voyais tout au ralenti : les gouttes, les éclairs, les mouvements du motard...

J'ai levé la mallette à la hauteur de mon menton en la tenant à deux mains et j'ai crié :

– C'est l'argent que tu veux, hein ?

En toute simplicité, Ralphie a répondu :

– Oui.

– Très bien... Alors va le chercher...

J'ai jeté la mallette dans le cercle magique, juste sous le museau osseux du wendigo. Ce dernier ne s'est pas baissé pour ramasser le fric mais, en revanche, le motard a bondi.

Sur le coup, il ne s'est rien passé. Ralphie s'est penché. Il a pris le précieux magot dans ses mains et s'est immobilisé, jambes fléchies, dos courbé, comme bloqué par un lumbago. Une nouvelle pause, puis il a lâché la mallette et s'est redressé, bouche ouverte puis fermée, haletant. On aurait dit un cosmonaute échoué sans casque à la surface d'une planète étrangère, cherchant désespérément à respirer un air raréfié. Sa peau se fripait. Son visage se creusait. Il paraissait suffoquer. Il a chuté à genoux, juste à côté de la créature surnaturelle, et ses lunettes sont tombées par terre. Il avait les yeux exorbités. Il se griffait la gorge jusqu'au sang. Le wendigo ne faisait rien pour l'aider... ni pour abréger ses souffrances, d'ailleurs.

– Qu'est-ce qui se passe ? a murmuré Ruth, à la fois effrayée et fascinée.

Je n'ai pas répondu. Je ne perdais pas une miette du spectacle car, dans la bulle, le supplice du tueur à gages se poursuivait. Il a voulu hurler sans pouvoir expulser le moindre cri. Tout l'air disponible avait d'ores et déjà été aspiré hors de ses poumons. Son corps se ratatinait, transformé en momie vivante, en noyau de pêche tout fripé. Ses globes oculaires sont sortis de ses orbites avant de rouler par terre, deux billes de gelée blanche pourrissant dans l'herbe. Il s'est recroquevillé en position fœtale, privé de toute force vitale, sucé de l'intérieur, et ce jusqu'à la moelle. Bientôt, il n'y a plus eu devant le wendigo qu'un squelette en cuir noir, chaussé de boots et coiffé d'une casquette à la toile élimée.

C'était terminé.

Ruth s'est détournée d'un coup et elle a vomi.

Le wendigo a tâté le squelette du pied. Ce dernier n'a pas réagi, bien entendu.

Ruth s'est essuyé le menton, les lèvres, et s'est retournée vers moi.

– Bon sang, c'était quoi, ça, encore ? elle a jeté.

– Le temps ne s'écoule pas pareil, dans la bulle, j'ai dit.

Une idée folle m'a traversé l'esprit.

– Je pourrais rentrer là-dedans, j'ai réfléchi à voix haute.

– Hein ? a fait Ruth.

Je montrais le dôme transparent et son carrousel de saisons en folie.

– Juste une seconde ou deux, pas davantage, j'ai continué, hypnotisé.

– Mais pourquoi ? m'a demandé Ruth.

– Comme ça, je pourrais peut-être vieillir de dix ou vingt ans...

– Et alors ?

– Alors... j'aurais... pas loin de votre âge.

Je n'ai pas eu besoin d'aller plus loin. Elle avait compris. Un masque triste s'est superposé à ses traits fatigués, à sa terreur. Un air sincèrement désolé. Elle m'a caressé la joue :

– David, ne sois pas bête... Ce serait une folie.

– Pour vous, je serais prêt à tout, j'ai déclaré, sûr de moi.

Mais, au plus profond de mon être, je savais qu'elle avait raison... Et j'avais peut-être commis suffisamment de folies, ces derniers temps...

L'homme à la tête de caribou a grogné un ordre sec et la bulle s'est volatilisée.

Voilà qui réglait la question.

C'est seulement à cet instant que j'ai réalisé que la pluie avait cessé. Le tonnerre se contentait de grommeler, bougon. L'orage s'éloignait.

Lentement, le wendigo a enjambé le squelette. Avec ses grandes guiboles, presque des échasses, il avait quelque chose d'un héron. Il est venu vers nous. Ruth s'est serrée contre moi. La créature est passée devant nous sans nous faire l'aumône d'un regard. Toute son attention semblait concentrée sur le lapin mort. Avec des gestes précautionneux, une infinie délicatesse, le wendigo a ramassé le petit corps flasque. Il a caressé son pelage taché de sang puis il l'a serré contre sa poitrine, comme une mère serrerait son enfant chéri. Un long cri de détresse a fusé hors de sa gorge pendant que le cœur-cristal brillait aussi fort qu'une étoile.

Ruth m'a pris la main. J'ai frissonné. J'avais cessé de pleurer mais l'émotion me tordait les boyaux.

Le wendigo s'est éloigné avant de se fondre dans la nuit noire. Il chantait une mélopée étrange et triste, sans cesser de caresser le lapin.

Plusieurs minutes ont passé. Ruth m'a lâché les doigts. Elle a ramassé la mallette, forcé sur l'ouverture et, en insistant, elle a fini par débloquer le mécanisme. Les billets de banque étaient jaunis, craquelés, parcheminés, bref, sans valeur. On n'arrivait même plus à voir le portrait présidentiel imprimé à leur surface. Ruth les a éparpillés au vent, puis elle a jeté la mallette dans les buissons en la faisant tournoyer.

Son regard s'est reporté vers le squelette prostré par terre. Elle a shooté dedans en poussant un cri de rage libérateur. La tête et la casquette de motard ont voltigé dans les airs.

Ruth a serré les poings. Elle haletait.

Puis elle m'a tendu sa main de nouveau et elle a dit :

– Viens, rentrons...

– Je vous aime, j'ai répondu.

Un gamin de treize ans qui déclare sa flamme à une femme de quarante ! Ouais, rien que ça !

J'avais conscience du grotesque de la situation. Mais je n'arrivais plus à taire mes sentiments. Il fallait que ça sorte, d'une manière ou d'une autre.

Elle a soupiré :

– David, j'ai beaucoup d'affection pour toi... mais ça ne va pas au-delà. Comment pourrait-il en être autrement ?

– Je... je pensais que si...

– Cette soirée a été très, très difficile pour moi... Mon mari est mort. Un tueur m'a poursuivie. Un brave homme a été tué sous mes yeux... Et maintenant... ça !

Elle pointait du doigt le squelette.

– Alors, s'il te plaît, ne rends pas les choses encore plus compliquées...

J'ai hoché la tête.

– Je suis désolé, j'ai dit. Désolé pour tout. Je ne voulais pas...

Elle a posé un doigt sur mes lèvres. Le message était clair. Elle m'a regardé droit dans les yeux et elle m'a dit :

– Plus un mot. C'est fini.

Chapitre 28

On marchait main dans la main, comme dans ces contes où des enfants errent, perdus dans les bois. Sauf que nous n'étions pas perdus. Et que je n'étais plus un enfant.

J'avais mal au crâne et les jambes raides d'avoir trop couru. Ma blessure au cuir chevelu commençait à s'encroûter. Les images des dernières heures tournaient dans ma tête. J'imagine qu'il en allait de même pour Ruth.

À un moment, un hibou posé sur une branche s'est manifesté bruyamment, tout près de nous, puis il a déployé ses ailes avant de s'envoler. Il était temps pour lui d'aller croquer un mulot ou une autre bestiole assez imprudente pour sortir de sa tanière.

Une brume flottait dans l'air nocturne. Son haleine blanche montait des fougères pour s'enrouler en écharpe autour des troncs moussus.

– J'entends quelque chose, a brusquement dit Ruth.

Je me suis arrêté.

Oui, moi aussi j'entendais des voix...

– Ruuuuuttthhh !

– Daviiiiid !

Elles se rapprochaient.

Des pinceaux lumineux ont troué la brume. Les faisceaux des lampes torches allaient et venaient, se croisant, se mélangeant, semblables aux rayons des projecteurs géants sur le logo de la Twentieth Century Fox. Seulement, ici, aucune fanfare ronflante n'accompagnait le ballet des lumières. Il n'y avait que les bruits de la nuit. Et les voix :

– Daaaaaaavid !

J'ai cru reconnaître mon père.

– Une battue, j'ai fait.

Ruth a hoché la tête.

– Tes parents ont dû lancer l'alerte... Ou peut-être que des voisins ont entendu les coups de feu, tout à l'heure ?

Elle s'est placée face à moi pour me parler avec gravité.

– On va nous poser des questions, David. Nous devons réfléchir à une histoire cohérente, et nous raconterons tous les deux la même version à la police.

J'ai acquiescé. Elle a repris :

– Tu es passé me voir en fin d'après-midi pour...

– Pour vous aider à retrouver votre chien, j'ai complété. Hier, j'ai raconté à mes parents que Jody avait fait une fugue.

– D'accord. Tu es venu à la maison... Nous avons cherché Jody, dans les bois, derrière chez moi... Nous l'avons trouvé et ramené, mais, là, au retour, nous sommes tombés sur cet homme, ce motard.

– Il a tué le chien, puis votre mari. Je pense qu'on peut dire la vérité, au moins sur ce point-là...

– Oui (elle avait les larmes aux yeux et des trémolos dans la voix)... Pour la suite aussi, tenons-nous-en à la vérité autant que faire se peut. Nous sommes les seuls survivants, tu m'entends, David ? Les seuls. Personne n'a rien vu, personne ne sait rien... à part ce... cette créature à tête d'élan.

– De caribou, j'ai corrigé.

– Oui, OK, de caribou.

Elle avait parlé d'une voix un peu agacée. Elle a secoué la tête.

– Bon sang, je n'arrive même pas à croire à ce que je viens de dire. Rassure-moi : ce monstre n'ira pas témoigner à la police, n'est-ce pas ?

– Je ne le pense pas.

– Alors si nous ne nous embrouillons pas dans les détails, nous serons tranquilles.

– Je l'espère.

– Écoute-moi bien : après avoir été témoins du meurtre de Mike, nous avons pris la fuite. Nous sommes partis en courant. Nous avons trouvé refuge chez monsieur Peabody. Le motard nous poursuivait. Il a tué monsieur Peabody... Encore une fois, nous avons décampé. Nous avons erré dans la forêt, sous la pluie d'orage, durant une bonne partie de la nuit... avant d'entendre des voix qui nous appelaient. Ça te paraît cohérent ?

– Oui.

– Inutile de mentionner tout ce qui s'est déroulé dans la clairière, avec cette chose à tête de... caribou. De toute manière, personne ne nous croirait. Peut-être qu'un jour, dans dix ou quinze ans, un joggeur ou des gamins tomberont sur un squelette vêtu de bottes et d'un blouson de cuir. Ou peut-être pas. La forêt est grande. Si on s'en tient tous les deux à cette version, je pense que tout ira... bien.

– Oui. D'accord, mais...

– Mais quoi ?

Même épuisé, même triste, mon côté « raconteur d'histoires » traquait les invraisemblances et cherchait la petite bête.

– On n'entre pas chez les gens, comme ça, au hasard, pour leur tirer dessus, j'ai insisté. Je ne sais pas à quel point la police d'État est au courant du trafic de cigarettes avec le Canada, mais... les flics vont peut-être vous poser des questions sur les activités de Mike, en dehors de la scierie...

Ruth a opiné.

– Oui, tu as raison. Je leur dirais ce que je sais, c'est-à-dire pas grand-chose. Mike avait des dettes de jeu et de mauvaises fréquentations. Il trempait dans des affaires louches.

Les bruits de la battue se précisaient, tout comme les faisceaux éventrant la brume.

– Daaaaavid !

– Ruuuuuth !!!

On s’est tournés vers la source des voix et des lumières.

Ruth a levé la main et crié :

– Nous sommes là !!!

Épilogue

Pendant des semaines, je me suis réveillé la nuit, en proie à des cauchemars atroces. Je revoyais Mike Bannerman, à genoux dans son jardin, blessé à mort. Je revoyais le vieux Peabody transpercé par un rostre de marlin.

On m'a emmené chez un psy. Pas d'amélioration. J'ai pris des médocs, et là encore, ça n'allait guère mieux. Le collège avait recommencé. Les nuits blanches n'aident pas à se concentrer et mes résultats scolaires s'en ressentaient.

Mes parents n'étaient pas superstitieux, pourtant ils ont fini par m'acheter l'un de ces colifichets de facture indienne censés neutraliser les mauvais rêves : un *dream-catcher*. On a suspendu le mobile composé de plumes d'aigles authentiques et de branches tressées au-dessus de mon lit... et, bizarrement, ça a marché !

Je ne prétends pas que je ne pensais plus du tout aux terribles événements de cet été-là (j'y pensais tout le temps, à vrai dire) mais, au moins, je pouvais me coucher le soir sans redouter de me réveiller en sursaut quelques heures plus tard, le front baigné de sueur et les tripes en compote.

Le wendigo n'est plus revenu cogner à ma fenêtre, la nuit, et je ne suis plus retourné dans la forêt. Trop de souvenirs, là-bas. J'imagine que, de toute façon, j'aurais arrêté de jouer aux cow-boys et aux Indiens tôt ou tard, comme la plupart des garçons débordant de testostérone. À treize ou quatorze ans, on largue les amarres (adieu l'enfance !) et on part à la conquête des filles comme Achab part chasser sa baleine blanche ! Il n'y a pas à s'en réjouir ni à le déplorer. C'est ainsi, la roue tourne.

Dans le fond, je n'avais pas besoin de repartir explorer la forêt car, à présent, elle était en moi. Ses arbres majestueux. Sa vie nocturne, foisonnante. Ses zones d'ombre. Ses dentelles de lumière. La forêt ne m'a jamais quitté depuis. J'ai ramené de ses profondeurs plusieurs de mes romans. Les plus sombres. Les plus authentiques, aussi, sans doute. Parfois, à des séances de dédicace, de gentils lecteurs me demandent « Où trouvez-vous vos idées ? »... S'ils savaient !

La forêt inspire, d'une manière ou d'une autre, tout ce que je fais.

Et Ruth, dans tout ça ?

Elle est partie un mois après la mort de son mari. Je l'avais revue à l'enterrement, tout de noir vêtue, comme la veuve Altmeyer, mais plus belle, plus digne. Je la croisais, le dimanche, à la messe, et ça s'arrêtait là. Mes parents n'auraient pas aimé que l'on continue à se fréquenter. Cette histoire les avait profondément choqués. La police nous a interrogés, chacun notre tour. On a raconté notre version des faits. On n'a pas été inquiétés, au contraire des complices de Mike. Le gang des mafieux a été dissous peu de temps après la course-poursuite dans les bois. Le shérif était déjà sur l'affaire de contrebande depuis un bon moment. Il se trouvait en planque, à la frontière, avec ses meilleurs gars, le matin où j'étais entré dans le poste de police de Mansford pour tout déballer. Les contrebandiers avaient été pris la main dans le sac et ils avaient balancé leurs complices dans la foulée. Le vieux cow-boy, les malabars en costard-cravate... Tout le monde a fini au trou !

Un lundi matin, j'ai aperçu les camions de déménagement, au bout de la rue.

Et j'ai compris.

Je suis parti à l'école, l'estomac noué. Quand je suis revenu à la maison, le soir, maman m'a remis une enveloppe cachetée.

– Ruth Bannerman a laissé ça pour toi.

Les mères sentent les choses. Son regard était suspicieux mais elle n'en a pas dit davantage.

Je suis monté dans ma chambre. J'ai ouvert l'enveloppe et j'ai lu, le cœur battant :

David,

Je dois partir. Tu comprends sans doute pourquoi. J'espère que tu ne seras pas trop triste car tu es un garçon bien et tu vas devenir, j'en suis persuadée, un homme bien. Tu as fait des erreurs. Moi aussi. Nous en faisons tous, alors ne sois pas trop dur avec toi. Cette liberté qui maintenant est la mienne, je la prends comme un cadeau. Je m'envole, comme ces oiseaux que j'aime tant. Peut-être bien que je l'écrirai, un jour, ce guide ? Je vais essayer, en tout cas. J'espère que tu vas continuer à écrire, toi aussi. Tu as du talent, David Jones. Je te souhaite le meilleur, je prie pour que la vie t'épargne les tragédies les plus insensées, et je t'embrasse affectueusement.

Merci pour tout.

Ruth.

J'ai replié le mot avant de le glisser dans l'enveloppe. J'ai caché les deux sous une latte du plancher, là où, durant les années à venir, je planquerais les pages centrales du magazine *Playboy*.

J'avais, c'est peu de le dire, le moral dans les chaussettes.

Je suis descendu.

– Je sors, j'ai dit à ma mère.

– Où tu vas ?

– J'ai juste besoin de marcher.

Elle n'a pas cherché à me retenir.

Il faisait encore jour. Le soleil éclairait Green Acres Street d'une lumière dorée, rasante, de début de soirée d'automne.

J'ai entendu la musique du marchand de glaces, et j'ai vu son camion blanc à l'arrêt, l'auvent relevé.

Je m'en suis approché. J'ai fouillé mes poches. Je n'avais que deux ou trois cents.

– Salut, mon gars, tu veux quoi ? m'a demandé Mister Délices avec son grand sourire chevalin. Ben, t'en tires une tête, ma parole !

– Je crois que j'ai pas assez sur moi, j'ai murmuré, déçu.

Je devais avoir l'air vraiment désespéré, car il m'a tendu un cornet avec une boule à la vanille.

– Allez, donne-moi ce que tu as. Pour le reste... cadeau de la maison !

Je lui ai filé mes piécettes et j'ai accepté la glace en souriant, mais c'était un sourire triste.

– Toi, t'as un chagrin d'amour, a fait l'adulte.

– On peut dire ça, ouais, j'ai grommelé.

– Te bile pas. Les filles, ça va, ça vient... Reste les potes. Et la musique... le jazz. Tu aimes le jazz ?

– Ça dépend.

– Et le rock ?

– Ah ça, oui !

Son sourire s'est encore élargi, façon chat du Cheshire.

– Rentre chez toi, mets-toi un bon disque. Ou alors, écoute la radio ?

Il m'a fait un clin d'œil.

– Allez, salut, mon p'tit loup.

Il a refermé son auvent en sifflotant *Rock and Roll Is Here to Stay*, par Danny & the Juniors, puis il a démarré et le camion s'est éloigné dans le soleil couchant.

Et moi, je suis resté là, sur le trottoir, ma glace fondante à la main, un peu sonné, éberlué.

Cette voix, ces intonations... Cette façon de lancer « mon p'tit loup » en rigolant...

J'avais rêvé ou bien...

– Eh, Dave !

C'était Bobby Lee, qui m'appelait, depuis son portail.

– Tu fais quoi, mec ? il a jeté, à sa manière désinvolte.

J'ai couru vers mon ami, tout excité, et j'ai crié :

– Ah ça, mon pote, faut que je te raconte un truc ! Tu vas jamais le croire !

DU MÊME AUTEUR

La Fille de mes rêves, avec Sam VanSteen, coll. « Soon », 2011

Virus 57, avec Sam VanSteen, coll. « Soon », 2014

Hidden Agenda, avec Sam VanSteen, coll. « Tip Tongue », 2016

Renaissances, 6 histoires qui réinventent le monde, collectif, hors-série, 2021

Pour les plus jeunes

Papa, maman, mon clone et moi, coll. « Mini Syros Soon », 2012

Meurtres dans l'espace, coll. « Mini Syros Soon + », 2017

L'AUTEUR

Après des études de cinéma, Christophe Lambert a réalisé plusieurs courts-métrages, puis travaillé pour la télévision. Il est aujourd'hui une signature bien connue de la littérature de jeunesse, mais aussi de la littérature adulte, auteur d'une trentaine de romans : romans policiers, d'aventure, de fantasy et de science-fiction. Il puise parfois son inspiration parmi les nombreux films de genre visionnés pendant son adolescence. Depuis septembre 2013, il est professeur de scénario dans une école de réalisation audiovisuelle parisienne, la MJM. On peut citer, parmi ses titres publiés chez Syros, *La Fille de mes rêves* dans la collection « Soon » en 2011, *Papa, maman, mon clone et moi* dans la collection « Mini Syros Soon » en 2012, et *Virus 57* dans la collection « Soon » en 2014. Il a aussi participé au recueil de nouvelles *Renaissances*, qui paraît en janvier 2021.

N° d'éditeur : 10264355
Achevé d'imprimer sur Roto-Page en janvier 2021
par l'Imprimerie Floch à Mayenne
N° d'impression : 97449
Imprimé en France

MIXTE
Papier issu de sources responsables
FSC® C022030